Der Tod klopft an

Ralf Kramp (Hg.)

Der Tod klopft an

Lauter kriminelle Geschichten

GEV

Herausgeber: Ralf Kramp
Titelseitengestaltung: Ralf Kramp
Innenseitengestaltung: Guido Thomé
Druck: Druckerei Grenz-Echo, Eupen.

ISBN 90-5433-145-3
D 2001 3017 3

Printed in Belgium.

Dieses Buch wurde hergestellt mit freundlicher Unterstützung der Fortis Bank und des Belgischen Rundfunks (BRF).

Inhalt

Der Tod klopft an …

… so, als sei er noch nie hiergewesen. So, als habe er in der Menschheitsgeschichte immer hübsch einen großen Bogen um diesen kleinen Landstrich mitten im Herzen Europas gemacht. Stimmt natürlich nicht. Er war oft genug hier, in dem schmalen Streifen Land, der sich an die deutsche Grenze anschmiegt. Aber das ist eine andere Geschichte, das liegt lange Jahre zurück und ist bereits Thema zahlreicher Publikationen gewesen. Darum geht es heute nicht.

Ein friedvolles Land, mit idyllischen Partien und beschaulichen kleinen Ortschaften. Mit einladenden Stauseen und glücklichen Kühen, überspannt von einem Flickenteppich aus saftigen Weiden und Wiesen, genäht mit mannshohen Hecken. Ein melancholisches Venn, das Birkhühnern und seltenen Pflanzen Heimat bietet, gepflegte Städtchen mit bezaubernd altmodischem Charme. Majestätische Wälder und offene Menschen mit Hang zu Brocante und massiven Holzmöbeln, mit einer latenten Unpünktlichkeit gesegnet.

Ach, was ist es doch schön und gemütlich!

Aber ist das alles?

Natürlich nicht.

Wenn rund zwanzig Autoren und Autorinnen dazu aufgerufen werden, sich diese Region einmal vorzuknöpfen und sich kriminelle Geschichten auszudenken, die hier, direkt vor der Haustür, ihren bösen Anfang und auch ihr garstiges Ende nehmen, dann kratzen sie am Lack, tauchen unter die Oberfläche, gucken hinter die Gardinen. Da kann man sicher sein, daß ihnen Ungeheuerliches einfällt. Sie werden es auf den nächsten Seiten feststellen.

Allesamt Erstveröffentlichungen sind die Texte, die Sie nun lesen werden.

Ich wünsche ihnen ein haarsträubendes Vergnügen dabei.

Ralf Kramp

Hermann-Josef Schüren

Himmelsleiter, abwärts

Sabine stand am Fuße der Himmelsleiter und wartete auf den Bus. Es herrschte reger Verkehr und viele Autofahrer wandten ihren Kopf, wenn sie an der Haltestelle vorbeikamen, um für Augenblicke ihren Blick auf Sabines Gestalt ruhen zu lassen. Sie war siebzehn und sie war schön. Ihr blondes Haar leuchtete in der Sonne, die nach dem nächtlichen Regen eine besondere Strahlkraft besaß.

Es war ein Dienstag und an diesem Dienstag sah sie ihn zum ersten Mal. Er bremste, als er auf ihrer Höhe war, als wäre Rotwild über die Fahrbahn geflüchtet. Es musste ein Reflex gewesen sein, denn er gab sofort wieder Gas, als wäre er über seine plötzliche Reaktion erstaunt oder beschämt. Ihn selbst sah Sabine nicht.

Sie war Aufmerksamkeit gewohnt, denn überall wo sie auftauchte, weiteten sich die Augen der Männer und umkreisten sie wie ein kleines Wunder. Die Schüchternen blieben auf Abstand und sonnten sich im Abglanz ihrer Schönheit. Die Forscheren näherten sich ihr, zettelten ein belangloses Gespräch an und genossen jedes Wort, das sie mit ihr wechseln durften. Weiter kam niemand. Näher hatte Sabine keinen Mann an sich herangelassen. In ihrem Blick lag Strenge, einige hielten sie für arrogant, jedenfalls hatte sich bislang kein Mann getraut, die magische Linie zu überschreiten, die Sabine zwischen sich und die Männerwelt gezogen hatte.

Seit einer Woche arbeitete sie als Bedienung im Restaurant Relais Königsberg. Es waren Sommerferien. Die letzten drei Wochen wollte sie mit einer Freundin nach Italien. Noch eine Woche Arbeit, dann würde sie das Reisegeld zusammenhaben. Sie bekam reichlich Trinkgeld und immer wieder boten sich Gäste an, sie nach der Arbeit nach Hause zu fahren. Sabine hatte immer abgelehnt.

Schon als Kind war sie ein kleines Wunder gewesen, mit leuchtenden Augen. »Wie mit Terpentin geputzt«, hatte ihre Tante Margret immer gesagt. Und dann war sie von Jahr zu Jahr schöner geworden, freier, selbstbewusster. Sie schämte sich ihrer Schönheit nicht, aber sie war auch weit davon entfernt, die äußere Erscheinung als Mittel einzusetzen. Sabine hatte kein Bedürfnis, durch Eroberungen ihren Wert zu steigern. Sie war sich genug und meinte, die Menschen beschenken zu können mit dem, was die Natur ihr in die Wiege gelegt hatte.

Als der Wagen erneut auf der gegenüberliegenden Fahrbahn auftauchte, sah sie den Mann am Steuer zum ersten Mal. Er mochte um die Vierzig sein, hatte ein kantiges Gesicht, dunkles, nach hinten gekämmtes Haar. Seine ganze Erscheinung drückte

Entschlossenheit aus, Willen, Durchsetzungskraft. Das schnittige Auto schien maßgeschneidert für diesen Typ. Seltsam war nur, dass er diesmal seinen Blick nicht von der Fahrbahn hob. Dabei hatte er doch wegen Sabine gewendet. Sie wusste es. Sie hatte ein enormes Gespür für solche Situationen. Trotzdem sah der Mann sie nicht an.

Er fuhr einen Mercedes mit Düsseldorfer Nummer, ein schnittiges, sportliches Modell. Sabine merkte sich die Nummer, ohne es zu wollen. Es war eine Ahnung. Später würde sie sagen, dass ihr Bewusstsein sie hatte warnen wollen. Aber da war es bereits passiert, wie Dinge manchmal geschehen, weil sie geschehen müssen. Es beginnt. Man denkt sich nichts dabei. Und dann steht man plötzlich am Ende und fragt sich, wie es so weit hat kommen können.

Wenige Minuten später kam der Wagen direkt vor Sabine zum Stehen. Lautlos glitt die Scheibe der Beifahrertür hinunter. Der Fremde sah Sabine an. Seine Augen waren fiebrig und seine Nasenflügel zitterten. Er hatte schmale, feine Hände, Chirurgenhände, wie Sabine mutmaßte.

»Kann ich dich ein Stück mitnehmen?«, fragte er. Seine Stimme war dunkel, männlich, bestimmend. Dennoch war ein leichter, zittriger Unterton nicht zu überhören.

»Danke. Ich nehme lieber den Bus«, sagte Sabine. Trotzdem stand sie auf und trat näher an den Wagen heran. Später würde sie darüber nachdenken und sich sicher sein, dass diese kleine Bewegung ein großer Fehler gewesen war. Später würde sie sagen, dass es die Musik gewesen sein musste. Später, als sie alles bereute.

»Im Auto ist es bequemer«, sagte der Mann. »Wir können uns ein wenig unterhalten und ich fahre dich, wohin du willst.«

Sabine wollte nicht einsteigen. Aber da war etwas, das sie dennoch die Wagentür öffnen und einsteigen ließ. Sie saß im Auto eines fremden Mannes. Es roch nach Rasierwasser. Sabine schnallte sich an. Sie tat es ganz selbstverständlich. Und dann wusste sie mit einem Mal, was sie ins Innere des Wagens gezogen hatte. Es war die Musik. Klassische Musik. Sabine hatte eine solche Musik noch nie gehört. Und während sie zuhörte, wusste sie, dass es eine Falle war. Die Töne erhoben sie über die Wirklichkeit. Sie waren mächtiger als das Gefühl der Angst, stärker als die Gegenwart. Es war eine Verheißung. Sie übertönte die Gefahr. Sie schaltete Sabines innere Warnsysteme ab. Für Momente war ihr, als würde sie abheben und die Normalität des Vennlebens hinter sich lassen. Was war dieses Leben schon, gemessen an dem grandiosen Versprechen dieser Musik? Sollte es doch so etwas geben wie Verheißung und Erlösung?

»Kommst du von hier?«, fragte der Mann.

»Mehr oder weniger.«

»Schön ist es hier«, sagte er weiter. »Wild und gefährlich. Ich bin einmal im Hohen Venn gewesen. Vor Jahren. Da habe ich gemerkt, wie wenig man im Griff hat. Man glaubt, man sei der Herr seines Lebens und dann spaziert man durch diese endlos weite Landschaft, ein Gewitter kommt auf und plötzlich ist man wieder ein kleiner, hilfloser Junge.« Er lachte.

Sabine sagte nichts. Sie spürte, wie der Wagen die Himmelsleiter hinaufglitt. Ein Schlitten, der lautlos über eine festgefrorene Schneedecke gleitet. Sie hörte nur die Musik, diese eigenartige Folge von Tönen, ein ständiges Wiederholen, das ihr vertraut vorkam, wie die Landschaft in der sie groß geworden war. Erst später würde sie erfahren, dass es Bach war. Johann Sebastian Bach.

»Fährst du oft diese Strecke?«, fragte der Mann.

»Solange ich arbeite«, sagte Sabine.

»Was machst du denn?«

»Ferienjob. Kellnern.«

»Und sonst?«

»Ich gehe zur Schule.«

»Gymnasium?«

»Ja. Noch zwei Jahre, dann habe ich es hinter mir.«

»Da, wo du herkommst, gibt es ein Gymnasium?«

»Bei uns?« Sabine lachte. »Nein. Bei uns gibt es nur dunkle Bäume, Hecken, Wanderwege und jede Menge Landluft.«

Jetzt lachte auch der Mann. Das Lachen gefiel Sabine. Es beruhigte sie. Aber vielleicht war es auch die Musik, dieses himmlische Auf und Ab, Anschwellen und Zurückgleiten, das Sabine in Wellen emporhob, als hätte der Komponist den Straßenverlauf der Himmelsleiter nachgezeichnet.

Der Mann fuhr ruhig und sicher. Immer wieder schaute er in den Rückspiegel und nur, wenn er mit Sabine sprach, wandte er sich ihr zu. Es war, als wollte er seine Augen nicht zu lange auf ihr ruhen lassen. Es war, als wollte er sich nicht zu früh verraten. Trotzdem merkte Sabine, dass er brannte. Sie spürte seine Begierde, spürte, wie ihre Schönheit ihn entzündete, ihre Nähe von ihm Besitz ergriff. Jetzt hatten sie Roetgen erreicht.

»Langsam«, sagte Sabine.

»Warum?«

»Da vorne steht ein Starenkasten. Oder sind Sie scharf auf eine bleibende Erinnerung an diese Fahrt?«

Er bedankte sich mit einem Kopfnicken und ging vom Gas. Dann, gleich hinter der Ortschaft, öffnete sich das weite Land am Rande des Hohen Venns. Sabine war immer wieder erstaunt, wie eng die Natur mit ihren Gedanken verbunden schien. Als wären die Pflanzungen ein Spiegelbild ihres Bewusstseins. Vor allem die Hecken, aus denen hin und wieder Bäume aufschossen, wie jähe, unvermutete Gedanken. Man konnte erschrecken, wenn man nicht achtgab.

Die Ampel gab den Weg frei und wenig später waren sie am Ziel. Sabine wollte, dass der Mann sie an der Bushaltestelle aussteigen ließ und er hielt an. Sie wandte sich ihm zu, um sich zu bedanken.

»Nicht der Rede wert«, sagte er. »Es war mir ein Vergnügen.«

Als Sabine die Tür ins Schloss warf, brach die Musik abrupt ab. Sie ging ein Stück und wandte sich nicht um. Und plötzlich fühlte sie sich allein. Im Stich gelassen. Ausgesetzt. Es war, als wäre sie aus einem Traum herausgerissen worden und müsste erst zusehen, wieder Boden unter die Füße zu bekommen.

Zwei Tage später war er wieder da. Sabine hatte gerade erst auf der Bank der Haltestelle Platz genommen, als der Wagen hielt. Es nieselte. Die Fahrbahn glänzte, wie die Rutschbahn in einem Freibad. Sabine hatte ihn nicht kommen hören. Es war, als hätte er sich angeschlichen, wie eine Katze. Eine große Katze, mit kräftigem, unnachgiebigem Herzen.

Der Mann kniff die Augen zusammen, während seine rechte Hand eine einladende Geste machte. Die Scheibe glitt herunter.

»Taxi«, sagte er und versuchte ein Lächeln. Es gelang ihm nur halb. Sabine wollte sich wehren, spürte, dass es irrsinnig war, sich weiter hineinzuwagen in diese Geschichte, die etwas Unheimliches hatte, aber dann hörte sie wieder die Musik. Es war wie ein Zauber. Die Musik berührte eine Stelle in ihr, die zuvor kein Mensch berührt hatte.

»So muss die Liebe sein«, sagte sie später. »So taumelig und hinreißend. So muss es sein, wenn man von einem Menschen verzaubert wird, wenn alle Widerstände sich auflösen und nur noch Sehnsucht da ist, Sehnsucht, die Zeit zu verlängern, den Augenblick zu dehnen. Ich habe nicht mehr gewusst, was ich tat.«

Aber da war dieser Mann. Er stand zwischen ihr und der Musik. Er war ein Hindernis, das überwunden werden musste. Sabine wusste es genau. Und sie wusste auch, dass die Musik nur im Inneren dieses Wagens ein besonderes Gewicht bekam. In der Gefahr. Und so war es Johann Sebastian Bach, der sie zwang, ein zweites Mal einzusteigen. Es war die Kraft der Töne, die stärker war als die Angst und das Wissen um das, was kommen würde.

Sabine erlag den Tönen, sagte kurz Hallo, schnallte sich an, schloss die Augen und überließ sich den Klängen. Der Wagen setzte sich in Bewegung und Sabine glitt erneut in die Spur der Musik, wie in einen vertrauten Traum. Sie gab sich der Komposition hin wie einem zärtlichen Liebhaber. Der Mann am Steuer störte sie nicht. Sie vergaß ihn augenblicklich und er sagte kein einziges Wort, fuhr mit Sabine einem Ziel entgegen, das freilich ein anderes war als das Ihre. Während dieser Zeit sog er Sabine in sich auf und als sie Fringshaus erreichten, war er so voll von ihr, dass er sich unsinnigerweise bei ihr bedankte.

»Wozu?«, fragte sie. »Ich habe zu danken. Schließlich haben Sie mich mitgenommen.«

»Horst«, sagte der Mann. »Ich heiße Horst.«

»Das will ich nicht wissen«, sagte Sabine schroff.

»Was denn?«

»Sind Sie meinetwegen gekommen?«

»Ja.«

»Das dürfen Sie nicht!«

»Wer sagt das?«

»Ich. Ich möchte, dass Sie mich in Ruhe lassen.«

Sie stieg aus, warf die Tür mit aller Kraft ins Schloss und rannte das Stück Weg nach Hause. Sie überquerte die Grenze, war im heimatlichen Belgien und spürte, dass sie Angst hatte, Angst vor dem, was kommen würde. Sie stürzte auf ihr Zimmer und warf sich aufs Bett. Sie sah an die Decke. Sie merkte, dass sie am ganzen Körper zitterte, bis die Musik zurückkam und sie beruhigte. War es möglich, dass Johann Sebastian Bach mit seiner Komposition über alle Ängste triumphierte? War er stärker als das Leben?

Zwei Tage ließ der Mann sich nicht blicken, und Sabine redete sich schon ein, sie hätte ohne Grund ihre Vorsichtsmaßnahme getroffen. Das Messer lag in ihrer Tasche wie ein falsches Versprechen. Es war ein einfaches Messer. Sie hatte es aus der Küchenschublade genommen. Mit diesem Messer hatte Sabines Oma bis zu ihrem Tod die Kartoffeln geschält.

Neben dem Messer lag das Geld, das Sabine verdient hatte – das Geld für Italien. Am Sonntag würde es losgehen. Die Tickets hatten sie schon besorgt. Die Rucksäcke lagen bereit. Sabine freute sich riesig, denn es würde ihre erste Reise ohne die Eltern sein.

Und dann kam er erneut. Alles schien wie die beiden Male zuvor und doch war alles ganz anders. Hatte er bislang dunkle, unauffällige Anzüge getragen, so kam er diesmal im Freizeitlook. Bluejeans, offenes Hemd, Dreitagebart. Aber das waren natürlich nur Äußerlichkeiten. Wichtiger waren die Augen. Auch sie hatten sich verändert. Wässriger waren sie, verschwommen, undeutbar. Mit diesen Augen sah er Sabine an. Wieder glitt die Scheibe herunter und wieder hörte Sabine die Musik. Es war das gleiche Stück, das immergleiche Stück, und doch schien es ihr diesmal noch intensiver, lauter, alarmierender. Der Mann sagte nichts. Er wartete darauf, dass Johann Sebastian Bach seine Arbeit verrichtete, die Arbeit der Verführung. Er schien sich sicher zu sein, denn er lächelte siegessicher.

Sabine stand auf. Sie dachte nicht an das Messer. Sie hörte die Musik. Und sie stieg zum letzten Mal ein.

Wieder der Rausch, die Fraglosigkeit, das Schweben und Aufgehobenwerden. Wieder diese Fahrt die Himmelsleiter hinauf, der Geruch des Mannes an ihrer Seite, nur stärker als die Male zuvor, drängender, eindringlicher. Er sagte immer noch kein Wort. Sabine merkte, wie seine Gier ihn fahrig werden ließ, wie er mit seinen

Chirurgenhänden das Lenkrad bearbeitete, mit dem Gaspedal spielte. Sie merkte, dass dieser Mann in eine Unausweichlichkeit hineinfuhr, während die Musik von Johannes Sebastian Bach immer lauter wurde, lebendiger, rücksichtsloser. Jetzt gab es kein Zurück mehr, sie musste das Stück zu Ende hören, musste warten auf die große Auflösung der Akkorde, auch wenn es furchtbar werden würde. Still, leer und nichtssagend.

Sie sagte nichts, als er plötzlich von der Straße abbog, einbog in die Vennlandschaft, die hier von Fichtenschonungen umkränzt wurde. Sie schrie nicht auf, als die breiten Reifen des Wagens den Waldboden aufwirbelten, als die Dunkelheit des Waldes das Wageninnere in eine Art Dämmer tauchte. Sie rührte sich nicht, als der Mann den Motor abstellte, es für Augenblicke unnatürlich ruhig wurde und sogar die Musik zu verstummen schien. Sabine war wie gelähmt, bis Johann Sebastian Bach zu einem gnadenlosen Finale ansetzte.

Plötzlich waren seine heißen Hände an ihrem Körper. Er griff nach ihr, als wäre sie längst sein Eigentum. Er warf sich über sie und sie hörte und roch seinen keuchenden, gierigen Männeratem. Der Sitz klappte abrupt nach hinten und Sabine starrte mit weit aufgerissenen Augen ins Nichts, hörte die Musik, das Keuchen des Mannes. Sie spürte, wie er an ihr riss, wie er ihr den Atem nahm und ihr ganzes Denken kreiste um das Messer. Langsam streckte sie die Hand danach aus, tastete danach, bekam es endlich zu fassen. Und jetzt, der Mann verstopfte Sabines Mund mit seiner Zunge, die Musik schraubte sich ein letztes Mal gen Himmel, nahm die letzte Sprosse der Leiter zum Himmel, jetzt endlich bäumte Sabine sich auf und stach mit aller Kraft zu.

Als die KCassette aus dem Recorder sprang, als eine plötzliche, unnatürliche Ruhe in das Wageninnere schwappte, kam sie wieder zu sich. Sie befreite sich von der Last des reglosen Mannes. Eine Weile saß sie vollkommen reglos da und starrte aus dem Fenster. Dann öffnete sie das Handschuhfach. Als sie das Handy sah, nahm sie es in die Hand und rief die Polizei an.

Gitta List

Rover

Volker nestelt am obersten Hemdenknopf und zerrt den Krawattenknoten locker. Die Landschaft draußen ist schön, wirklich atemberaubend. Trotzdem – langsam hat er die Nase voll vom *sightseeing by car.* Talsperren abzuklappern, bei jeder Ah und Oh zu rufen und schnellstmöglich zum kleinen Imbiss einzukehren, *by car* natürlich. Verena trägt Schuhe mit strassbesetzten Absätzen, damit kann sie nicht spazieren gehen, wahrscheinlich hat sie dergleichen auch nicht im Traum beabsichtigt.

Er hätte sie nicht ans Steuer lassen sollen, schon gar nicht in diesem Leihwagen. Sie fährt wie eine Irre, viel zu schnell und dauernd falsch.
Im Rover durchs Hohe Venn. Wo sie das wohl wieder gelesen hat? Vermutlich in einem ihrer Luxusmagazine, die sie auf seine Kosten abonniert. Er hätte sich auf diese ganze Schnapsidee nicht einlassen sollen. Der größte Fehler war, wenn er es recht bedenkt, dass er sich *überhaupt auf Verena* eingelassen hat. Er hätte es im Grunde gleich wissen müssen: Sie ist eine Fehlinvestition. Selbst er wird aus dieser kleinen Proletin keine Klassefrau machen, nie. Nicht mit Weichheit, nicht mit Härte, nicht mit noch so viel Geld, nie und nimmer. Herkunft ist eben Herkunft. Über kurz oder lang wird er sie abschieben, dahin zurück, wo er sie aufgegabelt hat.

Verena weicht rasant einem Kleinbus aus. Ihre leicht hervorstehenden Augen quellen eine Schrecksekunde lang noch mehr aus den Höhlen. Eigentlich sieht sie aus wie eine Kuh. Volker wird übel. Er möchte sie gern anherrschen, aber das geht nicht. Er brächte keinen Ton heraus, höchstens die letzte Mahlzeit. Er lässt das Wagenfenster hinunter, der Fahrtwind tut wohl, aber ein Geruch von frisch gemähtem Gras oder was auch immer es ist, reizt seine Schleimhäute und macht seine Nase kribbeln. Er kramt in der Sakkotasche nach einem Taschentuch. Im Radio läuft ein Schlager von Howard Carpendale, Verena singt lauthals mit.

Mit dieser Frau einen Tag zu verbringen, ist halber Selbstmord. Der Teufel hat ihn geritten, das zu tun. (Nein, Verena hat ihn geritten, was genaugenommen dasselbe ist. *Das* kann sie allerdings, wie der Teufel, wenn sie auch sonst nichts kann.) Der Gedanke an die Nacht, in der er sich zu diesem Ausflug überreden ließ, bringt ihn zum Grinsen. Er entspannt sich etwas und lässt das Wagenfenster wieder hoch.

Doch nach wenigen Minuten ist das beklemmende Unwohlsein wieder da, stärker als zuvor. In seinem Innern breitet sich ein Ballon aus, ein Propf. Gleichzeitig scheint sein Brustkorb zu schrumpfen. Er fühlt kalten Schweiß auf der Stirn.

Ist dir nicht gut, *darling*? (Gott, jetzt fängt sie wieder an zu briteln. Blöde Kuh. Soll sich lieber das Sächseln abgewöhnen.)
Pass auf, *sweetheart*, bald sind wir in Malmedy. (Sie spricht *sweetheart* wie »Schwytort« und Malmedy wie »Mölmi« aus. Er würde sie gern aus dem Auto schubsen.)
Sie kneift kichernd in sein Bein und stößt einen kleinen Rülpser mit Knoblaucharoma aus.

Malmedy, endlich. Das wird die letzte Station sein, danach geht's heimwärts gen Köln, und er wird fahren. Gleich, wenn er wieder richtig Luft kriegt, kann sie was erleben. Doch der Propf geht nicht weg. Die Sonne scheint. Verena summt vor sich hin. Irgendetwas sitzt auf seinem Brustkorb. Das Fenster muss wieder auf. Er drückt den Knopf an seiner Seite und atmet keuchend frische Luft ein. Das Fenster geht wieder zu. Er drückt wieder und wieder auf den Knopf, doch die Scheibe bleibt oben. Anscheinend klemmt die Automatik.

Halt an! – er bringt statt des Kommandos nur ein ersticktes Krächzen zustande. Er versucht, den Sicherheitsgurt zu lösen, doch auch das funktioniert nicht. Er will ihr ins Lenkrad greifen, aber der Propf in seiner Brust drückt ihn in den Sitz zurück.

Verena muss doch sehen, was mit ihm los ist. Warum hält sie nicht an? Wieso macht sie das? Wieso ist er hier plötzlich eingesperrt? Die drei letzten Fragen seines Lebens stehen aufrecht in seinem Kopf – wie dünne Linien, so dünn wie Verenas künstliche Augenbrauen, auf die er schaut, als sie sich kurz zu ihm hinwendet. Dann wird alles von dem Pochen zerrieben, das durch die Kehle in seinen Kopf aufsteigt, das zwischen ihm und der Atemluft ist, zwischen ihm und seinem Körper, – Verena, du Misthure – was er schreien will, verflüssigt sich in einen Tropfen Speichel.

Ganz grau, schlaff und leblos ist er. Verena steuert den Rover an den Straßenrand. Noch ist kein anderes Auto zu sehen. Mit einigen Streifen Fusselkrepp entfernt sie geschickt die Katzenhaare aus seiner Brusttasche. Dann löst sie am Lenkrad die Sperren für die Seitenfenster. Sie steigt aus, reckt sich und überlegt, ob sie jetzt schon eine rauchen kann oder erst später. Später, nach der Witwenvorstellung.
Sie tätschelt die warme Kühlerhaube. So ein schöner Wagen.

Freddy Derwahl

Forever Young

Harrings ging missmutig durch den frischen Schnee. Totenstille, weit und breit keine Menschenseele. Hinter der Ligusterhecke des Friedhofes flackerten vereinzelt rote Laternen. Wie jeden Morgen, wenn der Polizist zur Frühschicht schritt, warf er einen kurzen Blick durch die Torgitter zur Leichenhalle. »Mox noster« stand auf dem rechten Pfeiler. Harrings hatte sich diesen Spruch erläutern lassen, er vermittelte so etwas wie das Geraune der Toten, die den Überlebenden ankündigen, demnächst, vielleicht schon bald, auch ihrem Kreis des Schweigens anzugehören. Der Friedhof am Ende der Nacht verschaffte dem abgebrühten Beamten noch immer ein Gänsehäutchen. Aber, er konnte diesen kurzen, kontrollierenden Blick durch die schwarzen Gitterstäbe nicht lassen. Er gehörte zum Ritual seines schwierigen Dienstantritts: zunächst das schreckliche Gepiepse des Weckers, dann seine sich mit einem seligen Gemurmel zur Seite drehende Frau, die heiße Dusche, das Rasiermesser, ein spartanisches, stehend eingenommenes Frühstück, der erste Hauch kalter Nachtluft, während er vorsichtig die Türe schloss, schließlich die vierhundert Meter menschenleerer Simarstraße vorbei an der alten Kapuzinerkirche zur Wache am Eupener Rathaus.

Harrings würde vier Minuten zu spät zum Dienst erscheinen, das ärgerte ihn wahnsinnig. So versuchte er mit größeren Schritten die zu erwartenden mitleidvollen Blicke seiner jüngeren Kollegen in Grenzen zu halten. Das letzte Bier war zuviel, sinnierte er, etwas Alka-Seltzer hätte nicht geschadet. Als er das Kneipp-Heim passierte, schlug es von den Türmen der St. Nikolaus-Pfarrkirche sechs Uhr.

Flackerndes Neonlicht in den die Aachener Straße verlassenden Bussen. Hinter beschlagenen Scheiben kauernde Gestalten. Dann kreuzten frische Spuren seine eiligen Schritte. Es fiel Harrings gleich auf, dass sich die jungfräuliche Schneedecke auf der Höhe des Rektorates plötzlich veränderte. Sein erster Gedanke: das sind Frauenfüße, kleine, für diesen Wintermorgen fast grazile Spuren. In der Diele der Priesterwohnung brannte ein Licht, in einer Viertelstunde würde der Rektor im alten Kapitelsaal seine Frühmesse beginnen. Sonderbar, dachte der Polizist, der zum Rathausplatz einbog und entschlossen war, den leisen Spott seiner Kollegen einfach zu ignorieren.

Die Leichenbeschauung des Gerichtmediziners war für 13.30 Uhr angesetzt. »Joseph, das machen dann Sie«, sagte der Kommissar und Harrings wusste gleich, dass jede Form von Widerspruch aussichtslos war, zumal ihm sein Vorgesetzter den väterlichen Rat mit auf den Weg gab, er könne »ja wegschauen« und am besten hinterher gleich Feierabend machen. Aber in der engen Leichenhalle gab es kein »Wegschauen«, zumal der mit den in Eupen selten durchzuführenden Obduktionen betraute Dr. Lambert Denis aus Verviers die zur Protokollierung verpflichteten Beamten stets in sein makaberes Handwerk miteinbezog.
Harrings nannte Denis nur den »Geier«. Er war überzeugt, dass diesem kleinen, stets einen abgenutzten schwarzen Anzug tragenden Mann etwas Leichenschänderisches anhaftete. Er glaubte beobachtet zu haben, dass der Vervierser Gerichtsarzt beim Sezieren von Ermordeten oder Unfallopfern manchmal unheimlich grinste. Weiter war ihm aufgefallen, dass er, alle hygienischen Vorschriften missachtend, keine Berufskleidung anlegte und lediglich seine kurzen, gelblichen Wurstfinger in klebrige Zellophanhandschuhe steckte. Auch pflegte er während seiner Arbeit zu rauchen. Einmal hatte er Harrings gar barsch dazu aufgefordert, ihm ein Cigarillo der billigen Marke »Déchets de Havanne« in Brand zu stecken, während er sich mit einem Spachtel an der aufgedunsenen Säuferleber eines Selbstmöders zu schaffen machte. Wandten sich die umstehenden Zeugen erschrocken ab, wenn der kleine Wallone mit einer blutigen Nadel das, was von den Opfern übrig blieb, wieder zusammenflickte, fauchte er verächtlich »petites natures«, was soviel bedeuten sollte wie »Sensibelchen« oder »Schwächlinge«. Dann hielt der »Geier« das Klappfeuerzeug an den widerlichen Havanna-Stummel in seinem Mundwinkel, drückte sich den Hut in die Stirn und ging wortlos davon.

***

Rektor Hubert Voss las an jenem Morgen die heilige Messe wie gewohnt in dem seit Jahren vom Lütticher Bischof verbotenen lateinischen Ritus. Der ergraute Priester zelebrierte diese kanonische Illegalität in nahezu franziskanischer Milde. Die heimliche Eucharistie in dem nur spärlich geheizten Kapitelsaal war sein letzter, nahezu wehrloser Widerstand gegen die vom Vatikan verordnete Liturgiereform, deren Unaufhaltsamkeit er nur noch das leise Pathos seiner Flüsterstimme und den sorgenvoll zur Seite geneigten Kopf entgegenhielt. Umgeben von einer verschwindend kleinen Gemeinde treuer Anhänger blätterte er mit dünnen weißen Fingern in den mit Goldschrift verzierten Seiten eines alten »Missale«. Um seine übernächtigten Augen dunkle Blässe und Asketenringe. Kniete er zur Wandlung mühsam nieder, senkte sich das Brokat seines Messgewandes in elegische Falten vor den Goldengeln des Altars. Dramaturgische Pausen unterbrachen seine Gebetsformeln über »das zur

Vergebung der Sünden vergossene Blut«. In die Stille der heiligen Handlung mischte sich plötzlich das Geräusch der hinteren Kapellentüre. Niemand der Gläubigen wagte es, sich ausgerechnet in diesem Moment liturgischer Hochspannung umzudrehen. Eine schwarzgekleidete Frau, die ihr Gesicht in ein Kopftuch hüllte, nahm auf leisen Sohlen im Hintergrund Platz. Erst als der Rektor die Kommunion austeilte, wagten eingige der Gläubigen einen scheuen Blick auf diese dunkle Gestalt, die sich gesenkten Hauptes nach vorne begab und ihre Zunge zögernd zum Empfang der Hostie ausstreckte.

Später haben einige Beobachter dieser Szene gemunkelt, die Hand des Rektors habe beim Austeilen der heiligen Kommunion an diese Frau auffallend gezittert. Nie zuvor hatte man sie bei den konspirativen Frühmessen gesehen. Manche hielten sie gar für eine Person fragwürdigen Lebenswandels: Reich, geschieden, und von einem kaum definierbaren Alter, wo sich Tristesse und Schönheit eine brisante Balance hielten. Als der Rektor später von den Ermittlungsbeamten nach den wildwuchernden Gerüchten über ihr kurioses Erscheinen und seine angeblich zitternde Hand gefragt wurde, lächelte er nur, er zittere manchmal aus Altersgründen, fürchte sich allerdings vor niemandem. Nach einer kleinen Pause gab er weiter zu Protokoll, jeden Morgen, unmittelbar nach dem Aufstehen um vier, den »Großen Exorzismus«, das römische Ritual der Teufelsaustreibung zu beten. Der Kommissar, der zu diesem Zeitpunkt noch nicht darüber informiert war, dass die spitzen, gerippten Fußabdrücke, die jene Besucherin auf dem Holzfußboden des Kapitelsaales hinterlassen hatte, mit denen identisch waren, die dem brummig zum Frühdienst eilenden Harrings im frischen Schnee als »kleine, grazile Frauenfüße« aufgefallen waren, fragte erstaunt, was der betagte Rektor denn »schon in aller Herrgottsfrühe« mache. Abermals mit einem grinsenden Lächeln erhielt er zur Antwort: »Wachen und beten, Herr Kommissar, damit wir nicht in Versuchung fallen.« Auf den Einwand, bei einem solch frommen Priester sei in der Frühe doch kein Teufel zu vertreiben, gab er flugs zurück: »Wir müssen mit dem Schlimmsten rechnen, bis zum letzten Atemzug.« Während der Kommissar das Rektorat verließ, fuhr im leichten Schneefall ein schwarzer Leichenwagen die Simarstraße hoch.

***

Als sie ihm zuflüsterte, sie ohne Umschweife Eva zu nennen, küsste der junge Mann sie leidenschaftlich ins Ohr. Dann nahm er einen tiefen Schluck aus dem Bierkrug und sagte mit der kalt registrierenden Nüchternheit eines Buchhalters: »Ab sofort befinden wir uns unwiderruflich im verlorenen Paradies.« Was diese Szene an der äußersten Thekenecke des »Tabaris« für beide so erschütternd machte, war die überraschende Heftigkeit, mit der dies geschah. Sie sprach später von der »Fügung des

Unaufhaltsamen«, was er nicht gelten lassen wollte und, unromantischer, über »die Tücke längst eingefädelten Schicksals« philosophierte. Nein, da war er hartnäckig, das sei keinesfalls dasselbe. Fast entschuldigend fügte er »Liebste« hinzu. Der feine Unterschied liege nicht im Absturz, der beide ergriffen habe, sondern in seinem ungewissen, obskuren Ziel. Eva liebte diese poetischen Bilder, die ihrer Fantasie ungeahnten Tiefgang gaben und doch sanft, unverbindlich blieben. So wie Andreas sich zunächst weigerte, seinen Namen zu nennen und auf ihr erstauntes Drängen zu antworten pflegte, er habe viele Namen, es sei allein ihre Herausforderung, ihm den »ureigensten, endgültigen« zu geben. Dann zog sie tief an ihrer Zigarette, nippte unsicher an dem Weißweinglas oder ließ sich einfach von dem Joan-Baez-Song in den Boxen wegtreiben: »Forever young«, die vibrierende Melodie ihrer Abgründe.
»Darf ich fragen, wo du bist?«
»Im Nirgendwo, führe uns endlich heimwärts, mein namenloser, schöner Junge.«
Es gab zwischen beiden eine nie geahnte Macht des Schweigens. Als der Aufzug sie in das Penthouse an der Verviërser Straße hochtrug, geschah dies, als seien sie Fremde. Kein Wort, als Eva mit rasselnden Schlüsseln die Türe öffnete. Spärliches Licht in dem Living zum Park hin. Keine Kerzen, keine streichelnde Mondscheinsonate. Eher das disziplinierte Abwarten routinierter Spieler, die träge Sprungbereitschaft von Raubkatzen. Sternenhimmel, am Horizont der finstere Saum des Hertogenwaldes. Er tritt auf den kleinen Balkon. Eisige Nachtluft, die fahl leuchtende Front des St. Nikolaus-Hospitals. Alles Intensivstationen, wird er ihr später zuflüstern. Als er die Türe wieder schließt, sagt er: »Du solltest nicht soviel rauchen.« Und bevor sie erstaunt aufblickt: »Wir schulden uns reine Küsse.« Viel später dann, aufhaltend, innehaltend: »Es könnten die letzten sein.« Dann wieder stürmische Nacktheit im Reservat der Wildnis. Alles, jetzt und vielleicht immer.

***

Andreas hat ihr verboten über das Alter zu grübeln. Fast dreißig Jahre Differenz, kann eine Frau darüber hinwegsehen, lächelte sie illusionslos. Nein, es seien weder ihre bald erwachsenen Kinder, noch die Leute, »diese spießigen Heuchler«, sondern einfach ihr Lebensgefühl: »Angst, tiefer als jemals zu fallen.« Sie saß lässig auf dem Teppichboden, den Kopf tief in den Nacken gelehnt, das lange schwarze Haar zum Knoten gebunden, tastend seine Hand suchend. Eva wusste, dass er ihre, wie er es nannte, »Litanei« nicht mochte. Fauchend hatte er ihr das Wort abgeschnitten: Bourgeoise Berechnungen, Rezitation der Wohlanständigkeit, Altweiberklagen, er werde sich dadurch die »Pisse nicht warm machen lassen«, sei kein Lustknabe, kein Beichtvater, kein Animator für Selbstfindung. Wenn er trank, faselte er von Wechseljahren und Vorruhestand, drohte verletzend zu werden, während sie sich schwor, »keine einzige Träne für diesen Jüngling, keinen Kummer für diesen Schweinepriester«. Dazwischen schob sich ihr gemeinsam so perfekt beherrschtes Schweigen, die läuternde Stille unendlich langer Nachmittage, bis er es schließlich aufgab und seine Hand um ihre Schultern legte, fast brüderlich. Sanft strich er mit seinem Zeigefinger um ihre Lippen, führte ihn ebenso langsam wie zielstrebig über den Hals zu jenem schwarzseidenen Träger, dessen Konturen er, als sei es eine ungeahnte Entdeckung, andächtig abzutasten begann. Die Geometrie ihrer Dessous, wie leuchtende Bordstreifen auf Landepisten.

»In meinen Armen wandelst du dich zu einem jungen Mädchen.«

Die Tonlage seiner Stimme war zugleich jungenhaft und todernst. Er glaubte zutiefst an diese »Metamorphose der Umarmung« und je mehr sie ihn ließ, umso mehr glaubten sie es gemeinsam. Nie hat sie gesagt »Du bist Spitze« oder »So war es noch nie«. Den Begriff »Orgasmus« hielten sie für »Klinikum-Vokabular«. Auch das gehörte zu ihrem konspirativen Schweigen, dass es ihnen gelang, die Schwingungen ihrer fatalen Nähe in jene Paradieseszone zu führen, für die sie kein anderes Wort als »Kontemplation« fanden. Sehr langer, kontrollierter Atem, fast an der Grenze des Stillstands. Kein Wunder, dass diese, zu allen Tag- und Nachtzeiten gepflegte Übung, die sehr bald zur Kunst geriet, und das Wenige, das es noch zu sagen galt, sie in die Nähe von Herrlichkeit, aber auch von Sterben und Tod führte. Beide glaubten für immer zu wissen, eine existentielle Gipfelregion erreicht zu haben, die alle Spielregeln menschlichen Mühens außer Kraft setzt und die man »lebendigen Leibes« nur unter gewaltigen Opfern zu verlassen vermag.

***

Als Andreas sie das erste Mal nach Maastricht mitnahm, hat sie es als »Sport« empfunden. Alles verlief unspektakulär, fast heiter, als habe er Maatjes-Heringe oder jungen Genever erstanden. Kein Getuschel an den Marmortischchen ringsum, sondern augenzwinkerndes, wie sie glaubte, »studentisches Milieu«. Nur fiel auf, dass Andreas offenbar zum routinierteren Teil der Kundschaft zählte. Es gab eine heimliche Rangordnung, Präferenzen des Personals, Vorzüge des »baas«.

Später, als sich die Fahrten über die grüne Grenze von De Plank zu häufen begannen und Eva einschränkend auf Kontrollfahrten der »Marechaussee« hinwies, oder zu fragen wagte, ob dies nicht ein böses Ende nehmen könne, sagte er mit einer Stimme, die sie wie ein Axthieb traf: »Da wirst du dich nie einmischen!« Auf dem Rückweg hielt er auf dem US-Ehrenfriedhof von Henri-Chapelle plötzlich an, zog

sie hinter sich, vorbei an den Marmorkreuzen tausendfachen Todes, zu einer Steinbank unter Buchen. Geübt fingerte er an dem Papiertütchen mit dem weißen Zauberstaub, den er mit der Nase heftig einzog. Sie runzelte die Stirn, während er ihr strahlend entgegenzischelte: »Keine Frage, mein Herz. Niemals!«
Dann wurde es ein schöner Abend. Die »Hostellerie du Roy« liegt inmitten des Aubeler Wiesenlandes. »Ich glaube, du wolltest uns einladen«, lächelte er und bestellte nach dem Pastis eiskalten Pouilly-Fuissé. Der Ober brachte Fischsuppe und Schnecken. Zum »Pavé du Chef« tranken sie eine Flasche roten Fleury. Nach der Crème brulée spendierte der Patron zwei Kelche Calvados, »pour le couple sympa«, ließ er ausrichten. Dann kündigte Andreas an, ihr eine wichtige Mitteilung machen zu müssen. Ihr Lächeln erstarb, sie rückte erschrocken den Stuhl zurecht, sah ihm gefasst in die Augen, als drohe ein vernichtendes Verdikt.
»Ich werde dich nie mehr verlassen, mon amour.«
Evas Augen wurden feucht. Er schmunzelte, weil es ihr nicht gelang, die Tränen unter Kontrolle zu halten. Diskret streifte er einen Schuh ab und strich mit den Worten, jetzt komme »ein U-Boot«, unter ihrem Rock den bloßen Fuß langsam hoch und höher über ihre Schenkel.
»Du bist wahnsinnig«, erwiderte sie, ließ es aber geschehen.

***

Andreas machte seine Ankündigung, für immer bei ihr zu bleiben, auf eine Weise wahr, die sie nicht für möglich gehalten hatte. Seit Wochen wollte er das Appartement nicht mehr verlassen. Was zunächst nach Erschöpfung oder Grippe aussah, entwickelte sich zunehmend zu einer hartnäckigen Weigerung, noch einen Tritt vor die Türe zu setzen. Es gab Tage, wo sie ihn zitternd oder in Schweiß aufgelöst fand. Von einem Arzt wollte er nichts hören, begann aber meist schon am Vormittag zu trinken. Zunächst »einen kleinen Apéro«, ein Bierchen oder ein Glas Weißwein, dann aber bald Pastis und schließlich nur noch Grand Marnier. So sehr sie sich auch bemühte, ihm diesen süßlichen Orangenlikör auszureden, umso mehr verlangte er danach. Mittags, abends, nachts. Nichts beruhige ihn mehr, als dieser Hauch Apfelsineschale, beteuerte Andreas, der vorgab, »mit Eupen endgültig gebrochen zu haben«. Ihre Wohnung erklärte er zur »Zuflucht«, zur »Festung«. Versuchte sie ihm ins Gewissen zu reden, legte er seine fortschreitende Sucht nach »Klausur« und »Wegtauchen« als eine nur ihr gewidmete Spielart »totaler Verehrung« aus. Eva sei der einzige Inhalt seines Lebens, allein diese »Radikalität der Liebe und erotischen Faszination« gelte es zu verteidigen.
Und dann liebte er sie, wie sie es nie zu träumen gewagt hatte. In immer wieder neuen Anläufen erschütternder Begierde forderte er »extremste Intimität« und ließ

sie wie ein souveräner Liebesspieler in den Fängen seiner Zauberhände zappeln. Hörig folgte sie dem geringsten Lockruf. Anflüge von Melancholie versuchte sie im Keim zu ersticken, erfüllte ihm Wünsche und Sonderwünsche, schleppte mehr denn je Wein und Spirituosen ins Haus, erfand zu den unmöglichsten Zeiten Anlässe für Feste, die sie beide frisch gebadet, in bestes Tuch und exklusive Klamotten gehüllt, an feierlich gedeckten Kerzentischen zelebrierten. Inzwischen war es Eva, die jede Woche mit ihrem bordeauxfarbenen Golf Cabrio durch die Voerdörfer nach Maastricht eilte.

»Du bist mein Engel«, hechelte er, wenn sie ihm das Tütchen mit dem Stoff überließ.

Die »Festung« ihrer Wohnung geriet dabei fortschreitend zu einer Mischung aus Kampfplatz und Klause. Andreas hatte sich ganz in das gemeinsame Schlafzimmer zurückgezogen, aus dem er die Donnerstagmorgens auftauchende Putzhilfe unter Tobsuchtsanfällen vertrieb. Die von ihm als »Hexe« bezeichnete Trudi musste Eva auf dem Kopf ihrer Kinder versprechen, darüber Stillschweigen zu bewahren und ließ sich diese Qual mit Sonderzulagen und Geschenken versilbern.
Rings um das Bett häuften sich unterdessen angelesene Bücher, leere Likörflaschen, Spitzenlingerie, vergilbende Zeitungen, Zigarettenschachteln, Video- und CD-Hüllen. Eva schlug manchmal ihre Hände vors Gesicht, wagte aber weder zu zürnen, noch zu klagen. Doch gab es auch Tage, wo er vor ihrer Rückkehr alles minutiös säuberte, das ganze Appartement aufräumte, die Rolläden hochzog, die Türe zum Balkon öffnete und sie zu dem bemessen anbrandenden Adagio aus Mozarts Klarinettenkonzert mit einem Strauß dunkelroter Rosen überraschte, für dessen Übermittlung er dem Lehrmädchen aus der Gärtnerei in der Hookstraße ein fürstliches Trinkgeld spendiert hatte.

Es wurde wieder ein grandioser Abend, eine Nacht uneinnehmbarer Harmonie. Nie wirst du ihm etwas verweigern, ging es durch ihren Kopf, wenn er ihr mit der Sensibilität eines fernöstlichen Gurus den Nacken massierte, ihre Schönheit lobte, sie als »Meisterin« rühmte oder sich mit den Worten ihrem Ohr näherte: »Bis dass der Tod uns scheidet.«

***

Das Ende kam über Nacht. Seine Sucht nach Stoff erreichte im letzten Winter ungeahnte Ausmaße. Folgte sie nicht flugs seinen Wünschen, geriet er in Panik und Todesängste. Chaos und Schmutz nahmen erschreckende Ausmaße an. Die »Hexe« Trudi fürchtete sich, die Wohnung weiter zu betreten, und war nur nach Zahlung einer »Schutzgebühr« dazu bereit. Als Eva die angestauten Tränen nicht mehr aufzuhalten vermochte, wirkte dies in ihrem Verlies wie ein von beiden immer befürchtetes Erdbeben, ein tiefer, nicht mehr rückgängig zu machender Einschnitt.

Ab sofort stelle sich die entscheidende Frage, kommentierte der konsternierte Andreas aus der Tiefe seiner Bettengruft, »wer wen tatsächlich liebe«. Immer wieder am Rande des Zusammenbruchs und von Fieberanfällen geschüttelt, flehte er sie an, ihn nicht zu verlassen. Sie schworen sich schluchzend ewige Treue und doch begann er nach kurzer Zeit erneut, sie mit Fragen und Zweifeln zu bestürmen. Nach einer schlaflosen Nacht, als über dem Krankenhaus endlich der Wintertag graute und die Glocke des Klösterchens glasklar in das Schlachtfeld ihrer letzten Bleibe drang, fragte Eva ihn, ob sie nicht einmal versuchen sollten »gemeinsam zu beten«. Dann fielen sie sich wie hilflose Kinder, verzweifelt schluchzend, in die Arme.

In der darauffolgenden Nacht ging alles dramatisch schnell. Andreas teilte ihr in einem Anflug seltener Nüchternheit mit, dass er mit ihr zu sterben wünsche. Doch lasse er ihr die Freiheit, dazu die Initiative zu ergreifen. Anderfalls werde er Hand anlegen, die Wohnung sei verbarrikadiert, die Telefonleitung gekappt. Dann fiel er in einen tiefen Schlaf. Den Mund weit aufgerissen, um seine Schläfen Leichenblässe.

In der offenen Schublade seines Nachttisches fand sie einen Zettel, auf dem in seiner kaum noch lesbaren Zitterschrift geschrieben stand: »Laß uns gehen, mon amour«. Daneben griffbereit das große Küchenmesser, eine vertrocknete Rose und ihr Kult-Song »Forever young«. Andreas lag in Schweiß gebadet, sein Atem ging stockend und schwer, auf seinem ganzen Körper waren rötliche Flecken, die an den Rändern zu eitern drohten.

Nie hat sie seinen bräunlichen Orangenlikör gemocht, doch jetzt trank sie den Rest der Buckelflasche bis zur Neige. Dann nahm sie das Messer und tat es.

***

Als Eva das Haus verließ, begann es zu schneien. Vor den hellerleuchteten Fenstern der Polizeiwache, ergriff sie panische Angst. Atemlos lief sie in Richtung Klosterkirche. An dem hohen Portal unter der Madonnenstatue rüttelte sie, bis das Schloss ächzte. Jenseits der Treppe erkannte sie, wie im benachbarten Rektorat ein Licht angezündet wurde. Zögernd trat sie in den Garten und näherte sich der Haustür. Dann drückte sie kurzentschlossen auf die schwarze Klingel. Erschreckend schrillte

es durch die späte Nacht. Wie gelähmt lehnte sie an der Wand. Dann hörte sie Schritte, zunächst oben, dann lauter im Treppenhaus und unausweichlich auf den Steinfliesen der Diele.
Mit gesenktem Kopf stand der Rektor im Türrahmen. In seinen Augen funkelte ein freundliches Staunen: »Wer kommt denn so früh?« Auf seine schwarze Soutane hefteten sich Schneeflocken. Seine Hand wies einladend in das Innere des Hauses.

Dann brach es aus ihr heraus: »Herr Rektor, ich möchte beichten!«, und der alte Mann antwortete mit leiser Stimme: »Kommen Sie bitte!«

Manfred Lang

L'Escalier

Ausgangs- und Zielpunkt seines täglichen Spaziergangs durch Malmedy waren Kirchen. Der Besuch der Kathedrale stand am Anfang, die *Chapelle des Malades* am Ende. Zwischendurch machte Jo meist einen Abstecher zum Seitenaltar der Kapelle in der *Ruelle de Capucins* mit dem skurrilen Trio aus einer großen und zwei kleinen Antonius-Figuren.

Ein Fixpunkt auf seiner Runde war auch der *Parc de Tanneries*, wo Jo erst dem Lebensbaum, etwas abseits der eigentlichen Parkmitte, einen Besuch abzustatten pflegte, um dann, von einer der drei Bänke am Brunnen aus, eine Zeit lang dem Treiben auf dem Kinderspielplatz oder den Minigolfern zuzuschauen.

Dort sitzend, atmete Jo häufig auf: »Herrlich, dieser Tag, und unverfänglich diese Stadt, keine Spinnweben, keine Fallstricke, keine Löwengrube in Sicht. Kletterröhren und Schaukeln für die kleinen, Minigolf für die großen Kinder. Entzückend!«

Jo fühlte sich wohl in Malmedy. Er liebte das Ambiente der Stadt, den landschaftlichen Reiz der Umgebung und die Tatsache, dass Malmedy frankophon, aber nicht wirklich wallonisch war. Niemand, so dachte er, würde ihn dort aufstöbern, nach Lüttich oder zurück nach Brüssel zerren und ihn möglicherweise als Zeuge vor einen Untersuchungsausschuss oder vor Gericht stellen.

Jo hatte sein Aussehen und seine Gewohnheiten verändert. Niemand wusste, wo er abgeblieben war. Die in der Parteizentrale vermuteten ihn vielleicht in der Karibik, wohin er im Mai 1991 offiziell in Urlaub geflogen war, wahrscheinlich dachten sie, er habe sich nach Kuba abgesetzt. Oder aber sie meinten – und zu dieser Sorge bestand aus ihrer Sicht durchaus Anlass, Jo liege unter irgendeiner dicken Betonplatte in irgendeinem Brüsseler Diplomatenkeller.

Obwohl er sich jetzt, nach neun Jahren in Malmedy, völlig sicher fühlte, variierte Jo Uhrzeit und Wegstrecke seines Spazierganges noch täglich. Seit einigen Jahren gehörte, außer den Kirchen, aber auch stets ein Stück entlang der Warchenne zu seinem Rundgang, und zwar von der *Rue Derrière les Murs* zwischen den Reihen der Buchenallee hindurch und an zahlreichen Brücken und Brückchen über das Flüsschen vorbei, die die Wohnhäuser mit der Straße verbinden. Auf diese Weise kam er geradewegs zum *Parc de Tanneries* mit seinem Brunnen, seinem Lebensbaum und seinen Spielplätzen. In diesem Park sollte ihn eines Morgens die Vergangenheit einholen ...

Jo war vor fast genau neun Jahren einfach aus seinem alten Leben verschwunden – abgehauen, untergetaucht. Unter einem anderen Namen und mit neuen, vollkommen echten Papieren, an die ein Mann in seiner Position und mit seinen Beziehungen problemlos gelangen konnte.
Er war alleinstehend und hatte in Brüssel außerhalb der sozialistischen Partei kaum Kontakte gepflegt. Jo war keineswegs ein populärer Politiker, sondern Parteisoldat, Wasserträger der Spitzenfunktionäre, der hinter den Kulissen Kontakte knüpfte und diskret Geschäfte abwickelte.
Natürlich hatte man seine Qualitäten bei den Sozialisten verkannt, wie Jo manchmal auf seiner Malmedyer Parkbank befand. Er selbst hatte sich eigentlich als Ideologe gesehen, ein Sozialist schon vom Elternhaus her, und nicht als Krisenmanager und Ausputzer hinter den Kulissen. Nationalistische Hahnenkämpfe zwischen Flamen und Wallonen waren ihm suspekt, er war für den belgischen Einheitsstaat und gegen die Regionalisierung. Jo wollte linke Politik und soziale Verbesserungen für das ganze Land. Aber ihn fragte ja keiner. Er bekam den Auftrag, sich über ganz andere Dinge Gedanken zu machen …

Das alles war inzwischen weit weg, dachte Jo manchmal, wenn er sich vom Park aus wieder auf seinen Weg entlang der Warchenne machte. Er folgte dem Flüsschen dort nicht mehr direkt, sondern täglich abwechselnd, einmal über die *Rue des Arsilliers*, dann wieder über die untere *Rue de la Warchenne* und schließlich in der dritten Variante in einem weiten Bogen durch die *Ruelle Catharine André* und über den *Place de Rome* bis in die Nähe der Warchenne-Mündung in die Warche, unmittelbar hinter der Clinique Reine Astrid.
Dort war Jo nur noch wenige Schritte von der *Chapelle des Malades* entfernt, in deren Innerem er sich lange aufzuhalten pflegte. Und zwar zu einer Art Meditation zwischen den Votivtäfelchen aus weißem Marmor, mit denen die Innenwände der Kapelle und der Vorraum über und über bedeckt sind.
»Sainte Marie, Mère de Dieu, priez pour nous!«
»Doux Cœur de Marie, soyez mon salut!«
»Merci à Notre-Dame des Malades!«
Jo kannte die Sprüche. Er wusste Jahreszahlen und Auftraggeber zu unterscheiden und ihm war aufgefallen, dass fast alle in Französisch geschrieben waren, einige auf Latein, keine auf Niederländisch, keine auf Deutsch. Und das, obwohl die meisten aus der Zeit stammten, als Malmedy zwischen Wiener Kongress und Ende des Ersten Weltkriegs deutsche Kreisstadt war. Dabei hatten die Preußen den frankophonen Malmedyern das Leben schwergemacht, ähnlich wie später die Wallonen den deutschsprachigen Eupenern und Sankt Vithern. Und dennoch:
»Remerciement F.C. Cologne 1904«

»Merci N. D. de Malades! Joh. Schroeder, Neuerburg 1.11.14«
»Sainte Marie, Mère de Dieu, priez pour nous! Aix-la-Chapelle W. K. Mai 1898«
Gläubige aus Preußen und anderer Herren Ländern hatten ihre Bitten und Danksagungen inklusive ihrer Herkunftsorte von den Malmedyer Steinmetzen trotz preußischer Sanktionen auf Französisch in den weißen Marmor gravieren lassen: Hommage à Marie aus Bruehl, Clève, Hambourg – und auch aus Heerlen und Columbus/Ohio.
Jo fühlte sich den Absendern der Votivtafeln auf eine vermutlich nur für ihn selbst sehr naheliegende Art verbunden. Nämlich nicht, weil es ihm selbst schlecht gegangen wäre. Er empfand sich als Sozialist – selbst im Angesicht des Gnadenbildes, einer Madonna mit krankem Kind auf dem Arm – als Mit-Adressat von Hilfeschreien und Anrufungen. Jo versuchte, den in Stein gehauenen Ängsten und flehenden Bitten der Elenden und Kranken nachzuspüren. Und er versuchte mit ihrer in den Marmor geritzten Dankbarkeit Verbindung aufzunehmen. Wenn ihnen in ihrer Not geholfen worden war, dann fragte er sich, ob von der Madonna oder einem ihrer Mit-Adressaten. Jo lauschte in der Kapelle der Kranken den letzten Schwingungen ihrer Seufzer und Gebete, ohne je etwas zu hören.

In seinen Brüsseler Jahren hatte Jo viele aufstehen und wieder untergehen sehen. Er selbst war entbehrlicher für die Partei und ihre sensible Umgebung gewesen, als die meisten von ihnen. Man hatte ihn zwar anfangs in der Parteizentrale vermisst, als sein Karibikurlaub eigentlich zu Ende war, er aber nicht in seinem Büro saß. Man hatte eifrig telefoniert und heftig gefahndet. Aber nur ein paar Tage lang, denn plötztlich hatte man in Brüssel ganz andere Sorgen: Am 18. Juli 1991 knallte es in Lüttich.
Zwei bezahlte Killer erschossen Ex-Parteichef André Cools, Minister in mehreren Brüsseler Regierungen, aber zum Zeitpunkt des Anschlags eigentlich nur noch Bürgermeister seiner heimatlichen Kleinstadt Flémalle.
Am Tag nach dem Attentat hatte Jo im Hotel Saint Gereon am gleichnamigen Plätzchen mit dem einen von zwei Malmedyer Tanzrondellen gesessen, beim Rotwein versunken in einer Mischung aus Trauer über den Tod des Parteifreunds und Genugtuung über seine eigene Entscheidung, rechtzeitig und gründlich von der Brüsseler Bildfläche abzuhauen. Jo war zu diesem Zeitpunkt gerade dabei, sich einen Bart wachsen zu lassen und er knappste noch heftig daran, seine drei unsozialistischen Vorlieben abzulegen, nämlich die für feine Anzüge, solide Limousinen und leichte Mädchen.
Er musste sich in der Zeit nach dem Cools-Attentat mehr als einmal selbst Mut zureden: Er wusste zwar viel, war aber selbst in seiner alten Identität ein in der Öffentlichkeit völlig unbekannter Mensch. Das Risiko, dass ihn jemand zufällig auf der Straße oder in einem Café am Place Albert I. erkennen würde, war nicht sehr

hoch. Wenn überhaupt, dann konnte nur jemand aus dem ganz engen Umfeld ihn identifizieren. Jemand aus der Parteizentrale. Oder jemand, mit dem er in deren Auftrag Geschäfte abgewickelt hatte …

Mit den Jahren verlor Jo in der Idylle von Malmedy und der traumhaften Umgebung die Angst vor dem Entdecktwerden fast völlig. Und er verlor mit den Jahren nahezu jede Vorstellung davon, wer ihm eigentlich noch Böses wollen könnte. Er war jetzt neun Jahre älter, etwas in sich zusammengesunken, grauhaarig und nahezu weißbärtig, er kleidete sich altmodisch, schluffte ein wenig, er war unauffällig in jeder Beziehung: Ein Schatten dessen, was er auf dem internen Brüsseler Parkett und hinter den Kulissen einst dargestellt hatte.

Da passierte es eines Tages, es war an einem fast sommerlichen Sonntagmorgen im späten Oktober 2000. Jo war vom Lebensbaum im Parc de Tanneries zu einer der Bänke am Brunnen gewechselt. Da betrat ein Mann den Park vom Place de Cochem her, den er auf Anhieb erkannte. Ein Mann aus seinem früheren Leben. Er hastete eilig durch den Park, sah sich ab und zu um, sah auch Jo an auf seiner Bank, aber nur ganz kurz und ohne den Schimmer eines Erkennens. Dann war der Mann in einer Baumgruppe am westlichen Parkende verschwunden.

Jo hatte im Lauf der Jahre ein paar Leute kennengelernt, Freunde nur im weitesten Sinne, verteilt über einige Orte in den Ostkantonen und in der Provinz Lüttich. Und er hatte irgendwann auch wieder die Bekanntschaft von zwei, drei Damen in der Umgebung gemacht, bei denen er trotz seiner ganz gezielten Vorstellungen über die gemeinsam zu verbringende Zeit sehr willkommen war. In Malmedy selbst pflegte er nur flüchtige Bekanntschaften zu Gastronomen und Stammgästen und geschäftliche Beziehungen zu Bänkern, mit denen er seine nicht unbedeutenden Geldsachen abwickelte. Jo war nicht gerade unvermögend – dank einer geschickten finanziellen Transaktion aus einem früheren in sein heutiges Leben.

Jo genoss sein neues Leben, jedenfalls bis zu jenem sommerlichen Tag im Oktober 2000. Da verlor er sein inneres Gleichgewicht beim Anblick jenes Mannes im Park, den er, wie ihm kurz darauf in der Chapelle des Malades dämmerte, zuletzt am Vorabend seines Abtauchens 1991 in der Brüsseler Parteizentrale gesehen hatte. Es war genau jener Mitarbeiter, dem er – als letzter Dienst für die Sozialisten gewissermaßen – wichtige Ermittlungsergebnisse übergeben hatte. Wie und warum war der Mann jetzt in Malmedy? Mit einem Mal hatte die verdrängte Angst Jo beim Wickel.

Wirkliche Bedrohung hatte er selbst 1995 nicht empfunden, als der Agusta-Skandal aufgeflogen war. An jenem Tag im Februar 1995 hatte Jo fast unbeteiligt seine Runde durch Malmedy gedreht. Da hörte er im Radio und las in der Zeitung, was er schon lange gewusst und was selbst die belgische Öffentlichkeit längst geahnt hatte, nämlich seit 1988, als die Brüsseler Regierung bei dem Mailänder Unternehmen Agusta 46 Militärhubschrauber gegen den erklärten Rat von Experten bestellt hatte. Es war Schmiergeld geflossen, natürlich. Ungefähr 50 Millionen belgische Franken, wie es 1995 offiziell hieß, und zwar in die Kasse der flämischen Sozialisten, wie es hieß ... Einen Monat später beging Luftwaffenchef General Jack Lefebrve nach seiner Vernehmung Selbstmord. Die Parteiführung erklärte, ihr Schatzmeister habe die Agusta-Gelder auf eigene Faust angenommen. Später im Jahr 1995 trat Außenminister Franck Vandenbroucke zurück – nachdem er eingeräumt hatte, er habe 1991 als Parteichef die Verbrennung von Schwarzgeldern angeordnet.

Jo hatte damals eine Faust in der Tasche gemacht: Was hatte er noch damit zu tun? Ein anderer hätte es besser gewusst und zur Aufklärung beitragen können. Doch der andere war tot, gewissermaßen jedenfalls, und das mitsamt seiner sozialistischen Ideale. Dankenswerter Weise hatte derjenige sein nicht unbedeutendes materielles Erbe Jo hinterlassen. Und nur das noch interessierte ihn wirklich.

Noch später, 1998, wurde der frühere Wirtschafts- und Außenminister sowie NATO-Generalsekretär Willy Claes wegen Bestechlichkeit zu drei Jahren verurteilt – und der frühere Chef der frankophonen Sozialistischen Partei, Guy Spitaels, und der ehemalige belgische Verteidigungsminister Guy Coëme zu je zwei Jahren auf Bewährung ...

Auf Neuigkeiten über das Cools-Attentat wartete Jo hingegen vergebens. Es wurde nie aufgeklärt und seine Hintergründe liegen bis heute im Dunkeln. Deshalb wirkte die Begegnung im Park auf Jo um so erschütternder. Die Agusta-Affäre war immerhin nur einer der Gründe für seinen Abgang aus Brüssel gewesen.

Vor allem aber war da noch die Ermordnung des kanadischen Waffenkonstrukteurs Gerhard Bull in Belgien.

Jo hatte im Frühjahr 1991, ein Jahr nach Bulls Tod, höchst brisante Dinge in Erfahrung gebracht. Es ging um den Export einer von dem Kanadier erfundenen Superkanone von Großbritannien in den Irak. Die Munition sollte illegalerweise von einer belgischen Firma geliefert werden. Und: Es gab Querverbindungen zur Politik, nicht nur in die sozialistischen Parteien hinein.

Jo hatte seine diesbezüglichen Notizen am Abend vor Antritt seines mehrwöchigen Karibikurlaubs an eben jenen Mitarbeiter überreicht, der ihm im Park begegnet war.

Der sollte sie am nächsten Tag an einen Spitzenpolitiker weitergeben, auf den Jo große Stücke hielt: an André Cools ...

Zwei Tage nach seiner Begegnung mit ausgerechnet jenem Mitarbeiter im Park brach Jo zu seiner Runde durch Malmedy auf. Ungewöhnlich lange verbrachte er gleich zum Auftakt in der Kathedrale, und zwar am Rande der linken Seitenkapelle vor dem Schrein des Heiligen Quirinius. Verständnislos starrte er diesmal auf die Heiligenfigur, die ein Bruchstück ihrer eigenen Schädeldecke in Händen hält – wie zum Triumph nach erlittenem Martyrium.

Jo hatte den frühen Morgen für seinen Spaziergang gewählt und es dämmerte noch, als er von der *Rue Neuve* zum Warchenne-Ufer in Richtung Park abbog. Er hastete mehr als dass er spazierte, durch die *Rue Derrière les Murs* und die *Avenue du Centenaire*, hinein in den Park. Dort nahm er sich keine Zeit für den Lebensbaum und nicht die Muße, auf einer der drei Bänke am Brunnen zu verschnaufen. Er eilte – warum, wusste er selbst nicht, eher einer Eingebung folgend – geradewegs zu jener Baumgruppe am westlichen Parkende, in der sein ehemaliger Mitarbeiter zwei Tage zuvor verschwunden war.

Diese Baumgruppe wird von einer ausladenden Trauerweide mit tief herab hängenden Ästen dominiert, darunter gibt es eine mittelgroße Kastanie und Weißdorn-Sträucher, Rhododendron und Berberitzen und, was Jo nie zuvor aufgefallen war, eine Treppe, die unter die Erde führt. Jo stieg die Stufen hinab bis zu einer verschlossenen Blechtüre, hinter der er Geräusche vernahm.
Völlig harmlose Geräusche, wie er nach einigen Augenblicken feststellte, vermutlich von einer Pumpe, die den Wasserkreislauf für den Parkbrunnen aufrechterhält.
»Du machst dich selbst verrückt, Junge«, dachte Jo und als er sich umwendete, um wieder an die Erdoberfläche zu steigen, da traf ihn der Schlag, unbarmherzig, von oben herab, mit voller Wucht.

Guido Thomé

Kein Mord zuviel

»Und ich?«
Schroeders weit aufgerissenen Augen wirkten hinter den dickwandigen Brillengläsern wie riesige Murmeln. Seine Kinnlade war runtergeklappt.
»Dann war wohl alles umsonst,« murmelte Schroeder in seinen verfilzten Bart.
»Was war umsonst?«
Schroeder hatte die Frage überhört.

Rudolf Schroeder wurde im Dorf nur Magnum genannt. Das lag daran, dass eines Tages ein Kollege von Schroeder aufgetaucht war und nach Magnum gefragt hatte. »Bei uns fährt keiner Ferrari«, hatten die Leute geantwortet, die noch nie etwas von der gleichnamigen Agentur gehört hatten, für die Schroeder zwei Jahre gearbeitet hatte. Zwei Jahre, in denen er auch das alternde Model Rosa kennengelernt hatte, aber das war lange her. Nach Rosas Tod hatte Schroeder sich tatsächlich auch einen Ferrari zugelegt, der aber nach ein paar Monaten unter einer Plane in Schroeders Scheune verschwand.

Nie hatte Schroeder den Tag vergessen, an dem die neuen Nachbarn sich vorgestellt hatten. Es war am Morgen des Sechs-Wochen-Amtes von Rosa gewesen, einer Affäre, die er nach drei Monaten geheiratet hatte. Beim Frühstück hatte er vom Küchenfenster aus beobachtet, wie auf dem Nachbargrundstück eine schwarze S-Klasse mit verdunkelten Seitenscheiben vorfuhr.
»Mit Chauffeur!«, hatte Schroeder vor sich hin gebrummelt. »Nicht schlecht!«

Eine Viertelstunde nach der Limousine war ein dunkelroter Spider Duetto aufgetaucht, der Schroeders ganze Aufmerksamkeit beanspruchte. Eigentlich war es mehr der Inhalt des Spiders gewesen: Gabriella Rupprath, wie Schroeder abends erfahren sollte, zwanzigjährige Adoptivtochter von Dr. Rupprath, der die Zügel seines Unternehmens, der Rupprath & Rupprath AG, auch als dreiundsiebzigjähriger Witwer noch fest in seinen Händen hielt.
»Verkaufen kommt nicht in Frage. Ich habe zwar keinen Sohn, aber meine Tochter wird das Unternehmen in dritter Generation weiterführen. Das habe ich Anna auf dem Sterbebett versprochen, und dabei bleibt es.«

Rupprath nippte an seinem Glas. Schroeder hatte es sich nicht nehmen lassen, einen schweren 89-er Burgunder zu kredenzen. Der Tod seiner Frau war zwar betrüblich für die Betroffene selbst, Schroeder selbst hatte sich aber keine Mühe gegeben, Trauer vorzutäuschen. Es war ein offenes Geheimnis, dass die Ehe mit der zehn Jahre älteren Rosa nur noch auf dem Papier bestand. Als Rosa erkrankt war, hatte Schroeder schnell festgestellt, dass seine Liebe nur in guten Tagen und nach ausgiebigem Beischlaf stark genug gewesen war, die krankhafte Eifersucht seiner Angetrauten zu ertragen.

Ihre Multiple Sklerose war schnell fortgeschritten und hatte Rosa an den Rollstuhl gefesselt. Nur sterben wollte sie nicht.

»Sie gönnt es mir nicht,« hatte Schroeder immer geschrien, wenn er im Wirtshaus seinen Frust in Fusel ertränkt hatte. Zu Hause durfte er nicht trinken, Rosa hatte nie einen Tropfen Alkohol angerührt. Auch Tabak stand auf dem Index. Dass Schroeder in seiner Bibliothek, wo er nachts an einem historischen Roman über den Niedergang der Tuchmacher im Rhein-Maas-Gebiet arbeitete, was nur ein alter Schulfreund wusste, immer einen Vieille Fine Champagne Cognac versteckt hatte, sollte Rosa nie erfahren.

Drei Jahre siechte sie vor sich hin, zum Leben zu schwach, zum Sterben zu stark. Schroeder hatte eine Hilfe eingestellt, die den Haushalt machte und sich um seine Frau kümmerte. Während es ihn immer öfter bei seinen Ausflügen über die Grenze in den Club trieb.

»Schroederchen, auch wieder da,« winselte Cleo jedesmal, wenn Schroeder den ersten Whisky mit einem Zug leerte. »Wo warst du gestern?«

»Halt den Mund und mach!«, erwiderte Schroeder, lächelte süß und bestellte das zweite Glas. Unter der Woche war nicht mit Alkoholkontrollen zu rechnen, wusste Schroeder, der sich selbst nach einer halben Flasche noch ans Steuer setzte.

Auch als Rosa endlich starb, lag Schroeder whiskyseelig zwischen Cleos Brüsten.

Zu Hause hatte Lissy, die Haushaltshilfe, in der Tür gestanden.

»Ist es vorbei?«, hatte Schroeder gefragt.

Lissy hatte nur genickt. Schroeder war in die Bibliothek gegangen und hatte die Cognac-Flasche auf den Schreibtisch gestellt. Dort sollte sie fortan immer stehen. Auch nachdem Gabriella bei ihm eingezogen war.

Sechs Wochen lang war Schroeder nicht in den Club gefahren.

»Das bin ich Rosa schuldig«, hatte Schroeder zu sich selbst gesagt.

Damals war Schroeder vierzig.

Rupprath hatte den alten Bauernhof neben Schroeder als Wochenendhaus gekauft, doch seine Stieftochter verbrachte mehr Zeit in der Abgeschiedenheit der belgischen

Eifel als am Rhein. Nicht selten tauchte der Spider auch wochentags plötzlich auf. Gabriella hupte jedesmal, wenn sie in die Spitzkehre der Einfahrt einbog. Sie grüßt mich, hatte Schroeder sich eingeredet. Nur zu Gesicht bekam er sie selten. Manchmal abends, wenn Schroeder sich in seine Bibliothek zurückgezogen hatte, konnte er ihre Silhouette hinter den geschlossenen Vorhängen des nachbarlichen Anwesens erahnen. Was er damals noch nicht ahnte, war, dass Gabriella mindestens ebenso zickig wie gutausssehend war.

»Und, hast du die Kleine vom Nachbarn schon flachgelegt, Magnum?«

Der erwartungsvolle Blick des Dorfwirts sprach Bände.

»Nein, noch nicht! Ist mir zu teuer!«, hatte Schroeder geantwortet und sein Bier ausgetrunken.

»Der Weber aber!«

Kommissar Weber war der einzige Einheimische, der bei den Ruppraths ein und aus ging – und das weil diese kurz nach ihrem Einzug von Einbrechern heimgesucht worden waren. Gabriella hatte den Einbruch festgestellt.

Kurze Zeit später machte im Dorf das Gerücht die Runde, Rupprath betreibe einen Edel-Puff. Jedes Wochenende eine Orgie. Schroeder tat nichts gegen die Gerüchte. Im Dorf gab es immer Gerüchte, wenn Fremde auftauchten, die sich nicht mit den Einheimischen einließen, sondern deren natürliche Scheu vor dem Unbekannten weiter schürten.

Sollten die Leute im Dorf doch denken, was sie wollten. Gabriella, eine Edelhure! Die Vorstellung war gar nicht so abwegig. Ihre Gesichtszüge waren geprägt von einer Überdosis natürlicher Sinnlichkeit gepaart mit kindlicher Unverdorbenheit. Lolita Gabriella, lächelte Schroeder. Wenigstens ist sie volljährig.

»Rupprath ist tot!«

Sie hatte nur diesen Satz gesagt, sich wieder umgedreht und war zurück nach Hause gelaufen.

Schroeder ging ihr nach. Die Haustür stand offen.

»Wo ist er?«

»Nicht hier! Er ist verunglückt. Mit seinem Motorrad! Die Polizei hat eben angerufen.«

Ruppraths Leidenschaft war ihm zum Verhängnis geworden. Am Wochenende hatte der rüstige Alte sich mit Vorliebe um seine große Liebe gekümmert, eine BWM 650. Der Helm mit Vollvisier und die Lederausrüstung ließen ihn um dreißig Jahre jünger aussehen, doch diesmal hatte ihn sein Alter wohl überholt und dabei von der Straße geschubst. Pech für Rupprath, dass in der Kurve fünfhundert Meter von seinem Haus die Friedhofsmauer auf ihn gewartet hatte. Er war auf der Stelle tot. Überhöhte Geschwindigkeit. Das Motorrad war kaum noch zu erkennen. Von

Rupprath ganz zu schweigen. Er sah aus wie ausgelaufen. Gabriella ertrug den Anblick nicht. Schroeder musste schlucken.

Gabriella war die einzige Nachfahrin, und mit einem Schlag gehörte ihr ein kleines Imperium. Ein Imperium, dessen sie sich mit kühler Berechnung und einem Geschick annahm, das ihr kaum jemand – und sicher nicht die stillen Teilhaber von Rupprath & Rupprath – zugetraut hätte. Nachdem sie sich einen Überblick über die Situation des Unternehmens verschafft hatte, verkaufte sie. Ohne Rücksicht auf Verluste. Der Presse hatte sie als Erklärung nur gegeben, dass sie sich der Verantwortung nicht gewachsen fühle. Ein Satz, keine Fragen, die Pressekonferenz hatte eine Viertelstunde früher als angekündigt begonnen und war beendet, bevor sich die Fotografen in Position stellen konnten. Sie beauftragte einen Makler mit der Vermietung der privaten Immobilien und verließ Köln.

»Ich muss für zwei Wochen nach Südamerika! Können Sie ein Auge auf das Haus werfen?«
»Soll ich Sie zum Flughafen bringen?«
»Das würden Sie tun?«
»Warum nicht? Von wo fliegen Sie?«
»Düsseldorf.«
Schroeder brachte Gabriella nach Düsseldorf, und zum Dank drückte sie ihm einen Kuss auf die Wange. Zum ersten Mal seit Wochen huschte ein angedeutetes Lächeln über ihr Gesicht.
»Hier sind die Schlüssel. Und das ist meine Telefonnummer in Buenos Aires. Ich hoffe, dass Sie nicht anrufen!«
»Ich hol Sie wieder ab in vierzehn Tagen!«

Zehn Minuten brauchte er, um das Verdeck des Duetto zu öffnen, dann fuhr er über Land nach Hause.
Am Abend drehte Schroeder eine Runde durch den Rupprathschen Garten, der auf der Rückseite des Hauses lag, goss die Blumen und ließ sich in die wetterfeste Hängematte gleiten, die Gabriella an einer mächtigen Eiche befestigt hatte. Die Hängematte hing an der einzigen Stelle unter den Bäumen, von der aus man den Himmel sehen konnte. Schroeders Blick verlor sich im Abendrot. Er dachte an Gabriella. Er hatte sie nicht gefragt, was sie in Südamerika zu tun hatte. Es ging ihn nichts an. Am nächsten Tag tränkte er die Blumen im Haus. Die Tür zu Gabriellas Schlafzimmer stand weit offen. Ihr Schlafzimmer glich einer Galerie. Alle Bilder waren mit 'Angel' signiert. Und auf allen Bildern lauerte der Tod. Schroeder ließ sich in ihr Bett sinken und schlief ein. Ein Gewitter weckte ihn. Als er drei Tage später noch einmal die

Blumen in ihrem Schlafzimmer gießen wollte, fiel sein Blick auf ein Handbuch: So helfe ich mir selbst.

Als Schroeder Gabriella am Düsseldorfer Flughafen abholte, schien sie wie ausgewechselt.

»Warum hast du nicht den Spider genommen?«
»Ich dachte, du hättest zuviel Gepäck.«
»Darf ich fahren?«

Gabriella trieb Schröders alten Volvo durch die Schlaglöcher der Eifel, dass die starre Hinterachse mehr als einmal versetzte. Schroeder hatte keine Angst.

»Ich bring die Koffer ins Haus.«
»Hast du keinen Champagner kalt gestellt?«
»Ich hab keinen!«
»Im Keller ist ein Temperierschrank. Im unteren Fach müsste noch eine Flasche Veuve Clicquot sein.«

»Was hast du in Argentinien gemacht?«
»Psssst! Wer wird denn so neugierig sein?«

»Ich wusste gar nicht, dass du malst!«, murmelte Schroeder, während er vorsichtig den Champagner öffnete.
»Interessierst du dich denn für Kunst?«
»Geht so!«

Sie setzten sich in den Garten und tranken Champagner. Als die zweite Flasche in hohem Bogen ins Gebüsch geflogen war, ging Schroeder kurz nach Hause, Rotwein holen und Brot und Käs;, und als der Mond untergegangen war, waren beide eingeschlafen. Gabriella weckte ihn im Morgengrauen, und sie gingen zu Bett. Schroeder konnte nicht mehr schlafen, Gabriella hatte sich an ihn gekuschelt und schnarchte leise aber beharrlich vor sich hin. Gegen sieben Uhr löste er sich vorsichtig aus ihrer Umarmung und schloss leise die Tür hinter sich. Dann setzte er sich in seinen Kombi und fuhr in den Wald.
Seine Geschäfte gingen nicht gut, der Fotograf Schroeder hatte sich mit seinem Verleger in Köln überworfen, doch mit dem Erbe seiner Frau ließ sich das einigermaßen verschmerzen. Zumindest noch. Mit den Aufträgen, die hereintröpfelten, konnte er Wasser und Brot bezahlen, mit den Zinsen aus seinem kleinen Depot die

Vieille Fine Champagne und die spärlicher gewordenen Besuche im Club.

Gabriella hatte ihn abends besucht, am nächsten Tag wieder und am übernächsten auch. An den folgenden Wochenenden fuhren sie gemeinsam die Trödelmärkte in Limburg ab. Drei Monate später war sie das erste Mal über Nacht geblieben. Schroeder erhielt einen Auftrag von einer Luxemburger Möbelfirma, und gemeinsam mit Gabriella flog er für die Aufnahmen nach Nordafrika. Kurzentschlossen verlängerten sie den Aufenthalt um vierzehn Tage.

»Darf ich bei dir einziehen?«

Schroeder hatte sich beim Tod seiner Frau geschworen, keine Frau mehr länger als eine Nacht in seinem Haus zu dulden. Nach ihrer Rückkehr aus Tunesien sah man die beiden das ganze Wochenende zwischen ihren Häusern hin und her laufen und fahren.

Die beiden waren zum Dorfgespräch geworden, doch es kümmerte sie wenig. Schroeder ging immer noch jeden Freitagabend allein in die Kneipe, wo er mit Schommers Jupp und Küpper Roger, dem Mann von Veronika, Gabriellas einziger Vertrauten im Dorf, Skat spielte. Meist spielten sie, bis die Kneipe schloss. Meistens waren sie dann betrunken. Freitags nachts musste Schroeder allein schlafen und am nächsten Morgen Gabriella das Frühstück ans Bett bringen.

Sie hatte ihn nie gefragt, ob er ihr ein Kind machen wollte, er hatte bisher nie darum gebeten, Gabriella heiraten oder ihr ein Kind machen zu dürfen. Schroeder hasste Kinder. Gabriella wollte noch keine Kinder. Irgendwann würde es zu spät sein, hoffte Schroeder. Und heiraten wollte Gabriella schon gar nicht.
»Das ist so, wie wenn ich mein Testament machen müsste. Ich hätte schon ein schlechtes Gewissen, wenn ich nur an einen anderen Mann denken würde. Und ich denke an andere Männer.«
»Wenn du mich betrügst, fliegst du raus!«
»Schroederchen, in welcher Zeit lebst du denn? Wieviel Jahre älter bist du? Wie oft warst du im Puff, seit du mich kennst?«
»Kein einziges Mal!«
»Schroeder, ich mag dich. Aber ich mag keine Ketten. In unserem Haus in Refrath, da hatten wir einen Hund. Als ich klein war. Hektor. Der Ärmste! Wenn wir wegfuhren, kam er an die Kette. Ich habe Rupprath dafür gehasst. Würdest du dich an die Kette legen lassen?«
Schroeder schüttelte den Kopf.

Zu ihrem Zehnjährigen hatten sie sich das Häuschen in der Toscana gekauft. Das heißt, Gabriella hatte es gekauft. Und das Häuschen war ein stattliches Landgut. Kostenverschlingend renovierungsbedürftig, aber groß. Ihr Haus in Köln hatte sie an die Mieter verkauft und das Haus neben Schroeder an Bekannte von Roger und Veronika vermietet, die noch kein Geld hatten zum Bauen. Irgendwann würden sie nach Italien ziehen.
»Das ist mein letzter Wille!«, hatte Gabriella gesagt.

»Okay!«, hatte Schroeder nach langem Zögern eingewilligt, »wir schreiben das Haus in Rosanno auf deinen Namen. Ich behalte meins. Und wir machen ein Testament! In dem ich dich und du mich zum Universalerben einsetzt.«
»Testament? Ich hasse Testamente. Testamente kann man ändern!«, hatte Gabriella bemerkt und Schroeder in die Speckfalten gekniffen.
»Schroederchen, du solltest mehr Sport machen! Ich wüsste da was ...«
»Lass gut sein, Gabriella!«, wimmelte Schroeder sie mit väterlicher Güte ab. »Und nenn mich nicht Schroederchen!«
»... ich hab nämlich noch keine Lust, dein Erbe anzutreten. Und was ist, wenn ich nicht einwillige?«
Schroeder hatte nur gelächelt.
»Dann erzähl ich den Bullen, dass du das Motorrad deines Stiefvaters manipuliert hast.«
Gabriella blickte ihn ungläubig an. Aber sie schwieg.
»Du hättest das Handbuch verbrennen sollen!«
»Das ist doch bloß eine Erinnerung an meinen Vater!« schrie Gabriella wütend.
»Stiefvater! An den innig geliebten Stiefvater! Was hast du eigentlich gemacht? Die Bremsflüssigkeit manipuliert?«
Gabriella schwieg. Schroeder lächelte. Er nahm sich vor, das Thema ruhen zu lassen. Was kümmerte ihn der alte Rupprath? Gabriella hatte kaum ein Wort über ihn verloren. Ihre Mutter hatte sie nicht gefragt, ob sie Rupprath als Ersatzvater haben wollte. Wahrscheinlich hatte Gabriella ihn wohl als willkommenes Übel toleriert, das ihr in Zukunft Geldsorgen ersparen würde.

Nach ihrer Heimkehr hatten sie gemeinsam einen Termin beim Notar vereinbart und ihre Testamente hinterlegt.

Schroeder fragte sich manchmal, warum er Gabriella mit der Äußerung seines Verdachts derart unter Druck gesetzt hatte. War es das Wissen um die Eventualität einer unbewiesenen Manipulation. Die Möglichkeit, dass sich so etwas wiederholte? Oder war Gabriella der Grund? In den letzten Monaten hatte sie fast mehr Zeit mit

Veronika verbracht als mit ihm. Roger gefiel das auch nicht.
»Die Weiber laufen aus dem Ruder, Magnum!«
»Lass sie laufen. Es gibt Ketten, die sieht man nicht.«
»Was?«
»Ich habe gesagt, es gibt Ketten, die sieht man nicht. Willst du einen Cognac?«

Seit Gabriella beachtliche Erfolge als Kunstmalerin feierte, hielt sie sich mehr in der Toscana als in der Eifel auf. Und wenn sie zu Schroeder in die Eifel kam, beachtete sie ihn kaum. Schroeder hielt das anfangs für eine vorübergehende Laune und fuhr in den Club. Seitdem sie getrennte Schlafzimmer hatten, weil Schroeder zu laut schnarchte, hatten sie zweimal miteinander geschlafen. Einmal hatte Schroeder versagt.
»Vielleicht sollte ich mir doch einen Jüngeren angeln«, hatte Gabriella gesagt und wollte ins Bad gehen. Schroeders Arm griff nach ihr und erwischte sie an der linken Fessel. Seine Finger gruben sich in ihre zarte Muskulatur. Gabriella stolperte und stieß mit dem Knie gegen die Wäschetruhe. Tränen schossen ihr in die Augen.
»Tu das nie wieder, Schroeder!« Ihre Augen funkelten gefährlich.
»Hat Rupprath dich angefasst?«
»Weisst du was, Schroeder, lass mich einfach in Ruhe! Du ekelst mich an!«
Schroeder hatte sie im Bad weinen gehört und war gegangen.
Als er abends nach Hause kam, kam ihm schon in der Diele scharfer Knoblauchgeruch entgegen.
»Für dich! Lamm mit Rosmarinkartoffeln!«
»Alles wieder gut?«
Gabriella hatte nur genickt. Ihre Augen waren immer noch rot unterlaufen.

Als sie wieder einmal nach Italien gefahren war, kollabierte die Börse. Das hat mir noch gefehlt, hatte Schroeder gedacht. Körperlich geht's mir seit Wochen beschissen, die Immobilienpreise sind im Keller und jetzt auch noch das. Sein Hausarzt hatte nichts feststellen können, nichts Gravierendes jedenfalls.
»Du solltest ein bisschen aufs Cholesterin achten, Schroeder! Deine Werte sind nicht besorgniserregend, aber du wirst auch nicht jünger. Mach ein bisschen mehr Sport!«
«Hat Gabriella auch gesagt.«

Schroeder rief Zimmermann an, den letzten verbliebenen Freund aus Studienzeiten und einzigen Eingeweihten über seine Schriftstellerambitionen. Zimmermann war seit Jahren Gerichtsreporter bei der »taz«.
»Kennst du keinen Verlag, der an einem Toscana-Bildband interessiert wär? Eine Kombination zwischen Foto- und Malereiband?«

»Schade, ich wollte Gabriella eine Freude machen.«
»Sag mal, was anderes: Gibt es den perfekten Mord?«
»Also kein Gift! Nicht mal ein schleichendes?«
»Ein Unfall?«
»Im Haushalt?«
»So banal wie möglich!«
»Warum ich das wissen will? Die Fotografie wirft nichts mehr ab. Mein Verleger setzt jetzt auf die Krimischiene.«
»Nein. Im Ernst, ich hab seit Wochen so ein beschissenes Gefühl. Gabriella! Ich versteh nicht, warum sie mich noch nicht verlassen hat. Und mir geht's beschissen, körperlich, verstehst du? Die Ärzte finden nichts. Ich soll mehr Sport machen, sehr witzig.«
»Vielleicht hast du Recht. Vielleicht sollte ich wirklich mal mit Gabriella reden.«

»Schroederchen, du spinnst. Warum sollte ich dich umbringen wollen? Doch nicht für diese Bruchbude hier? Und viel mehr besitzt du ja nicht. Von deinem Ferrari mal abgesehen. Und bevor du auf dumme Gedanken kommst, ich besitze doch auch so gut wie nichts. Steckt doch alles in dem Haus in der Rosanno. Beziehungsweise in der Ruine. Meinst du, nur du hättest einen Crash an der Börse erlebt? Nicht mal meine Lebensversicherung ist was wert – jedenfalls nicht für mich. Außerdem hab ich wichtigere Probleme. Für eine Million ermordet man doch keinen!«
»Franken?«
»Deutsche Mark!«
»A propos Lebensversicherung: Wer hat was davon, wenn du stirbst?«
»Mein Patenkind Leonardo in Buenos Aires!«
»Nur der?«
»Nur Leonardo!«
»Sollten wir das nicht mal ändern?«
»Vielleicht. Ich muss dir aber noch was erzählen, Schroederchen. Und das ist nicht lustig.«

»Nicht weinen, Kleines!«, sagte Schroeder leise, als Gabriella ausgeredet hatte, und nahm sie in die Arme. »Vielleicht ist das unsere Chance!«
»Unsere Chance? Ich versteh nicht!«
«Ich erklär's dir!«

Gabriella hörte Schroeder zu, ohne eine Miene zu verziehen. Doch hinter ihrer Fassade brodelte es.
Und dann kam jener Freitagabend.

»Magnum, sauf nicht soviel, der Abend ist noch lang! Hast du wieder Ärger mit deiner Frau? Dein Spiel, Jupp.«

»Jungs, seid mir nicht böse. Ich fühl mich nicht gut. Ich glaub, ich hab mich erkältet.« Schroeder schneuzte sich ununterbrochen.

»Wenn ich soviel Schnaps getrunken hätte, würde ich längst unter dem Tisch liegen,« bemerkte Jupp trocken. »Gib mir auch mal ein Tempo!« »Olala, wonach riechen die denn?»

»Aloe Vera.«

»Vera wie?«

»Vergiss es!«

»Null ouvert!«

Schroeder hatte die Lücke in Jupps Null ouvert noch entdeckt, gezahlt und war nach Hause gefahren. Als er wieder aufwachte, war der Strom weg. Und sie lag leblos in der Badewanne.

»Ihre Frau?«, hatte der Kommissar gefragt.

»Meine Lebensgefährtin«, antwortete Schroeder und war froh, dass Weber im Ausland war.

Das Bestattungsinstitut hatte die Leiche abgeholt.

»Ich muss Sie das fragen, Schroeder. Wo waren Sie gegen halb elf am Freitagabend?« Kommissar Weber hatte seinen Urlaub abgebrochen.

»Zu Hause im Bett. Mir war schlecht. Zuviel Schnaps.«

»Zeugen?«

»Keine! Nur das mit dem Schnaps, das können Schommers Jupp und Küpper Roger bestätigen. Bis halb zehn hab ich wie jeden Freitag Abend mit denen Skat gespielt.»

»Keine Zeugen, Schroeder. Das sieht aber nicht gut aus für Sie.«

»Was wollen Sie, Weber? Glauben Sie wirklich, wenn ich Gabriella hätte umbringen wollen, hätte ich mir kein Alibi besorgt. Und warum hätte ich sie umbringen sollen?«

«Vielleicht hatte sie einen anderen, was weiß ich? Vielleicht waren Sie scharf auf ihr Geld? Es gibt da einige Ungereimtheiten, Schroeder. Die Lebensversicherung Ihrer Lebensgefährtin zum Beispiel. Die wurde angeblich erst vor vier Monaten zu Ihren Gunsten geändert.«

»Das war Gabriellas zweite Lebensversicherung. Und der Betrag ist läppisch. Für wie blöd halten Sie mich?«

»Muss ich ehrlich sein? Es gibt zuviele Tote in Ihrem und in Gabriellas Leben.«

Sind zwei schon zuviel, fragte sich Schroeder. Mir wär noch lieber gewesen, Weber hätte in der Wanne gelegen, gestand er sich ein.

«Rutschen Sie mir den Buckel runter. Ich hab Gabriella nicht umgebracht.«

»Man erzählt sich im Dorf, Ihr Verhältnis sei nicht mehr das Beste gewesen.«
»Und wenn?«
»Schroeder, Sie verkennen den Ernst Ihrer Lage!«
»Herr Kommissar Weber, jetzt will ich Ihnen mal was sagen: Haben Sie nichts Besseres zu tun? Als hinter jedem Unfall einen heimtückischen Mord zu vermuten? Es könnte genauso gut Selbstmord sein. Ich versteh auch nicht, warum sie sich in der Badewanne die Haare fönen musste.«
»Das stinkt gewaltig zum Himmel, Schroeder! Das hab ich im Urin. Wenn Gabriella sich umgebracht hat, ist's Versicherungsbetrug. Denn die bezahlt nicht bei Selbstmord. Aber es war kein Unfall. Und ich krieg Sie, Schroeder. Das verspreche ich Ihnen. Jeder Mörder macht irgendeinen Fehler. Ihrer war, dass Sie zu ungeduldig waren.«
»Ich versteh Sie nicht, Weber.«
»Ihre Gabriella war totkrank. In spätestens zwei Monaten hätte sowieso alles Ihnen gehört. Sehen Sie, Schroeder, da sind Sie baff! Eigentlich würd' ich Sie am liebsten sofort festnehmen lassen. Aber ich kenn den Haftrichter, das ist dem noch zu dünn. Nach vierundzwanzig Stunden wären Sie doch wieder draußen.«
»Weber! Sie sind krank!«
»Ja, Schroeder! Und es sind Leute wie Sie, die mich krank machen. Aber ich krieg Sie. Nur damit das klar ist: Sie halten sich zu unserer Verfügung. Und damit Sie mich nicht vergessen, stell ich Ihnen zwei Männer vor die Tür. Sie haben alles getan, um kein Alibi zu haben. Sie hätten noch mit zwei gebrochenen Händen Skat gespielt. Nur nicht an dem Freitag. Da legen Sie sich nach ein paar Schnäpschen ins Bett. Aber damit kommen Sie bei mir nicht durch.«
»Viel Spaß, Weber!«
«Den werd' ich haben, schon bald. Verlassen Sie sich drauf!«

Dann war Ruhe. Zwar wechselten sich ständig zwei Beamte vor seiner Tür ab, doch Schroeder ließ sich nichts anmerken. Die Gerichtsmedizin gab die Leiche nach vier Wochen frei, der Befund war eindeutig. Schroeder ließ sie verbrennen und die Urne auf dem Dorffriedhof beisetzen. Außer dem Pfarrer und den Leuten vom Bestattungsinstitut war nur Veronika gekommen. Sie warf Schroeder ein paar dunkle Blicke zu, sagte aber kein Wort. Es war die erste Urne auf dem Dorffriedhof. Die Männer vor Schroeders Haus waren abgezogen.

Schroeder erhielt die Einladung zur Testamentseröffnung.
»Was wollen Sie denn hier, Weber?«
»Ich wollte nur Ihren Gesichtsausdruck sehen, Schroeder. Ich will nur sehen, wie kalt Sie wirklich sind. Hat die Versicherung schon gezahlt?«

»Das geht Sie nichts an, Weber!«
»Und was machen Sie mit dem Geld?«
»Damit stopf ich Ihnen das Maul, Weber!«
»Nervös, Schroederchen? So nannte Gabriella dich doch?»
»Seit wann scheißen wir in dasselbe Loch, Weber?«
»Kurz vor dem Ziel ist schon manch einem der Sprit ausgegangen. Und das weisst du auch, Schroederchen.«
»Leck mich doch am Arsch!«

Weber führte irgendwas im Schilde, das spürte Schroeder. Aber er zwang sich, Haltung zu bewahren.

»Mein gesamtes Vermögen, das das Landgut in Rosanno sull'Arno, alle Wertpapiere und die Anteile an der Firma vermache ich ...«, der Notar zog die Augenbrauen hoch, »Gianluca Fratelli, wohnhaft Campo de Fiori, Roma, Italia. Sankt Vith, am Mittwoch, dem ...«

»Und ich?«
Schroeders weit aufgerissenen Augen wirkten hinter den dickwandigen Brillengläsern wie riesige Murmeln. Seine Kinnlade war runtergeklappt.
»Dann war wohl alles umsonst,« murmelte Schroeder in seinen verfilzten Bart.
»Was war umsonst?«
Schroeder überhörte die Frage.
»Was war umsonst, Schroeder? Ich will es Ihnen sagen: Alles war umsonst, das haben Sie schon richtig erkannt. Da ändert die Kleine doch zwei Tage vor ihrem Ableben ihr Testament. Wollen Sie ein Geständnis ablegen, Schroeder?«
»Ich sage gar nichts mehr!«
»Abführen!«

Auf der Fahrt ins Präsidium schossen Schroeder tausend Gedanken durch den Kopf. Das ist ein Traum, das ist ein ganz schlechter Traum, versuchte er sich einzureden, doch die Handschellen scheuerten zu scharf.

»So, Schroederchen!«, Kommissar Weber schien gut gelaunt, »jetzt werd' ich Ihnen mal erzählen, wie alles war. Sie brauchen dann das Geständnis nur noch zu unterzeichnen. Ich hab schon alles vorbereitet.«
Weber setzte sich und bot Schroeder eine Zigarette an. Der schüttelte nur den Kopf.
»Tja, Schroeder, Gabriella hatte wohl Lunte gerochen. Nachdem es mit Ihnen nicht mehr so gut lief und Gabriella in Florenz diesen Gianluca Fratelli kennengelernt

hatte, sahen Sie Ihre Felle davonschwimmen. Die zweite Lebensversicherung hatte Gabriella noch zu Ihren Gunsten abgeschlossen, weil sie sich dachte, dass Sie, Schroeder, dann nicht so blöd sein könnten und sie umbringen würden. Weil der Verdacht doch sofort auf Sie fallen würde. Und sie hatte schon ein Ticket in der Tasche. Montags nach ihrem angeblichen Unfall wär sie weggewesen, Schroeder. Nach bella Italia. Da hätte sie die Lebensversicherung wieder umschreiben können. Vor ihrem Abflug und damit vor ihrem Tod hatte die Ärmste nur noch eine Sorge: Ihr Testament zu ändern. Das hat noch hingehauen. Nur den Abflug hatte sie sich wohl ein bisschen anders vorgestellt. Sie, Schroeder, spürten seit langem, dass Gabriella auf dem Abflug war. Wahrscheinlich wussten Sie nichts von Gabriellas italienischen Momenten im Leben, aber Sie ahnten was. Vielleicht hat Roger Ihnen gegenüber mal einen Andeutung gemacht. Und Sie wussten, dass Gabriella jeden Freitagabend, wenn Sie Skat spielten, ein ausgiebiges Bad nahm.«

Schroeder verzog keine Miene.

»Sie haben sich dann ein paar Schnäpse hinter die Binde geschüttet, die meisten sind wahrscheinlich in den Topfpflanzen gelandet, sind nach Hause gefahren und haben den Fön in die Badewanne geworfen. Dann haben Sie sich ins Bett gelegt, wahrscheinlich noch ein paar Cognac getrunken und uns angerufen. War's so?«

Webers Augen leuchteten.

»Nein!«

»Schroeder, Sie sind am Ende!« Weber wurde wütend.

Schroeder musste Zeit gewinnen, Zeit zum Überlegen. Das konnte doch alles nicht sein. Alles war perfekt eingefädelt und stürzte jetzt wie ein Kartenhaus zusammen.

»Ihre Theorie in allen Ehren, Herr Kommissar! Sie vergessen nur eins. Gabriella war krank. Sogar sehr krank, laut Obduktionsbefund.«

»Ja und?«

»Ja und? Sie haben selbst gesagt, dass sie auch ohne den dummen Unfall nur noch ein paar Monate zu leben hatte.«

»Ja und?«

»Verdammt, Weber! Das gibt doch keinen Sinn! Wir waren nicht das Traumpaar, und Gabriella hatte vielleicht eine Affäre in Italien. Aber ich hätte sie deshalb doch nicht umgebracht. Und sie hätte mir nie alles genommen!«

»Kenn einer die Weiber!«

»Weber, Sie erzählen solch einen Bullshit!«

»Hier, Schroeder, unterschreiben Sie!«

»Einen Dreck werde ich tun, Weber! Stellen Sie das Ding da ab, und dann werd' ich Ihnen erzählen, was Sache ist.«

Weber schaltete das Tonbandgerät ab.

«Sie sind ein ganz mieser Bulle, Weber!«

»Passen Sie auf, was Sie sagen, Schroeder!«
»Stimmt doch! Sie versuchen mich reinzulegen!«
»Ich versuche was?«
»Sie haben Gabriellas Testament gefälscht oder die Eröffnung war gefaked! Wie Sie wollen!«
Weber wurde blass.
»Wie kommen Sie drauf?«, fragte Weber. Er versuchte, sich seine Unsicherheit nicht anmerken zu lassen – und kaute an den Fingernägeln.
»Das, lieber Weber, geht Sie gar nix an! Oder doch: Ich war am Mittwoch vor dem besagten Freitag mit Gabriella in Lüttich. Den ganzen Tag. Sie konnte also gar nicht beim Notar gewesen sein. Sie hätte noch nicht einmal Zeit gehabt, einen Brief zu schreiben, ohne dass ich es bemerkt hätte.«
»Sie hatten doch getrennte Schlafzimmer!«
»Nicht in der Nacht, Weber, nicht in der Nacht! Und jetzt lassen Sie mich einfach gehen. Und die Tote ruhen!«
»Nein, Schroeder, Sie bleiben! Hier ist der Haftbefehl. Abführen!«

Während Schroeder grübelnd in seiner Zelle auf den Fingernägeln rumkaute, vergeblich auf eine Nachricht von Gabriella wartete, schüttete Weber sich eine doppelte Grappa.
»Komm, Weberchen, trink nicht soviel. Der Champagner wartet schon! Ach ja, wir heißen jetzt Tompetrini. Muss ich dich wohl jetzt Tompetrinelli nennen.«
»Dein Schroeder war ein harten Brocken, mein Schatz. Lange sitzt der nicht! Wahrscheinlich erzählt er gerade dem Staatsanwalt, dass deine Schwester in der Wanne lag.«
»Und dann werden sie dich suchen, Weber! Schade nur, dass ich nicht an Angelinas Grab kann.«
»Lass Angelina ruhen, sie hat genug gelitten. Zwei Monate, sagte der Obduktionsbefund, hätte sie noch gehabt. Zwei Monate Schmerzen.«
»Psssst!«
Gabriella ging ins Haus, die Gläser wieder füllen.
»Ich glaube, die Hitze bekommt mir nicht, Schatz!«
»Ich mach dir einen kalten Umschlag!«
Als Gabriella mit dem Tuch zurückkam, lag Weber zusammengesunken in seinem Liegestuhl. Und sie presste ihm das Tuch mit dem Betäubungsmittel aufs Gesicht, bis er nicht mehr zuckte.
»Hilf mir doch, Gianluca!«
»Morgen wird der Keller zugeschüttet, cara mia!«
»Wieviel steht auf Polizistenmord? Lebenslänglich, nehm ich an. Aber das ist Weber

nicht wert. Nein, nein, kein Mord zuviel! Wie konnte ich mich auf den Idioten nur einlassen? Bloß weil er gut im Bett war. Aber er hätte nie die Bremsflüssigkeit manipulieren dürfen. Ich hab doch nicht gewollt, dass der Alte stirbt. Das war doch nur so dahin gesagt. Auch wenn ich ihn gehasst habe.«

»Weil er …?«

»Ja, weil er!«

»Was mach' ich mit Weber?«

»Ich hab ihm einen Brief geschrieben, da steht alles drin. Auch dass mein Anwalt in Belgien eine Kopie von dem Brief hat. Weber soll froh sein, dass er noch lebt. Und mich in Ruhe lassen. Steck ihm den Brief in die Tasche und fahr ihn irgendwo hin. Mitten in die Crete am besten. Der soll selbst sehen, wie er zurecht kommt. Und endlich mal an seinem eigenen Leib erfahren, wie das ist, gelinkt zu werden. Ich hätte nach Rupraths Tod die Wahrheit sagen sollen. Aber was hätte ich tun sollen? Mein Wort gegen das eines Bullen? Nein danke! Davon wär Ruprath nicht wieder lebendig geworden. Und diese Rache ist viel besser.«

»Weil Weber jetzt leiden wird?«

»Genau!«

»Weißt du, dass du ein ganz gerissenes Luder bist?«

»Ja! Deshalb lieben mich die Männer ja auch so …«

Gabriella schluckte, nachdem sie eingecheckt hatte.

»Morgen bin ich in Argentinien. Bei Leonardo!«

»Weiß außer Schroeder jemand von deiner Schwester und ihrem Sohn?«

»Aus meinem Bekanntenkreis nicht!«

»Und von mir?«

»Naja, du hast die Lebensversicherung kassiert.«

»Von der du die Hälfte abbekommen hast!«

»Dafür hast du was anderes bekommen.«

Gabriella versuchte zu lachen.

»Und Schroeder?«

»Ich hab seinem Anwalt ein Ticket für ihn nach Buenos Aires geschickt. Wenn er mich geliebt hat, wird er mich finden.«

»Und du? Liebst du ihn noch?«

»Ja! Und weißt du warum? Weil er mich nicht einsperrt!«

»Und du meinst, er sucht dich?«

»Du hast keine Ahnung, wie stur ein Eifeler sein kann?«

Stefan Hirt

Perversion Belgique

Nein, richtig böse war sie ihm nicht, aber geladen war sie. *Geladen* nannte das ihre Freundin Elsi, wenn man gleich platzen könnte, in die Luft gehen, mit Geschirr schmeißen oder dem Bügeleisen … Ihre vollen Lippen pressten sich zusammen, als sie ihn jetzt die Auffahrt hochkommen sah, übermütig wie ein Schüler, in der einen Hand den unvermeidlichen Reisfladen balancierend, mit der anderen einen Strauß Moosröschen ungelenk hochhaltend. Schon hörte sie das Glockenspiel an der Tür, eilte zur Diele und blieb dann abrupt stehen. Hitzeströme pflügten durch ihren Körper, im Spiegel sah sie ihr rot angelaufenes Gesicht und voller Wut dachte sie, dass sie nicht einmal wusste, ob diese verspätete Morgenröte am Nachmittag eine dieser Wallungen war, von der Elsi so gerne sprach, oder nur mit ihrem »geladenen« Zustand zusammenhing. Und dann noch Elsis Anruf am Vormittag …
Ihre Nachbarin war manchmal unmöglich: Elsi hatte sich über ein Phantombild ausgelassen, auf einer Polizeistation ganz in der Nähe: Der Eupener »Witwenmörder«, der schon fünf Frauen auf dem Gewissen haben sollte. Elsi schien am Telefon direkt wohlig zu erschauern, als sie sich über den Phantom-Täter echauffierte …

Beethovens Dadadada dröhnte erneut von der Tür her – »dieses verdammte Glockenspiel« zischte sie unterdrückt, aber es half alles nichts, sie konnte Gregor nicht draußen stehen lassen. »Ich hasse Männer, die mittwochs mit Reisfladen und Blumen hier aufkreuzen, mit ekelhaft guter Laune und grauen Schläfen, die auch noch attraktiv aussehen, während ich …« Die Tür klemmte immer etwas, bevor sie ganz aufging, aber Gregor hatte ihre Worte genau gehört.
»… während du heute morgen eine frische Haartönung beim Friseur erdulden musstest, du Ärmste.« Gregor wusste immer alles: Was man in diesem kleinen belgischen Grenzort tat oder ließ, wen man traf, was man wo aß oder mit wem man Ärger hatte. Der gelassene Gregor, den sie fast ein Dreivierteljahr kannte: Bald fünfzig Jahre alt, mittelschlank und mittelgroß – und völlig ohne Vornamen. Gregor war sein Nachname, seinen Taufnamen (»er ist scheußlich-fromm«) verriet er niemandem. Die Lederjacke hatte er über den nächsten Haken geworfen, die Blumen in ein stilisiertes Weihwasserbecken getaucht, und den Reisfladen packte er auf den kleinen Bistrotisch aus Marmor. Gregor umfasste seine Freundin, runzelte die glatte gebräunte Stirn und betrachtete aufmerksam das Oval ihres zornigen Gesichts.

»Abgesehen davon, dass ich Halbbelgier bin, zweimal geschieden und früher mal Lehrer war, was macht dich so wütend, meine Schöne?«
Sie betrachtete ihn wortlos, während er mit dem rechten Zeigefinger verdächtig nahe an den üppig ausgefallenen Reisfladen geriet. Den kleinen, mit Bildern und Batiken vollgehängten Raum verlassend, rief sie ihm über die Schulter zu: »Gedulde dich einen Moment, ich hol nur eben den Kaffee und die Tassen.« Gregor liebte es, den starken Kaffee aus bauchigen Gefäßen ohne Untertassen zu trinken, schwarz mit Zucker, und den Reisfladen mit einem Löffel direkt so zu genießen, ganz ohne Teller. »Für einen kultivierten Fastbelgier mit holländischer Mutter hast du ganz schön primitive Tischsitten«, murmelte sie halblaut, als sie aus der Küche zurückkehrte. Gregor lächelte sie sanftmütig an. »Und für eine falsche Witwe bist du ganz schön frech.« Er hatte sich auf die kleine blaue Veloursledercouch unter dem Delvaux-Bild gelümmelt und, wie sie mit einem Blick sah, auch schon von dem Magnum-Reisfladen genascht, mit dem Finger natürlich.
»Du schaust mich schon wieder strafend an.« Gregor leckte sich zwei Finger ab. »Was hab' ich dir getan, Cherie?« Sie sandte ihm einen Gletscherblick zu und sank auf ihren Lieblingsstuhl. Sie mochte keinen Reisfladen, sie hatte sich ein Sandwich gemacht und trank Kakao aus einer ihrer selbstgefertigten Tassen. Ihre Wut bezähmend, sprach sie betont ruhig. »Du hast mich am Montag versetzt, im Kino, wir waren verabredet, weißt du nicht mehr?« »Versetzt, ich dich – nein bestimmt nicht. Ich war dort, punkt halb acht, mit meiner …« »Mit wem du dort warst, weiß ich«, versetzte sie kühl, »mit einer magersüchtigen, strohblonden, ein Meter achtzig großen Zwanzigjährigen, ihr wart zu spät, der Hauptfilm fing gerade …«
Gregor lachte schallend, sie zuckte zusammen. »Oh Cherie, wir haben uns verfehlt, ich hab dich gar nicht gesehen, und Inga ist nicht …«
Sie unterbrach ihn wieder, ohne ihn anzusehen. »Und Inga ist nicht magersüchtig, wolltest du sagen?« Gregor hatte den halben Reisfladen aufgegessen und grinste übers ganze Gesicht. »Ich liebe dich, wenn du eifersüchtig bist. Inga ist meine Tochter, von der ich dir übrigens schon oft erzählt habe, und sie ist in der Tat nicht magersüchtig, sondern nur sehr schlank, trotz reichlich Fritten, französischem Weichkäse, Cola und Reisfladen … was hast du, Cherie?«
Sie kicherte, sie prustete und verschluckte sich fast an ihrem krümeligen Sandwich. Liebevoll strich er über ihren Rücken und reichte ihr die Kakaotasse. Ihr Prusten ging in Gickern über, aber ihre Tränen waren echt, sie kamen vom Husten und Lachen. Gregor schloss sie in seine Arme und wischte ihr behutsam mit der Manschette seines blaukarierten Hemdes das feuchte Gesicht ab. »Du bist mir eine drollige Witwe, du …« Sie entwand sich ihm lachend, ihre Wut war vollständig verraucht. »Ich bin keine Witwe, und du bist der einzige, der es weiß. Für eine Frau ist es ziemlich blamabel, wenn der Angetraute sie urplötzlich verlässt, wie in diesen Geschich-

ten, wo es heißt 'Ich hol mir schnell noch Zigaretten, Liebling'. Ich hab's dir doch erzählt, er war ein Zocker und ein beamteter Schlawiner, und Wiener war er auch, ein sprachbegabter Wiener mit französischem Namen …« Gregor griff nach der Pralinendose, die seine Freundin entworfen hatte, entnahm eine seidig schimmernde Rumkugel und steckte sie in den Mund. Entsprechend undeutlich klang seine Frage: »Aber Zigaretten hat er sich ja nicht geholt, dein Mann, oder?« »Nein, er wollte auf Geschäftsreise nach Brüssel, aber er ist nie dort angekommen und blieb verschwunden. Die Düsseldorfer Polizei fand keine Spur von ihm und auch keine Anzeichen eines Verbrechens. Aktenzeichen XY ungelöst, sozusagen … Fünf Jahre ist es jetzt her, fast auf den Tag genau.« Sie saß still, knetete ihre vollen Arme. Er kam zu ihr herüber. »Und warum hast du dich hier als Witwe ausgegeben, als du von Düsseldorf nach Kelmis gezogen bist?« Sie seufzte. »Ach Gregor, das weißt du doch. Martins Eltern haben mich unterstützt, sehr großzügig, so als ob mir eine Witwenpension zustünde, und mir war es, nein, ist es bis heute peinlich zu sagen, mein Mann ist verschwunden, von einer Stunde zur anderen, wie in Luft aufgelöst … Schließlich hab ich mir ja keine Vorteile dadurch verschafft, keine finanziellen meine ich, durch diesen, diesen … Witwenstatus«.

Gregor lachte und zog sie wieder an sich. »Ich mache dir doch keine Vorwürfe, Liebes. Aber interessant ist es schon: Nicht mal Elsi weiß von deinem Geheimnis, oder?« Sie zuckte die Achseln. »Wenn ich es Elsi sage, weiß es der ganze Ort. Da können wir uns gleich in unser Lieblingsrestaurant im Park setzen und eine Pressekonferenz abhalten. Vielleicht irgendwann…« Schrill tönte das Telefon. Sie sprang auf. »Wenn man vom Teufel spricht … das ist bestimmt Elsi!« Während sie zu der schönen alten Kredenz ging, wo das Homehandy auf seiner Station lag, holte Gregor eine Flasche Champagner aus dem Kühlschrank, nahm den Reisfladen-Rest auf und ergriff leise summend den Zuckerstreuer. Cherie, er nannte sie immer Cherie, wanderte mit dem Handy durch Küche und Diele. Gregor hatte die Sachen auf dem kleinen Glastisch neben der großen, ausufernd bequemen Couch abgelegt, worüber er ein weiches Plaid breitete. Geschickt öffneten seine großen kräftigen Hände die Flasche, fingerfertig fing er den hochschießenden Korken auf. Immer noch summend ließ er Champagner in die alten venezianischen Kelche fließen, die er aus einem Holzbord über der Couch geholt hatte, und nippte genießerisch an seinem Glas. Während er sein Holzfällerhemd aufknöpfte, das sie so mochte, legte er eine leicht zerkratzte Platte von Jacques Brel auf, auf dem nahezu vorsintflutlichen Plattenspieler, den sie gemeinsam in Lüttich auf einem Flohmarkt erstanden hatten. Er schleuderte sein Hemd auf das Bord hinter ihm und ließ sich wohlig seufzend auf die Couch gleiten. Rauh und zärtlich tönte die Stimme des pariserischen Flamen zu ihm herunter – *Ne me quitte pas* … Verlass mich nicht …

Gregor wurde schläfrig, stellte das Glas beiseite und döste vor sich hin. – »Du glaubst es nicht, Gregor … Gregor, schläfst du etwa?« Ihre kräftige Altstimme zerschnitt seine Traumwatte. Wie immer war er sofort hellwach. Er setzte sich schwungvoll auf. Sie schien amüsiert, aber nicht nur über ihn. »So, du alter Faulpelz, wenn ich dir erzähle, wofür dich Elsi hält, schläfst du überhaupt nicht mehr, nie mehr.« Sie gluckste, als er sie mit großen Augen ansah. »Stell dir vor, Elsi hat wohl gestern oder vorgestern dieses Phantombild gesehen, von dem Eupener Witwenmörder, und auf einmal bildet sie sich ein, also nein, ich glaub´s nicht, diese Verrückte bildet sich ein …« Gregors Hand tastete nach dem Sektkelch, Cherie kicherte wieder. »Du bist dem Phantombild wie aus dem Gesicht geschnitten, sagt sie, wie ausdemgesichtgeschnitten du … du Unhold du!«

Sie ächzte vor Lachen und sank prustend vor ihm in die Knie. Gregor war ein wenig blass geworden, aber er lächelte, ein eher gequältes Lächeln. »Diese Elsi ist ein Frauenzimmer, also wirklich«, murmelte er und zog sie an sich. »Oh Gregor, ich zittere vor dir, bitte lass mich am Leben, bitte verschone mich, mein Geliebter!« Ganz in ihrer Rolle aufgehend, strich sie zitternd mit ihren Händen über seine Oberschenkel. Er presste sie an sich, zog sie auf seinen Schoß. Sein Gesicht war nicht mehr blass, sondern rötete sich zusehends. Cherie küsste ihn mit Inbrunst, ihr Spiel hatte sie erregt, und Gregor ebenso: schnell und geschickt zog er ihren weichen Samtpullover über ihren Kopf und bettete sie auf die Couch. Während er noch an ihrem Seidenhemd nestelte (die Spitze war schon etwas eingerissen), setzte sie sich plötzlich auf, die kleine runde Hand fest in seinem Schritt. »Gregor, ich warne dich, wenn du mir heute wieder Reisfladen auf den Busen tust und ihn dann ableckst, zeig´ich dich wegen Belästigung an. Ich mag überhaupt keinen Reisfladen und auf dem Busen schon gar nicht.« Er grinste schief wie Bogart in seinen schlimmsten Filmen und streichelte ihre vollen Brüste: »Heute hatte ich eher an den Zuckerstreuer gedacht.« »Wehe, du Sadist«, sie hatte sich ihm entwunden und war aufgestanden. Ihre Blase hatte wie gewohnt reagiert – »Lass mich mal, ich muss eben noch zur Toilette, ich hab' zuviel gelacht, glaub' ich.« Gregor nickte geduldig und nutzte die Wartezeit, um sich seiner Jeans zu entledigen. Er zog den seitlichen Rolladen etwas herunter, weil ihn die Lichtreflexe blendeten. Das Rollo hing immer noch schief, seit einem Monat war es kaputt...

Sie kam wieder, nach Chanel Nr. 5 duftend, umhüllt von ihrem fliederfarbenen Bademantel. Sie sah Gregor am Fenster, den Draht in seinen Händen. Das halb heruntergezogene Rollo ließ den kräftigen Körper in Hemd und Unterhose dunkel und massig erscheinen. Ihr Herz begann zu hämmern, als er auf sie zukam. Seine Augen wirkten unergründlich wie dunkler Schlamm, seine Stimme schien von weither zu kommen. »Ich hatte gehofft, das Ding ganz schnell hinzukriegen. Das Drahtstück lag auf der Fensterbank, aber es klappt nicht, du wirst jemanden …«

Sie atmete geräuschvoll aus und merkte, dass sie dies lange nicht getan hatte. Elsis Plapperstimme hüpfte in ihrem Kopf wie ein verrückter Papagei auf der Stange. »Der Mörder soll seine Opfer lange gekannt und hofiert haben, oft monatelang. Die eine, die lebend davonkam, hat ausgesagt, dass er die ganze Zeit total nett und zärtlich war, humorvoll, liebevoll, was weiß ich noch alles … Aber in Wirklichkeit ist er pervers, er hat die Frau, die übrigens geschieden war, keine Witwe, mit irgendeinem Kuchen beschmiert, sie gefesselt, sie abgeleckt, aber sie nicht vergewaltigt, also wenn das nicht pervers ist, wo er doch vorher mit allen Frauen intim war … Und er macht es mit einer Drahtschlinge, nachdem er sie auf den Bauch gerollt hat … mit einer Drahtschlinge erwürgt er sie, mit einer Drahtschlinge, mit einer Drahtschlinge, mit einer …»

Gregor streckte die Hand nach ihr aus. »Ist dir was, Liebes? Du bist ja ganz bleich.« Sein Lächeln erschreckte sie. Sie wich zurück. »Ich hole uns noch was zu trinken, mir ist ein bisschen flau.«
Die Champagnerflasche war schwer, aber war sie schwer genug? Sie hatte keine Wahl, sie musste jetzt schnell handeln, musste ihm zuvorkommen … Nebenan hörte sie es klirren. Als sie wieder ins Zimmer kam, bückte er sich gerade nach etwas, das wie ein zerbrochenes Glas aussah. Ohne zu atmen, schwang sie die Champagnerflasche und traf ihn genau, als habe sie ihr ganzes Leben nichts anderes getan, am Hinterkopf. Er sackte weg, als würde er nie wieder aufstehen. Kein Laut war zu hören. Ihre zittrigen Finger drückten die Notrufnummer. Die ruhige Stimme am anderen Ende kam ihr bekannt vor. Sie flüsterte ins Telefon und wusste nicht warum. »Er ist tot, ich hab´ihn umgebracht...er muss tot sein … Ich konnte doch nicht wissen, dass er dieser Mörder … Oh mein Gott! Kommen Sie schnell, beeilen Sie sich.« Sie nannte ihre Adresse. Der Hörer krachte zu Boden, auf die Champagnerflasche, die auch jetzt nicht zu Bruch ging und auf dem flauschigen Teppichboden zu schlingern begann. Sie fühlte, wie ihr alles entglitt, Körper, Geist und Seele oder was immer.

Vor zwölf Minuten hatte Martin Lejeune durch eine offene Hintertür das Eckreihenhaus betreten. Den Anruf der Flüsterstimme hatte er zunächst als eine der hysterischen Reaktionen eingeschätzt, die der gesuchte Frauenmörder ständig hervorrief. Das reizende kleine Backsteinhaus gefiel ihm, ebenso wie der Vorgarten von gepflegter Üppigkeit. Der Polizeibeamte war sofort Herr der Lage. Die Frau, von gleicher Üppigkeit wie ihr schönes Gärtchen, lag anscheinend ohnmächtig auf dem

Teppichboden. Ihr schweres goldbraunes Haar breitete sich wie ein Fächer über Kopf und Rücken aus. Der Mann, der mit geschlossenen Augen leise stöhnte, hatte eine Platzwunde am Kopf – das ausgetretene Blut hatte den Flauschteppich besudelt. Das runde Stückchen Draht lag neben seiner rechten Hand. »Der Witwenmörder«, Lejeune atmete auf. Endlich konnte er diesen Fall abschließen. Und die Frau lebte noch, ihr Puls war schwach fühlbar. Nun, die Situation konnte verbessert werden. Er wollte es hinter sich haben, zumal die einzige lebende Zeugin vor knapp vier Stunden Selbstmord begangen hatte …

Er hatte sich erneut neben die Frau gekniet und sie vorsichtig auf die Seite gedreht. Er erstarrte. Ihr Gesicht, dieses Gesicht! Sie war es, die Frau, die er vor fünf Jahren verlassen musste, sehr plötzlich, weil ihm die Gläubiger im Nacken saßen … Welch ein Glück, dass er damals im Besitz mehrerer Pässe war. Sie schien schwerer als damals, aber es stand ihr gut, ebenso wie das goldbraune Haar, das damals rötlichdunkel gewesen war. Er hatte seinen rasanten Abgang sehr bedauert, sie war angenehm und auf reizende Weise anhänglich gewesen, ohne lästig zu werden.

Der verletzte Mann bewegte sich, Lejeune hatte nicht mehr viel Zeit. Er zog die hauchdünnen Handschuhe an, packte die Champagnerflasche und schmetterte sie dem leise Stöhnenden über den Hinterkopf, nicht einmal oder zweimal, sondern fünfmal. Der Mann regte sich nicht mehr. Lejeune sah den Reisfladen auf dem kleinen Tisch und lächelte. Er zog der Frau den Bademantel vor der Brust auseinander, riss noch etwas an der brüchigen Spitze ihres lila Hemdchens, und schmierte etwas von dem saftigen Inneren des Fladens auf ihre Brustwarzen. Er rollte sie wieder in Bauchlage, zog die Drahtschlinge aus der Innentasche seines Jacketts und brachte die Sache zu Ende. Die Schlinge presste er geschickt in die Hände des Toten. Das herumliegende runde Stück Draht, das die Frau verängstigt haben musste, versenkte er in seiner breiten Hosentasche. Jetzt musste er nur noch seinen Untergebenen Mueller per Handy anrufen, aber der würde einige Zeit brauchen, bis er am Tatort eintraf, der Dienstwagen hatte einen Platten, was Mueller allerdings noch nicht wusste. Zeit genug, um noch etwas Reisfladen zu vertilgen.
Der Witwenmörder war zur Strecke gebracht, natürlich von ihm, Martin Lejeune, in eindeutiger Notwehr … Leider war das Opfer nicht mehr zu retten gewesen.
Er stellte den Plattenspieler an – *Ne me quitte pas* … Oh ja, seine Frau hatte immer einen guten Geschmack gehabt. Wie die meisten Witwen, die er kannte.

Jacques Berndorf

Brief an eine ganz frische Witwe

Liebe gnädige Frau!

Verzeihen Sie diese etwas anbiedernde, altmodische Anrede, aber Sie werden gleich erstaunt begreifen, dass wir beide etwas gemeinsam haben, was eine vorsichtige Form von Vertraulichkeit durchaus möglich macht. Wir haben beide denselben Feind.

Ahnen Sie, wen ich meine? Wahrscheinlich ahnen Sie es. Es ist Ihr Ehemann, dieser Conrad-Ferdinand, dieses reiche, einflußreiche, immer nur CF genannte, unglaublich arrogante Monster.

Ich habe Sie beobachtet, als er zu Grabe getragen wurde. Sie sahen schön aus, fast überirdisch entrückt, ein alleingelassener Engel. Und: ein großes Kompliment an Ihren Schneider. Sie trugen eine Sonnenbrille, ein wahrscheinlich von Porsche-Design entworfenes Stück, dezent elegant, so wie ich es mag. Die fünfhundert Trauergäste auf dem Friedhof haben Ihnen Ihre Trauer geglaubt. Mit Sicherheit war ich der Einzige, der wusste, dass Sie absolut nicht traurig waren. Sie waren eher neugierig. Sie fragten sich: Wer, um Gotteswillen, hat ihn umgebracht?

Nun ja, um dieses Rätsel zunächst aus der Welt zu schaffen: Der Mörder bin ich!

Wenn Sie bis hierher gelesen haben, werden Sie sich hinsetzen, meinen Brief wahrscheinlich in der rechten Hand halten und auf einen Ihrer kostbaren Teppiche starren. Sie werden sich fragen: Kenne ich ihn? Ich gebe Ihnen auch dazu sofort die Antwort: Ja, Sie kennen mich. Sie werden sich allerdings an mein Gesicht nicht erinnern, an meine Stimme auch nicht. Ich bin einer der vielen tausend Menschen, die Ihnen bei irgendeiner festlichen Angelegenheit vorgestellt wurden, und die Sie eine Sekunde später bereits vergessen hatten. Das wird so bleiben, gnädige Frau, wir werden uns nie kennen lernen.

Und noch etwas sei gleich zu Beginn dieser kleinen, vergnüglichen Beichte erwähnt: Mit der Frage, ob Sie den Mörder kennen, könnten sich Irrtümer einschleichen, denn möglicherweise bin ich eine Frau. Auch das werden Sie nie in Erfahrung bringen, denn ich lege als Mörder großen Wert auf professionelle Perfektion. Suchen Sie also nicht in Ihrem Gedächtnis, das ist eine unnötige Anstrengung. Lesen Sie weiter!

Es kann durchaus sein, dass Sie in Panik geraten, weil Sie nicht zu Unrecht begreifen werden, dass ich sehr wohl weiß, wie Sie Ihren Mann umbringen wollten. Sie dachten an Gift, Sie dachten an eine permanente Erhöhung der Dosierung, Sie dachten, er solle die letzte und tödliche Dosis im Urlaub auf Ihrer Finca auf Mallorca schlucken. Dann würde irgendein diensteifriger spanischer Arzt in Anbetracht einer beträchtlichen Honorarzahlung selbstverständlich auf plötzlichen Herztod erkennen, was angesichts des übertriebenen Arbeitseifers von CF durchaus glaubwürdig erscheinen musste. Gut geplant, gnädige Frau, und durchaus sicher, denn die spanische Art, Todesbescheinigungen auszustellen, ist nahezu grenzenlos naiv. Und kein Staatsanwalt im Bereich Ihres Wohnortes hätte den Totenschein angezweifelt.

Sie werden erstaunt sein und sich fragen, woher ich das mit dem Gift denn weiß. Nun, das ist leicht aufgeklärt. Sie verwenden zur Pflege Ihrer Rosen ein bestimmtes, leichtfertig hoch dosiertes Mittel, und ich war Zeuge, wie Sie es kauften. Zwölf Liter, genug, um eine Kleinstadt auszurotten. Ganz richtig, ich habe Sie eine Weile begleitet, und Sie haben mich nicht bemerkt. Selbstverständlich ist die Staatsanwaltschaft bei der Obduktion der Leichenteile Ihres lieben Verblichenen auf Spuren des Giftes gestoßen, wollte aber kein Aufsehen darum machen, weil er nun ohnehin sehr gründlich getötet worden ist.

Es ist, das müssen Sie mir zugestehen, im Grunde schon sehr erheiternd, dass zwei Menschen zum exakt gleichen Zeitpunkt daran gedacht haben, CF zu töten. Wettlauf der Mörder gewissermaßen. Ich konnte nicht zulassen, dass Sie den Wettlauf gewinnen. Ich wollte es sein, der CF in das große Nirwana schickt. Und ich habe es perfekt in Szene gesetzt, wobei es Ihnen unappetitlich vorkommen mag, dass ich seine Leiche zerstückelte. Aber natürlich steckt dahinter der einfache Gedanke, die Staatsanwaltschaft in die Irre zu führen, was bekanntermaßen zu einhundert Prozent gelang.

Erinnern Sie sich an die Aufmacher in den Zeitungen, als man die ersten Leichenteile fand? Ich denke, dass sämtliche an der Aufklärung arbeitenden Kriminalisten und Staatsanwälte vollkommen irritiert waren. Und selbstverständlich haben sie diese Irritation an die Presse weitergegeben. Von möglichem Lustmord war die Rede, von einem wahrscheinlich geistig kranken Täter, von einem abartigen Killer, die BILD sprach sogar von einem Monster im Nebel. Erinnern Sie sich? Nun ja, hoch oben im moorigen Venn gleich neben Monschau drängen sich derartige Bilder auf.

Als man dann zuletzt seinen Kopf zusammen mit den ineinandergreifenden Händen fand, stand die Staatsanwaltschaft vor einem wirklich gewaltigen Problem. Wie sollte man denn einer großen, auf Neuigkeiten geilenden Öffentlichkeit erklären, dass dieser CF nun wirklich ein Schwein war? Öffentlich war er ein reicher Mann, ein sehr reicher Mann. Öffentlich war er jemand, der im Namen von UNICEF den hungernden Kindern dieser Welt half, der Altenheime sponserte, der der Freiwilligen Feuerwehr eine neue Wasserpumpe schenkte, der dem Pfarrer die Kirche neu deckte. Wir beide wissen, dass er letztlich ein menschliches Schwein war. Gewiß, ein genialer Architekt und ein großer Ordensritter vom Heiligen Grab. Aber eben auch das monströse Ungeheuer, das Sie, gnädige Frau, schon betrog, als Sie noch gar nicht im heiligen Stand der Ehe lebten. Aber das wissen Sie längst. Es muss unvorstellbares Leid in Ihrer Seele gesenkt haben, Stück um Stück begreifen zu müssen, dass er gnadenlos betrog, log und seine Umgebung manipulierte, wie es ihm beliebte, jeden Tag.

Natürlich interessiert es Sie jetzt massiv, wie ich ihn denn tötete, aber haben Sie noch eine Weile Geduld, denn zunächst einmal will ich Ihnen mein Motiv verraten, damit Sie begreifen können, wie das alles sich zu einem Bild fügte. Mein Motiv ist einfach, mein Motiv ist Rache, Ihr Mann, der große CF, zerstörte meine Ehe.

Da er, wie wir beide zu Genüge wissen, hemmungslos bisexuell lebte, kann ich nun behaupten, dass er meinen Mann betörte, oder aber meine Frau.

Merkwürdig, diese bipolaren Strukturen. Ich habe mich dazu entschieden, so zu schreiben, als habe er meine Frau verführt, das macht Einzelheiten etwas einfacher, das ist auch möglicherweise glaubwürdiger – zumindest für all jene, die sich zu den Normalen zählen, wenngleich wir beide gut wissen, dass Normalität immer sehr fragwürdig ist.

Ich nenne meine Frau einmal Anna, mache aber wiederum darauf aufmerksam, dass es sich auch um meinen Mann namens Claus handeln könnte.

Anna muss von Beginn an CF gefesselt haben. Anna ist schön mit einem Hauch ins Laszive, Anna lässt immer und grundsätzlich an Sünde denken. CF ging auf die übliche Art vor. Anna arbeitete für ihn, hatte Zeichnungen zu erstellen, brachte sie in sein Büro. Er traktierte sie mit Champagner, er war charmant, er lachte mit ihr. Er verführte sie.

Du lieber Himmel, wie banal das klingt, aber tatsächlich war es ja auch banal, trivial. Es hätte aus irgendeiner Soap in irgendeinem Fernsehprogramm stammen können. Zu diesem Zeitpunkt waberte unsere Ehe in einer Durststrecke, Anna erfuhr durch C.F. ungeheure Anerkennung, Anna gab sich dem Rausch hin, Anna betrog mich gut und gerne drei Monate lang, beinahe jeden Tag. Anna bekam sogar Geld dafür. Zumindest erhöhte Ihr Mann Annas Honorar um unanständige fünfhundert Prozent. Das Bestürzende an der Situation war, dass Anna es mir sagte – schon weil sie erklären musste, woher denn der große Verdienst stammte. Als Ihr Mann sie dann wie ein benutztes Küchentuch beiseite fegte, standen wir vor den Scherben unserer Ehe. Wir hatten zwei kleine Kinder, unser Unglück war perfekt. Meine Eltern nahmen zunächst die Kinder, denn weder Anna noch ich hatten die Kraft, sie allein zu versorgen. Als Anna sich grauenvoll tötete, nahm ich die Kinder zu mir und lebe jetzt mit ihnen in heiterer Gelassenheit. Damals aber schwor ich Rache. Nicht theatralisch, durchaus nicht. Ich sagte eines Morgens im Bad: »CF, ich werde dich töten!« Ich will ehrlich sein. Zunächst glaubte ich nicht daran, dass ich die charakterliche Strenge aufbringen würde, die Tat zu vollbringen. Sehr oft sagen wir Menschen im Rausch der Wut: Den könnte ich töten! Und wir tun es nie. Aber bei CF begann ich sofort, Pläne zu machen, von denen die ersten durchaus kindisch und unüberlegt waren. Ich blieb kühl, ich wollte einen einfachen, klaren Plan, gepaart mit kühler Kreativität und durchaus der Hürde des Risikos.

Die größte Schwierigkeit dabei würde darin liegen, Ihren Mann irgendwohin zu locken, wo ich sicher sein konnte, nicht gestört zu werden. Und da kam mir das unergründliche Moor im Venn in den Sinn, Sie wissen schon: Die Straße, die von Monschau aus nach Mützenich über die Grenze nach Belgien hineinführt. Dann linker Hand der schmale Pfad zu den moorigen Flächen, zu den scheinbar harmlosen Wasserlachen, die doch so unbedingt lebensgefährlich sind. Nein, nein, ich wollte ihn nicht im Moor versenken, wie das dieser dämliche Oberstaatsanwalt vermutet hat, der der BILD sagte: »Der Täter wollte die Leiche verschwinden lassen und hat nicht mit der Findigkeit meiner Fahnder gerechnet.« Es war von Anfang an mein Ziel, dass man ihn fand, zumindest erst einmal gewisse Teile von ihm.

Es wird Sie interessieren, dass ich Ihren Mordplan mit meinem verband, dass ich Ihre Findigkeit ausnutzte. Ich rief Ihren Mann an und behauptete, Sie, seine Ehefrau, hätten vor, ihn zu ermorden. Und ich, der Anrufer, wisse genau, wie das vonstatten gehen sollte. Und ich gab ihm einen Hinweis: Er selbst fühle sich in den letzten Wochen nicht wohl, habe einen überaus nervösen Magen, fühle sich gelegentlich elend. Sie, gnädige Frau, hatten längst begonnen, ihm das Rosengift zu verabreichen. Das Erstaunliche war, dass er mir zuhörte, ohne mich zu unterbrechen. Er fragte nur: »Wo kann ich Sie treffen?« – »Am Moor im Venn«, sagte ich. »Seien Sie heute Abend gegen 22 Uhr dort. Und bringen Sie niemanden mit, das hätte zu Folge, dass ich verschwinde, um Ihre Todesanzeige zu lesen.« Er kam tatsächlich allein und er lief direkt in seinen Tod.

Ich denke, das muss ich genau erklären.

Sie kennen diese Szenerie dort oben. Um diese Jahreszeit zieht abends gegen 19 Uhr der Nebel auf, während die letzten Krähen kreischen. Es ist unglaublich still und jeder Mensch, der sich von einem anderen entfernt, ist nach wenigen Schritten in der grauen Suppe verschwunden. Er wird von dieser mystischen Landschaft einfach verschluckt.

Er kam allein, allerdings nicht unbewaffnet. Er hatte diesen Colt bei sich, den er oft und gern bei sich trug, wahrscheinlich, um sein Image aufzupolieren.

Ich stand an das Geländer gelehnt, das den aus jungen Fichtenstämmen gezimmerten Bohlenweg vom tückisch tödlichen Moor trennt. Ich sagte »Guten Abend, CF!« Und ich fügte an »Sie werden gleich tot sein.« Er war so überrascht, dass er nicht antworten konnte. Statt dessen griff er zu seiner Waffe.
Ich schoß ihm mit meiner Waffe, einer illegal gekauften, großkalibrigen Glock in den rechten Oberschenkel. Nein, nein, ich war nicht im Geringsten aufgeregt, im Gegenteil, ich war ganz gelassen und ohne Furcht. Ich hatte mir gedacht, dass er so reagieren könnte. Der Schuss in den Oberschenkel war überlegt, durchaus einkalkuliert. Das Projektil riss ihn von den Beinen und warf ihn krachend, sicherlich mehr als zwei Meter zurück, auf den Bohlenweg. Es war ein hässliches Geräusch, irgendwie passte es zu seinem Charakter.
Er war bewusstlos, atmete aber sehr gleichmäßig. Ich wartete also geduldig, bis er zu sich kam. Sicherlich werden Sie jetzt fragen wollen, was ich denn getan hätte, wenn irgend jemand aufgetaucht wäre. Nun, ganz einfach, ich wäre weggegangen, in das Moor hinein, ich kenne mich da aus.
Als er zu sich kam, sagte ich höflich: »Mein Name ist Sowieso. Sie haben meine Familie zerstört, meine Frau in den Tod getrieben. Sie werden sterben. Jetzt!« Er hatte keine Schwierigkeiten, er begriff das alles sofort und er glaubte mir aufs Wort. Ehrlich gestanden benahm er sich wie ein Waschlappen. Er bot mir Geld, viel Geld. Meine Erfahrungen mit zum Tode Verurteilten sind spärlich, aber mich widerte an, dass er sofort an Geld dachte, an gar nichts anderes.
Ich trickste ein wenig, ich tat so, als nähme ich unter Umständen sein Geld. Ich sagte: »Das besprechen wir im Auto. Humpeln Sie vor mir her.« Er brachte sich irgendwie auf die Beine und stakste unbeholfen. Er sagte nur einen Satz: »Meine Frau wollte mich gar nicht töten, nicht wahr?« Das war seine Bemerkung und es war der einzige Satz von ihm, der Gefühle verriet.
Nein, nein, ich habe Sie nicht verraten, gnädige Frau. Ich habe das mit dem Gewehr verschwiegen. Bitte, seien Sie nicht schockiert, ich habe begriffen, dass Sie, abgesehen von dem Gift, eine zweite Lösung im Ärmel hatten. Jeder gute Mörder hat das. Sie haben sich von ihrem Mann eine amerikanische Enfield schenken lassen, ein wunderschönes doppelläufiges Stück. Und Sie sind Ehrenmitglied im hiesigen Schützenverein geworden und haben auf Tontauben trainiert. Ihre Leistungen sind herausragend und ich wette, Sie haben bei jeder Tontaube an den Kopf Ihres Mannes gedacht. Es war mir klar, was Sie vorhatten: Falls das Gift versagte, wollten Sie einen Unfall vortäuschen. Sehr gut, mit aller Wahrscheinlichkeit wären Sie damit durchgekommen. Nein, ich habe ihm das nicht verraten, ich habe nur gesagt, dass das alles jetzt keine Rolle mehr spiele, denn ich würde dafür sorgen, dass er ein für allemal für sämtliche Schweinereien seines Lebens bezahlt.
Wir erreichten den Parkplatz und unsere Autos. Der wunderschöne BMW Z1, den

er fährt, hatte ich vorher einer Gruppe Bulgaren angedient, die ihn stehlen würden. Ich hatte mich dafür nach Ganovenart bezahlen lassen. Mit einem schäbigen Tausender. Jetzt fährt der Wagen Ihres Mannes unter dem Arsch irgendeines bedeutsamen Politikers weit im Osten Europas. So macht man heutzutage Logistik, gnädige Frau.

Wir setzten uns in meinen Wagen, einen schrottreifen Golf Diesel, dessen Nummernschilder ich gestohlen hatte und von dem aus keine Spur zu mir führt. Ich setzte meine Waffe an seinen Kopf und schoß. Sie glauben nicht, wie einfach das ist. Selbstverständlich musste ich in Kauf nehmen, dass der Golf ein wenig verschmutzt wurde. Aber das war kein Problem, denn ich fuhr den Wagen später einfach über eine Panzerrampe in den Fluß. Zuerst einmal transportierte ich die Leiche Ihres Mannes in mein Haus.

Halt, da fällt mir etwas ein. Selbstverständlich sind Sie eine kluge und gebildete Frau, selbstverständlich denken Sie an Spuren, denn ich trug permanent wollene Operationshandschuhe, atmete durch einen Mundschutz, verbrannte später meine gesamte Kleidung.

Natürlich fragen Sie sich, warum ich den Leichnam wirklich zerstückelte. Nun, das ist zum ersten viel einfacher als man denkt. Man muss sich nur die Mühe machen, den Atlas des menschlichen Körpers sehr genau zu studieren, dann weiß man, wo man die Schnitte anzusetzen hat. Ich tat das, um die Kriminalbeamten irrezuführen, weil die Zerstückelung einer Leiche stets auf massive seelische Krankheitsformen hinweist. Und ich bin seelisch gesund. Ich steuerte also die Staatsanwaltschaft sehr gezielt in den Nebel.

Die Leichenteile Ihres Mannes brachte ich an verschiedenen Orten unter, aber stets so, dass sie gefunden werden mussten. Den Kopf und die Hände platzierte ich nicht, wie von der Staatsanwaltschaft hilflos mitgeteilt auf einer Mülldeponie, sondern auf einem drei Meter hohen Pfahl inmitten eines Müllberges. Das erschien mir angemessen.

Ich wünsche Ihnen ein langes Leben und mir selbst niemals mehr die Begegnung mit einem Menschen, wie Ihr Mann einer war. Ich lebe gern gemütlich, verstehen Sie?

Carola Clasen

Survival Training

Sie sind zu fünft. Ingo und Alex, Angela und Britta, Studenten der Psychologie aus Aachen. Und Bernard. Sie diskutieren unter ihren Kapuzen, die Hände tief in den Jackentaschen vergraben und setzen ihre Stiefel in unberührten Schnee. Der Himmel über ihnen am Ende der Baumwipfel ist frostig blau und wolkenlos. Er verspricht einen schönen Januartag, und sie haben Bernard lange nicht gesehen. Es gibt viel zu erzählen.

Bernard ist ein Ex-Kommilitone und hat sie hierher ins Hohe Venn, das er Hautes Fagnes nennt, zu einer Schneewanderung eingeladen. Er hat sein Studium vor einem Jahr an den Nagel gehängt, ist in seinen Heimatort Rocherath zurückgekehrt und macht jetzt Survival Training für Städter im Grenzgebiet.

Im dichten Rocherather Forst lehrt er sie Indianertipis zu bauen, eine Toilette als Hochsitz zwischen Fichtenstämmen zu errichten und unter einem Wassersack zu duschen, hinter aufgespannten Zeltplanen mit eiskaltem Wasser, während Eichelhäher über ihnen krächzen. Er zeigt ihnen, wie man Wasser in einem Eimer mit geschichteten Lagen aus Stoff, Sand und Gras reinigt, und wie man Feuer macht, mit Feuerstein und Zunderschwamm. Alles ohne Telefon, Mikrowelle, Zentralheizung. Die Städter zahlen viel Geld für diesen Kick.

»Sie sind ganz andere Menschen, wenn sie sonntags zurückfahren,« schwärmt Bernard und seine Augen leuchten seltsam.

Die Freunde sind begeistert und fragen ihn aus. Nur Britta zieht ihn auf, jetzt nichts als ein besserer Animateur zu sein, und auch damit, dass er wieder mehr Wert auf seinen belgischen Akzent legt, wahrscheinlich um den Teilnehmern einen Hauch von Abenteuer und Fremdsein zu vermitteln.

Doch er verteidigt sein neues Leben: »Voilà! Immer noch besser als Taxi fahren!«

Britta findet, dass er einfach lächerlich in seiner dickwattierten neongelben Jacke aussieht, wie ein Teletubby. Für die Freunde aus der Stadt hat er reflektierende Klettbänder mitgebracht, die er auf ihre Rücken, Arme und Jackenkragen klebt: »Das kann Leben retten.«

»Du übertreibst. Wie immer«, Britta reisst die Streifen wieder ab und lässt sie in den Schnee fallen.

Bernard hebt sie auf, rollt sie sorgsam auf und steckt sie kopfschüttelnd in seine Tasche.

Später deutet er Tierspuren, Vogelschreie und kaut kleine hellgrüne Blattspitzen, die aus dem Schnee hervorkommen. Er hat immer schon etwas Missionarisches gehabt, denkt Britta und mustert sein hageres Gesicht. Er ist dünner geworden, seitdem er Survivaltrainer ist, wirkt irgendwie gehetzt.
Sie war zuerst gegen den gemeinsamen Sonntagsausflug nach Belgien gewesen, sie würde lieber zu Hause eingemummelt auf dem Sofa liegen und lesen. Aber Angela hatte sie überredet und die Aussicht auf ein feierliches Abendessen am Kamin hatte sie schließlich überzeugt. Angela ist ihre Freundin, sie wohnen zusammen in einer kleinen Altbauwohnung auf der Johanniterstrasse.

Angela bleibt plötzlich stehen und sagt: »Britta, warte auf mich. Ich muss mal.«
Die anderen gehen langsam weiter. Angela stapft gebückt ins Unterholz, während Britta von einem Fuss auf den anderen tritt. Die Sohlen ihrer Schuhe sind dünn und viel zu glatt. In Aachen bei ihrer Abfahrt hatte kein Schnee gelegen. Trotzdem hatten die anderen schwere Stiefel angezogen.
Als keine Geräusche aus dem Unterholz kommen, sieht sie sich um und ruft nach Angela. Aber sie bekommt keine Antwort. Die anderen sind schon hinter der Wegbiegung verschwunden. Britta wird unruhig, die Kälte kriecht die Beine herauf.
»Nun mach schon! Wir werden die Männer verlieren!«
Aber nichts kommt aus der Richtung, in die Angela gegangen ist. Britta folgt ihren Spuren ins Unterholz. Sie enden hinter einem Schlehenbusch, der dunkelblaue Früchte trägt. Da ist eine zertrampelte Stelle. Aber der Schnee ist nirgendwo gelb. Und keine Spuren führen von dort weg und Angela ist nicht zu sehen. Britta ruft wieder ihren Namen.
Sie haben eben noch über den alten Trappertrick, rückwärts in den eigenen Spuren zu gehen, gesprochen. Bernard hat es getan. Aber Bernard ist mit den anderen beiden hinter der Wegbiegung verschwunden. Wieso merkt er nicht, dass zwei fehlen? Wieso hört er nicht ihre Rufe?
Britta geht zum Auto auf dem Wanderparkplatz zurück, nicht rückwärts, sondern neben ihren Spuren von vorhin. Aber dort ist Angela auch nicht. Die Scheiben sind von einer dünnen Eisschicht überzogen. Sie rüttelt an allen Türen, vergeblich. Hier zu stehen und zu warten bis die anderen endlich von ihrer Schneewanderung zurückkommen, würde sie zu Eis werden lassen. Sie hat keinen Autoschlüssel, es ist Ingos Auto. Wütend tritt sie gegen den Vorderreifen.
Ein paar Meter weiter steht ein hellgrauer Renault mit belgischem Nummernschild, der ihr bei ihrer Ankunft nicht aufgefallen war.
Sie läuft los. Hinter den Freunden her, also den gleichen Weg noch einmal bis zur Wegbiegung. Dort trennen sich die Spuren im frischen Neuschnee, links in den Wald hinein, rechts auf eine Anhöhe.

Sie wählt die Rechte, nicht aus einem bestimmten Grund, sie ist so gut und so schlecht wie die Linke. Oder hat sie doch gehofft, auf der Anhöhe einen Überblick zu haben? Sie weiß es nicht mehr. Aber auf der Anhöhe hören die Spuren auf, einfach so, mitten auf dem Weg. Und einen Überblick hat sie auch nicht, die Lichtung ist nur ein kleiner Buckel und dann folgen wieder hohe dunkle Fichtenreihen. Die rechte Spur ist also die falsche.

Ein Gedanke überfällt sie: Und wenn sie sie findet, gleich oder später, wie soll sie ihnen erklären, dass sie Angela verloren hat? War sie nicht bei ihr stehen geblieben, damit sie nicht allein ist, damit nichts passiert?

Britta läuft zurück, nimmt die linke Spur in den Wald. Die linke Spur ist ebenso falsch, endet abrupt vor einem Baum. Sie sieht sogar den kahlen Baumstamm hinauf bis in den bewachsenen Wipfel, weil sie einen kurzen Moment lang die Idee hat, dass die anderen sich nur verstecken. Verzweifelt rüttelt sie den Stamm, Harz klebt sofort zäh an ihren Händen fest.

Dann rennt sie atemlos zurück zum Wanderparkplatz. Sie will jetzt doch dort warten, sicher ist sicher. Ihr ist heiss vom Laufen, das wird eine Weile vorhalten. Aber da steht kein einziges Auto mehr, auch nicht der Renault aus Belgien. Die Reifenspuren der beiden Autos führen auf die Durchgangsstrasse und vermischen sich dort mit den bereits vorhandenen.

Wie konnten sie ohne sie wegfahren?

Es ist so verdammt still, als sie den Atem anhält und in den Wald hineinhorcht. Die große Stille und Einsamkeit, die sie in der Gruppe nicht wahrgenommen hat, ist auf einmal eine Bedrohung, und Britta fühlt sich plötzlich bedrängt, eingeengt. Angst kommt von Enge und man kann sie nur von innen heraus vertreiben und bekämpfen, Angst wächst im Kopf, Angst – ein Thema ihrer Semesterarbeit – wie leicht es sich über sie reden lässt in einem vollen, geheizten Hörsaal, in dem Licht brennt. Aber hier?

Britta stellt sich an die Durchgangsstraße und wartet auf ein vorbeifahrendes Auto, das sie nach Rocherath bringen kann. Aber auch nach zwei Stunden hat sich immer noch kein einziges Auto genähert. Rocherath ist mehr als einen Fußmarsch entfernt, rechts oder links die Straße hinunter, sie weiß es nicht und sie ist genug gelaufen.

Sie ist müde, nur müde. Die Müdigkeit wird schlimmer als die Kälte und die Angst. Sie geht ein Stück zurück in den Wald, um sich irgendwo hinzulegen, und als sie sich im Schnee zusammenrollt und ihre Augen zu fallen, erinnert sie sich, dass Bernard gesagt hat, wenn man hier im Schnee einschläft, wird es tatsächlich gefährlich.

»Du wachst einfach nicht mehr auf.«

Sich an einen Baumstamm zu lehnen und wenn möglich, sogar festzubinden, der Baum gibt Wärme ab, und zu versuchen, sich mit trockenem Laub zu bedecken, könnte das Leben retten.

»Sonst kommt der große Bruder des Schlafes...«
Tolle Idee, wo hier nur Fichten stehen, Britta flucht und lacht plötzlich laut auf. Ihre Stimme hört sich hohl an und fremd und sie erschrickt. Ein Echo lacht höhnisch zurück.
Irgendwann glaubt sie im Halbschlaf Rufe zu hören, sie hat jedes Zeitgefühl verloren, aber sie schafft es nicht mehr, sich bemerkbar zu machen, Arme und Beine sind schwer wie Blei und als sie den Mund öffnet, kommt kein Ton heraus.
Aus den Augenwinkeln fällt ihr noch auf, dass ihre neue Winterjacke fast so grün ist wie der Zweig, der dicht und schwer über ihr hängt. Grün ist ihre Lieblingsfarbe. Ein paar Tropfen Schneewasser lösen sich zögernd aus den Nadeln der Fichte. Dann wird alles schwarz um sie.

GRENZ-ECHO
Mittwoch, 19. Januar 2000
Psychopath endlich gefasst

Der seit drei Wochen flüchtige Bernard Sommel, Insasse der Psychiatrischen Universitätskliniken Lüttich, wurde gestern in der Nähe von Bütgenbach bei einer routinemäßigen Verkehrskontrolle zusammen mit einem Komplizen gefasst. Die beiden hatten drei Studenten aus Aachen in ihrer Gewalt, eine Frau und zwei Männer, und mit Jagdmessern bedroht. Die drei waren jedoch unverletzt. Vermisst wird jetzt noch die 24-jährige Britta Korn, ebenfalls aus Aachen. Sie trägt eine dunkelgrüne Winterjacke, Jeans und schwarze Lederschuhe. Sie hat hellblondes Haar, trägt eine Brille und ist ca. 170 cm groß. Zuletzt gesehen im Rocherather Wald am Sonntag, dem 16. Januar 2000, gegen 14.00 Uhr. Hinweise bitte an jede Polizeidienststelle.....

Hubert vom Venn

Zwei, drei Tote im Venn

Nur ein winziges Stück Eifel – die Deutschen sagen dazu Westen, die Belgier Osten. Die preußische Pingeligkeit, über Jahrzehnte rheinisch verwässert, wird im Westen an der deutschen Garderobe in Roetgen abgegeben – das belgische Petergensfeld liegt schon im Osten. Dort beginnt Ostbelgien und Südeuropa – letzteres wenigstens, was Mentalität und Schlitzohrigkeit anbelangt. Während auf der deutschen Seite die Geschäfte ab Samstagmittag zum Äußersten geschlossen sind, kann man auf der belgischen Seite des geteilten Dorfs auch am Sonntag bis in den Abend Kaffee auf Paletten, Rauchwaren in Stangen und Kekse mit dem Bild der Königsfamilie zollungestraft im Kofferraum verladen.

Schon in Eupen schert sich niemand mehr an so etwas Profanem wie einem Verstoß gegen das Tiefflugverbot – immerhin war bereits einmal vor Jahren ein Düsenjäger im Tiefflug gegen Bebautes gekracht. Zweimal ist in Belgien schon Gewohnheitsrecht ...

Die aus Westen anfliegende Cessna rasierte fast die Flutlichtmasten der 'AS Eupen' und verschreckte noch nicht einmal die Kicker, die wieder einmal gegen den Abstieg antrainierten.

Lediglich im Funkhaus des Belgischen Rundfunks schaute ein vergeistigter Redakteur kurz von einer Belga-Meldung auf und murmelte so etwas wie »Ich bin umgeben von Siebfliegern«.

Wenig später verschwand das kleine Flugzeug über dem Hohen Venn – im wahrsten Sinne des Wortes, da die Maschine den Winzflughafen Elsenborn, auf Karten 'Aerodrome' genannt, nicht mehr erreichte und dort, wo die Moorlandschaft unheimlich und einsam ist, abstürzte und in Flammen aufging. Der Pilot hatte noch einen Notruf absetzen können, dann war der Kontakt nach Elsenborn abgerissen.

Förster Roger Girretz befand sich gerade mit einer Reisegruppe aus den Niederlanden auf dem Ausguck zum 'Fagne Wallonne', als er die Maschine brennend unweit der Gemarkung 'Cléfaye' niedergehen sah.

Während die Niederländer erschrocken ihre mitgebrachten Brote und Thermosflaschen sinken ließen, verständigte Girretz über Handy den Notruf in Lüttich. Da der Förster fließend Französisch sprach, konnten die zentralistischen S.O.S-ler ohne

Sprachrecherchen sofort die Feuerwehrkaserne Eupen-Frankendelle und die freiwillige Wehr aus Sourbrodt ins Wallonische Venn ordern. Wegen des unwegsamen Geländes dauerte es über eine halbe Stunde, ehe der erste Pompier das nur noch schwach brennende Wrack der Cessna erreichte. Da es tagelang geregnet hatte, war das Feuer nicht auf das zu dieser Jahreszeit oft knochentrockene Venn übergesprungen. Lediglich einige Sträucher im Umfeld glimmten und konnten schnell gelöscht werden. Den Wehrleuten bot sich ein schreckliches Bild. In der kleinen Maschine klemmten zwei bis zur Unkenntlichkeit verbrannte Leichen.
Feuerwehr-Kommandant Edgar Fraipont hatte in seiner langen und flammenden Laufbahn schon viele schreckliche Bilder gesehen, doch abgehärtet hatte ihn das – im Gegensatz zu einigen jüngeren Kollegen – immer noch nicht. Und so war es ihm fast schon peinlich, als er sich abwandte, um sich an einem rund dreißig Meter entfernten Gebüsch zu übergeben.
Er traute seinen Augen nicht! Dort lag eine weitere total verbrannte Leiche.

Inzwischen war auch die Gendarmerie aus Eupen eingetroffen. Claude Niessen erstattete per Funk einen ersten Bericht an die Gendarmerie-Brigade und löste dort hektische Telefonaktivitäten zu allen erdenklichen Stellen in Deutschland aus. Schon nach einer Stunde stand das Ergebnis der grenzüberschreitenden Kommunikation fest:
Kein Zweifel, nur zwei Personen – Geschäftsleute auf dem Flug von Mönchengladbach nach Luxemburg – waren im Flugzeug gewesen.
Doch im Hohen Venn lagen drei Leichen.
»Die spinnen, die Belgier«, lästerte ein Lotse auf dem Kontrollturm in Mönchengladbach, »da fällt denen ein Flugzeug mit zwei Insassen vom Himmel, aber die finden drei Leichen.«
Die drei Toten überstiegen auch die Fantasie von Claude Niessen, der über Funk erneut Kontakt zur Brigade aufnahm: »Mais jo, dat ist hier mit dem Flugzeug ne komische Sache, schickt sofort die BSR raus.«

Karl Jerusalem von der 'Brigade Spéciale de Recherche' wird von seinen Kollegen nur 'Der Freak' genannt, da sein zu einem Pferdeschwanz gebundenes Haar, seine saloppe Kleidung und sein lockeres Auftreten so gar nicht zu dem Bild passen, das man sich in Ostbelgien gerne von einem Staats- und Würdenträger macht. Zu allem Überfluß fuhr er auch noch immer diesen steinalten R 4.

Jerusalem informierte umgehend die Staatsanwaltschaft am Rathausplatz. Diensthabender war an diesem Tag der Behördenchef selbst: Marcel Leclerc, der Prokurator des Königs.

Leclerc stammt aus Malmedy und ist dank einer Mutter aus Kalterherberg zweisprachig aufgewachsen. Der 42-jährige Schönling entlockt so mancher drallen Disco-Schönen schon mal einen juristisch nicht ganz zutreffenden Seufzer wie »Von dem möchte ich mich auch mal … verurteilen lassen.«

Nachdem sich der Staatsanwalt den Vorgang im Venn hatte schildern lassen, wollte er sich sofort ein Bild vor Ort machen:

»Gut, ich bin in fünf Minuten fertig. Kann ich mit Ihnen fahren?«

Zehn Minuten später, diesmal musste der R 4 von zwei Gendarmen angeschoben werden, hielt Karl Jerusalem am Rathaus, wo der Prokurator schon neben dem Blumenbeet wartete:

»Allez, das ist ja eine seltsame Sache da oben im Venn, Jerusalem. Und die Deutschen haben sich wirklich nicht geirrt?«

»Deutsche und irren! Eher bauen wir Belgier eine schlaglochfreie Einflugschneise nach Mützenich. Nein, auf dem Flughafen in Mönchengladbach waren die sich ganz sicher. Nur die beiden Geschäftsleute, übrigens Besitzer und Prokurist einer niederrheinischen Hosenfabrik aus Krefeld, waren an Bord.«

Nach einem Blick auf die verschlissenen Jerusalem-Jeans verbot sich der Prokurator ein »Na, vielleicht fällt im Zuge der Ermittlung ja eine Krefelder Hose für dich ab«, ehe er sagte: »Wir werden trotzdem die deutschen Kollegen einschalten, um die beiden Männer mal abzuklopfen. Bei dem Flugziel Luxemburg klingeln bei mir alle Deutsche-Bank-Alarmglocken. Vielleicht war die dritte Leiche ja bereits als Toter an Bord und das Flughafenpersonal konnte den Toten, zum Beispiel hinter den Sitzen liegend, nicht sehen.«

Karl Jerusalem fand diese Idee absurd und dachte so etwas Respektloses wie »Warmduscher«, wollte aber nicht widersprechen. Er schaltete das Radio ein, aus dem passend zum R 4 die Rolling Stones Uraltes absonderten.

»Ich habe übrigens schon zwei Leichenwagen angefordert, wir bringen die Toten doch zur Obduktion nach Lüttich.«

»Bon, davon gehe ich aus«, nickte der Staatsanwalt.

Die Rolling Stones beschworen weiter den Straßenkampf herauf.

Marcel Leclerc murmelte: »Jaja, von wegen 'Street fighting man' – der Jagger ist älter als der amerikanische Präsident.«

»Beides geile Böcke«, rutschte es Karl Jerusalem raus.

***

Die Gendarmerie hatte die Absturzstelle mit einem rot-weißen Band weiträumig abgesperrt. Schaulustige gab es allerdings nicht – von drei rotbesockten Eifelvereins-Wanderdarstellern mit fleckigen Trenker-Hütchen abgesehen.

Als der R 4 am Absturzort ankam, stieg gerade 'Grenz-Echo' – Fotograf Helmut Thönnissen unbehelligt über die Absperrung.
Marcel Leclerc sah sich die Unfallstelle genau an, ließ von der Gendarmerie Fotos machen und ordnete dann an, dass Spezialisten der Flugsicherung aus Brüssel das Wrack unter die Lupe nehmen sollten. Bis diese ihre Untersuchungen abgeschlossen hätten, sollte die Absturzstelle rund um die Uhr bewacht werden.
»Voilà, bringt die drei Leichen nach Lüttich. Ich glaube, wir haben hier nichts mehr zu suchen.«
Auf der Rückfahrt verabredeten sich der Kriminalbeamte und der Staatsanwalt für den nächsten Tag um 12 Uhr in den Diensträumen des Prokurators: »Ich werde denen ich Lüttich Dampf machen, damit ich morgen einen ersten Bericht auf dem Tisch habe.«
»Bei Derrick und den Deutschen müssen immer die Kripobeamten den Gerichtsmedizinern Dampf machen. Thanks, dass Sie mir das abnehmen.«

***

»Puh«, stöhnte Staatsanwalt Marcel Leclerc nur kurz auf, als Karl Jerusalem am nächsten Tag das Büro des Prokurators betrat, »lassen Sie uns rüber ins 'La Luna' gehen. Das im Venn ist ein ganz, ganz dickes Ding.«
Nachdem die beiden Pasta und einen Im-Dienst-akzeptierten kleinen Roten vor sich stehen hatten, kam Leclerc endlich zur Sache, während er in einem Stapel Faxe blätterte: »Also, die beiden Leichen in dem Flugzeug sind eines natürlichen Todes gestorben.«
Sich der Unsinnigkeit seiner Worte schnell bewusst werdend, schob er nach:
»Mon dieu, was rede ich. Ich wollte sagen, dass die Männer an den Folgen des Absturzes gestorben sind. Nun aber zum dritten Toten. Der ist wahrscheinlich schon zwei Tage vorher getötet und mit Benzin übergossen worden. In seinem Herz steckt bis zum Schaft ein viereinhalb Zentimeter langes Klappmesser.
»Gibt es sowas?«, fragte Karl Jerusalem ungläubig nach.
»Ich wusste das auch nicht, konnte mich aber von den Lütticher Kollegen belehren lassen. Diese Winzklappmesser sind im Stil den provenzalischen Fischermessern nachempfunden und werden in diesen Läden mit Rauschgift-Pfeifen angeboten. Die Kiffer zerhacken damit ihre Haschisch-Brocken.«
»Also ein Mord im Drogenmilieu …«
»Mag sein, mag nicht sein.«
»Zur Identität des Toten kann man wohl nichts sagen, so verbrannt wie der war.«
»Wir haben einen kleinen Hoffnungsschimmer. An der linken Hand konnten die Lütticher am Daumen einen recht brauchbaren Fingerabdruck nehmen, der zur Zeit

von unseren Leuten und von Interpol untersucht wird. Wenn wir Glück haben, liegt uns morgen vielleicht schon ein Ergebnis vor.«
»Solange können wir also nichts machen!«
»So ist es, Jerusalem!«
Der weitere Verlauf des Gesprächs kreiste um Nudeln.

***

Bereits am nächsten Morgen lag von Interpol ein Fax auf dem Schreibtisch des Staatsanwalts. Der rief sofort Karl Jerusalem an:
»Der Mann ist bekannt. Er heißt Thierry Contrafatto, 36 Jahre, italienischer Staatsbürger aus San Remo, ist aber seit fast fünfzehn Jahren in Aigues-Mortes in der Camargue gemeldet. In Frankreich und Italien ist er nie straffällig geworden. Ganz anders dagegen bei uns: In Lüttich hat sich Contrafatto eine richtige Schwerverbrecher-Vita angelegt: Bewaffneter Überfall, Schutzgeld-Erpressung, ein Mordversuch, Zuhälterei und und und – eben die ganze Palette. 1995 wurde er zu acht Jahren verurteilt, vor zwei Jahren gelang ihm die Flucht. Sie erinnern sich bestimmt noch an den Skandal.«
Karl Jerusalem schwieg, da er nicht wusste, welcher Ausbruch aus einem Lütticher Gefängnis gemeint war:
»Scheint ja ein sympathischer Bursche gewesen zu sein. Ich würde sagen, ich fahre mal schnell zu den Kollegen nach Lüttich rüber, um mir ein genaues Bild von dem Burschen zu machen. Die haben bestimmt von dem ein Sammelalbum mit Einkleb-Bildchen.«

***

An der Place St. Lambert in Lüttich zog sich Karl Jerusalem mit der dicken Contrafatto-Akte in ein Besprechungszimmer zurück. Nach zwei Stunden hatte er sich einen umfassenden Eindruck von dem Berufsverbrecher gemacht und rief Marcel Leclerc in Eupen an:
»Manchmal frage ich mich, ob wir wirklich den Mörder von so einem suchen müssen...«
»Na, na, das vergessen wir jetzt aber schnell«, antwortete der Staatsanwalt.
»Ja, ja, war auch nicht so gemeint. Also – Contrafatto ist, wie Sie schon sagten, immer nur in Belgien straffällig geworden. Geplant wurden aber offensichtlich viele seiner Taten in der Camargue. Bei fast alle seinen Straftaten waren die Partner kleine und größere Ganoven aus Südfrankreich. Kleine Gauner aus der Camargue, die dicken Fische aus Montpellier.«

»Ah bon, so streng teilt man das also in Südfrankreich ein«, spottete der Prokurator und fügte nach einer Pause hinzu: »Jerusalem, ich nehme das jetzt, auch in Sachen Spesen, auf meine Kappe. Ich möchte, dass Sie mal zwei Tage in die Camargue fahren. Machen Sie meinetwegen auf Tourist und suchen Sie Ihre Kollegen da auf. Vielleicht liegt das Rätsel ja da unten. Ist im Moment nur so ein Gefühl von mir.«
Karl Jerusalem fuhr nach dem Gespräch sofort nach Eupen zurück, und verbrachte den Rest des Tages damit, seine Reise vorzubereiten. Am Eupener Bahnhof kaufte er eine Fahrkarten und fuhr dann nach Hause, wo seine Frau schon die Reisetasche packte.
Da Dienstreisen ihres Mannes nur selten über St. Vith hinausgingen, brauchte sie recht lange.

***

Der Beamte nahm am nächsten Morgen um 9.05 Uhr den IC nach Brüssel-Midi und dort um 11.25 Uhr den TGV nach Nimes. Unbeleckt von Paris donnerte der Zug gen Süden, ab Lyon nahm über der Rhone das Licht langsam die Farben von van Gogh und Cézanne an. Trotz Klimaanlage konnte man den Süden spüren. Um 17.08 lief der TGV pünktlich in Nimes ein. Mit einer Vorortbahn war es dann noch eine halbe Stunde bis Aigues-Mortes.
Karl Jerusalem hatte keine Ahnung, welch ausgefallene Stadt vor ihm lang. Er hatte eine dieser typischen verschachtelten Provence-Gemeinden erwartet – doch er stieß auf frühes Mittelalter. Aigues-Mortes ist einer Trutzburg gleich von einer wuchtigen Stadtmauer umgeben, nur in den äußeren Straßen dürfen Autos fahren. Nach Norden beginnt direkt am Haupttor ein weitverzweigtes Kanalnetz durch die Camargue, zum Süden sind die Ausläufer des Meeres von einer salzgewinnenden Firma in Beschlag genommen worden. Erst im fünf Autominuten entfernten Le Grau du Roi belästigen Sonnenschirmtragende Menschen mit dicken Bäuchen das Auge oder erfreuen es mit um sich greifender weiblicher Textilknappheit.

Vom Bahnhof ging der Eupener Polizist die wenigen Meter zum Stadttor von Aigues-Mortes zu Fuß. In der Mauer hatten sich die Tauben und das Touristikbüro eingenistet. Man schickte den Ermittler ins Hotel 'Les Arcades' am Boulevard Gambetta. Der Preis war nicht unbedingt für den campingplatzverdächtigen Spesenrahmen von Beamten geschaffen. Dafür bezog Jerusalem aber ein Hotel (»Un charme et une sérénité authentique«), das er sich privat nur erträumen konnte. Die wuchtigen Mauern spendeten wohltuende Kühle, das mit Antiquitäten eingerichtete Zimmer wollte er gar nicht mehr verlassen – höchstens, um sich im ersten Stock im Dachpool zu erfrischen.

Doch Karl Jerusalem konnte nur schnell seine Reisetasche auspacken, da er mit dem örtlichen Gendarmerie-Hauptmann Paul Cossonet verabredet war, zu dem er sich aus der TGV-Toilette per Handy durchtelefoniert hatte.
»Thierry Contrafatto ist tot«, hatte dieser fast gejubelt. »Schade eigentlich, der stand schon lange auf unserer Liste. Wir konnten ihm aber hier nie etwas beweisen. Seine Verbrechen beging er immer bei Euch. Wir treffen uns um acht Uhr im 'La Goulue', ist einfach zu finden.«
Jerusalem betrat das 'La Goulue' von der Rue Denfert-Rochereau aus und erkannte seinen Kollegen sofort am vereinbarten Erkennungszeichen – der deutschsprachigen Monatszeitschrift 'Riviera-Côte d'Azur Zeitung'.
Paul Cossonet hatte erklärt: »Das Blatt kauft man sich höchstens einmal im Leben. Daher werde ich bestimmt der einzige sein.«
Die beiden Beamten begrüßten sich per Handschlag, und der Südfranzose schwenkte gleich auf Herzlichkeit ein:
»Ich darf doch Karl sagen, ich bin Paul.«
Die beiden bestellten Bouillabaisse mit dieser süchtig machenden Rouille, 'Chèvre chaud', 'Daurade à l'ail' und einen eiskalten Sandwein von 'Listel'.
Paul Cossonet hatte seine Hausaufgaben gemacht:
»Alors, ich habe seit deinem Anruf, Karl, noch einmal alle unsere vergeblichen Beobachtungsprotokolle in Sachen Thierry Contrafatto durchgesehen. Uns konnten die Observationen nicht weiterbringen – aber vielleicht hast du Verwertung. Also: Contrafatto arbeitete Anfang der neunziger Jahre in Montpellier als dubiose Figur für einen spanischen Gemüsehändler, der auch nicht so ganz sauber ist. Der Mann hat ein europäisches Netz für Obst und Gemüse aufgebaut, wir hatten ihn aber oft im Verdacht, mit Drogen zu handeln. Und genau an diesem Punkt tauchte dann immer in unseren Ermittlungen Contrafatto auf, der sich plötzlich vom Leibwächter zum LKW-Fahrer gen Nordeuropa, also auch Belgien, verwandelte. Wir konnten den beiden aber nie etwas nachweisen. An der Grenze zu Luxemburg haben wir mal eine ganze Obstladung durchsuchen lassen. Nicht ein Gramm Rauschgift.«
Karl Jerusalem kam langsam zu der Überzeugung, dass die spesenträchtige Reise in den Süden nach dieser Auskunft eher unter 'Für die Katz' zu verbuchen sei. Paul Cossonet nahm noch einen Schluck Sandwein und fuhr dann fort:
»Nach der Verhaftung von Contrafatto damals in Belgien ist aber sein Chef Alfonso Ballesta hier nie wieder in unser Fadenkreuz geraten.«
Karl Jerusalem fiel die Gabel aus der Hand, er formulierte das leise auf Deutsch:
»Ich glaub', mir fällt ein Ei aus der Hose!«
Auf französisch fuhr er fort:
»Was sagst du da, wie heißt der Gemüsehändler???«
»Alfonso Ballesta, mein Freund! Kennst du ihn!«

»Das kann man wohl sagen!«
Dann erzählte der Eupener seinem Kollegen in knappen Zügen eine Geschichte, die vor noch nicht einmal einem Jahr die ostbelgischen Wogen hochschlagen ließ. Die Stadt Eupen wollte eine ehemalige Fabrikhalle, an die sie schon vor Jahren im Rahmen einer Zwangsversteigerung gemeinsam mit der Deutschsprachigen Gemeinschaft gekommen war, wieder einer Nutzung zuführen. Beste Chance hatten dabei mehrere Kultureinrichtungen, die in der Halle Theater, Ateliers, Ausstellungsräume und Proberäume schaffen wollte. Auch der Stadtrat hatte dem zugestimmt, die Rechnung allerdings ohne den Minister Walter Hermanns gemacht. Der warf nämlich kurz vor einer Pressekonferenz die 51 Prozent Anteile der Regierung in die Argumentationswaage und erklärte, dass aus der Fabrik ein riesige Markthalle im Stil von 'Les Halles' in Paris entstehen soll. Er begründete dies mit der Nähe zu Deutschland und der Niederlanden und natürlich auch mit Europa – eben diesem ganzen bekannten Europa-Euregio-Schmu.
Die Eupener und die Medien tobten, und hier und da munkelte man hinter vorgehaltener ostbelgischer Hand – also mit rund 30.000 Mitwissern – dass die Sache nicht ganz sauber über oder besser unter den Tisch gegangen sei.
»Und weißt du, Paul, wer den Zuschlag für die Errichtung dieses Les-Halles-Größenwahnprojekt bekommen hat...?«
»Ich ahne es: Alfonso Ballesta.«
»So ist es!«
Karl Jerusalem schaute auf die Uhr: »Zehn Uhr, in der Redaktion des 'Grenz~Echos' ist bestimmt noch jemand. Ich rufe mal schnell da an – um mir den Namen bestätigen zu lassen. Hernach heißt mein Tomatenhändler in Eupen Ballisto – so genau, weiß ich den Namen nicht mehr. Da Jerusalem Handys in Restaurants hasst, ging er über eine Wendeltreppe zum Telefonieren auf die Toilette. Nach noch nicht einmal fünf Minuten tauchte er wieder auf.
»Keine Frage, unser Eupener Gemüsehändler ist kein Müsli-Riegel, sondern ein gewisser Alfonso Ballesta aus Montpellier.«
Paul Cossonet nickte zufrieden. »Bon, das ist zwar noch keine Spur, aber die Fantasie kann schon gewaltig loslegen. Ich schlage dir was vor. Das Haus von Ballesta ist hier ganz in der Nähe, Richtung Le Grau du Roi. Laß uns einfach mal vorbeifahren.«

Cossonet wurde dem Eupener noch sympathischer, als er auf dem Parkplatz am wuchtigen 'Tour de Constance' den alten Streifenwagen des Südfranzosen sah: Ein R 4.
Ohne Sandwein-Bedenken setzte sich der Franzose hinter das Steuer und fuhr gen Küste. Nach noch nicht einmal fünf Minuten bog er in ein vornehmes Villenviertel

ein, von dem man zwischen den Häusern sogar Flamingos sehen konnte. Das prächtigste Haus der Straße war die Villa des Gemüsehändlers. Hinter einem gußeisernen Tor erkannten die beiden Beamten eine Villa, die sich sogar ein Eupener Bürgermeister nicht vors Venn stellen könnte.

Die beiden nickten sich zu und fuhren zum Ende der vornehmen Sackgasse, wo die Häuser von Villen zu Ferienhäuschen mutierten. Im Wendehammer schrie Karl Jerusalem förmlich auf: »Halt mal, fahr mal ein Stück zurück!«

Jaulend tat der R 4 seinen Dienst, bis Jerusalem »Stopp« rief. »Kein Zweifel, siehst du da den Volvo mit dem 'E 17'-Nummernschild vor dem Bungalow? Das ist der Dienstwagen eines unserer Minister mit einer Exekutive-Nummer. Der Wagen gehört dem Minister Walter Hermanns.«

Der Gendarmerie-Hauptmann schaute seinen Kollegen an und pfiff durch die Zähne:

»Olala! In deiner Haut möchte ich nicht stecken.«

»Darauf kannst du einen lassen«, stöhnte Karl Jerusalem in Deutsch.

***

Am nächsten Morgen rief er um 9 Uhr bei der Staatsanwaltschaft in Eupen an und erklärte Marcel Leclerc in kurzen Zügen die Erkenntnisse des letzten Tages.

Der Prokurator des Königs stimmte mit zehnstündiger Verspätung in das Pfeifkonzert des französischen Gendarmerie-Hauptmanns ein:

»Merde, da müssen wir beide uns aber warm anziehen, da wackeln in Eupen die Mauern.«

»Warum heiße ich eigentlich nicht Jericho statt Jerusalem«, stöhnte nun auch der BSR-ler.

Da der TGV aus Nimes gegen 19 Uhr in Brüssel-Midi eintreffen sollte, schlug Marcel Leclerc als Treffpunkt ein Ecklokal an der Grand Place vor:

»Wir treffen uns besser in Brüssel. In diesem Laden an der Grand Place. Sie wissen schon, der mit den vielen offenen Kaminfeuern und diesem 'Golden'-Drink.«

Natürlich kannte Karl Jerusalem das Lokal. Immerhin vergißt man schon einmal den Namen einer Kneipe – aber nie einen 'Golden' Martini dry mit zwei Scheiben Salatgurke und einer Kirsche.

***

Der TGV kam pünktlich in Brüssel-Midi an, wo Marcel Leclerc schon auf dem Bahnsteig wartete. Über die Avenue de Stalingrad fuhren die beiden gen Grand Place und parkten unweit des Manneken Pis. Die letzten Meter gingen sie zu Fuß.

»Ah genau, 'La Maison du Cygne' heißt das«, nickte der Staatsanwalt, als die beiden am angeblich schönsten Platz der Welt gescholtenen Ziel ankamen.
Jerusalem wusste schon, dass Marcel Leclerc immer einen längeren Anlauf braucht, um zur Sache zu kommen. So bestellten die beiden zunächst Mineralwasser und Karbonade in Gueuze-Bier, ehe Leclerc zum Thema kam:
»Das alles kann uns den Hals kosten. Nach dem Gespräch mit Ihnen heute morgen habe ich jeden angezapft, mit dem man in Ostbelgien im Vertrauen und unter dem Siegel der Verschwiegenheit reden kann...«
»Ach, die beiden«, warf Karl Jerusalem ein.
Der Prokurator überging diesen Spott und nahm einen kräftigen Schluck 'Bru'.
»Ich bin auf eine interessante Sache gestoßen. Ist Ihnen schon einmal aufgefallen, dass die Sterblichkeitsrate im Verwaltungsrat des St-Nikolaushospitals sehr hoch ist ...?«
Karl Jerusalem schaute, als wäre er im falschen Film: Quasi mit der belgischen Miss Busen im Umfeld des Grimaldi-Schlosses und nicht mit einem Staatsanwalt in Brüssel.
»Wenn ich ehrlich bin, nein. Aber ich habe mich auch nie darum gekümmert ...«
»Ist ja schon gut, Jerusalem, jetzt schauen Sie doch nicht so verdutzt. Ein Informant hat mir gesagt, dass DIE Partei vom Hermanns in den Verwaltungsrat des Hospitals immer verdiente Parteigänger entsendet, die finanziell nicht auf den besten Füßen stehen und deren Ende – sei es wegen einer Krankheit, sei es wegen des Alters – absehbar ist.«
Karl Jerusalem schaute immer noch wie aus dem Miss-Busen-Umfeld aus der Wäsche: »Ich verstehe nicht. Schickt DIE Partei also ihre Mitglieder zum Sterben in der Verwaltungsrat. Das macht doch überhaupt keinen Sinn.«
»Macht es wohl, wenn man weiß, dass alle Mitglieder des Verwaltungsrats kostenlos im Krankenhaus behandelt werden. Erstklassig, versteht sich.«
»Das ist ja makaber. DIE Partei dankt mit kostenloser Pflege bis zur Bahre. Ich glaub' es nicht...«
»Können Sie aber«, fuhr der Staatsanwalt fort.
»Aber was hat das alles mit dem toten Contrafatto zu tun?«
»Ich weiß auch nicht, auf jeden Fall wird morgen ein Mitglied DER Partei, offensichtlich jung und gesund, wegen angeblicher Arbeitsüberlastung zurücktreten und für einen gewissen Pierre Kriescher Platz im Verwaltungsrat machen...«
»Nie gehört«, warf Karl Jerusalem ein.
»Da geht es Ihnen wie 99 Prozent der Mitglieder DER Partei. Daher habe ich mir diesen Pierre Kriescher einmal unter die Lupe genommen. 65 Jahre, Ex-Fremdenlegionär, davor Ende der sechziger Jahre einige Gaunereien in Eupen, nichts Besonderes: Autos geknackt, kleinere Einbrüche, Körperverletzung. Nach seiner Rückkehr aus der Fremdenlegion vor fünfzehn Jahren mal in Antwerpen, mal in Lüttich, mal

in Brüssel gelebt. Kleinere Jobs, keine Gaunereien mehr. Lebt seit fünf Jahren bei seiner Schwester in Kettenis. Auch hier nie straffällig geworden. Schwer krebskrank und jetzt kommt der Hammer: Erst seit sechs Wochen Mitglied DER Partei.«
Karl Jerusalem schüttelte den Kopf:
»Ich gebe ja zu, das ist alles sehr seltsam. Aber ich kann mir immer noch keinen Reim machen.«
»Alors, beim Reimen bin ich auch noch nicht. Ich sammele noch. Aber ich bin noch nicht fertig. Sie erinnern sich an die Pressekonferenz, als das Projekt 'Les Halles' vorgestellt wurde. Ich habe mir heute beim 'Grenz Echo' den Artikel holen lassen. Lesen brauchen Sie den Riemen nicht, aber schauen Sie sich mal den Bildtext an.«
Karl Jerusalem nahm den Artikel und las den Bildtext:
»Les Halles für Eupen. Im Rahmen einer Pressekonferenz erläuterte Minister Walter Hermanns das umstrittene Projekt. Weiter im Bild: Finanzier Alfonso Ballesta (neben dem Minister), ein südfranzösischer Gemüse-Großhändler, und sein Mitarbeiter Lugi Iacobucci.«
Karl Jerusalem riss die Zeitung an sich und starrte auf das Foto:
»Das darf doch nicht wahr sein! Dieser Lugi Iacobucci ist unser Thierry Contrafatto.«
»So ist es – die Spesen für Ihre Reise nach Aigues-Mortes haben sich also gelohnt. Ohne Sie wären wir nie auf die Spur der Camargue-Connection gekommen. Jetzt müssen wir nur noch die Puzzle-Steine zusammenfügen.«
»Na, dann Prost Mahlzeit!«
Und nach einer Pause, in der er sich ein 'Leffe' bestellte:
»Ich habe Ihnen übrigens etwas aus Aigues-Mortes mitgebracht. Gab es da in einem Rastaladen.«
Karl Jerusalem legte ein viereinhalb Zentimeter langes Kiffermesser auf den Tisch:
»Genau mit so einem Messer wurde Thierry Contrafatto doch umgebracht…«

***

Am nächsten Morgen trafen sich Karl Jerusalem und Marcel Leclerc im Büro des Staatsanwalts.
»Na, Jerusalem, welche Schlüsse haben Sie in Ihrem Bett gezogen?«
»Puh, da fragen Sie was. Wenn ich die verkünde, können wir in Deutschland Asyl beantragen.«
»Keine nette Vorstellung, wie man hört. Aber schießen Sie los.«
Karl Jerusalem stand auf und ging im Zimmer auf und ab:
»Also, Kurzfassung angesagt: Bei der Vergabe von 'Les Halles' für Eupen ist Geld geflossen. Sagen wir – an einen Minister, der in Südfrankreich zufällig ein Haus neben einem Großhändler hat. Mitwisser war Thierry Contrafatto, der nach dem

Ausbruch aus dem Lütticher Gefängnis unter dem Namen Lugi Iacobucci wieder für seinen alten Chef Alfonso Ballesta arbeitete, zum Beispiel als Geldbote. Der wollte mitverdienen und hat – sag ich mal so – den Minister erpresst. Der heuerte nun Pierre Kriescher an, der als Ex-Fremdenlegionär auch schon einmal schmutzige Geschäfte erledigt hat. Kriescher erstach mit dem Winzmesser Contrafatto, übergoß die Leiche oben im Venn mit Benzin und hoffte, dass in diesem unwegsamen Gelände in ein paar Wochen die Füchse den Rest erledigen. Als Lohn erhielt der schwer-, oder besser todkranke Kriescher den Sitz im Verwaltungsrat, der optimale Heilversorgung garantiert. Leider fiel dann ein Flugzeug vom Himmel...«

Karl Jerusalem ließ sich schwer in einen Sessel fallen und sah den Prokurator des Königs an, ehe er fortfuhr:

»Keine Ahnung, wo wir hier in Ostbelgien geschickt mit unseren Recherchen beginnen können. Schon das kleinste Rad wird eine Lawine auslösen.«

Marcel Leclerc nickte heftig:

»Jerusalem, Jerusalem. Soll ich Ihnen was gestehen? Ich bin zum gleichen Schluß gekommen, auch zu Ihrer Schlussfolgerung. Egal, wen wir heute verhören – heute abend bin ich beim Justizminister. Aber davon sollten wir uns nicht beirren lassen. Ich schlage vor, dass wir mit unseren Ermittlungen bei...«

Das Telefon unterbrach ihn:

»Leclerc«, meldete sich der Staatsanwalt recht ärgerlich und schob nach einer kurzen Pause den Hörer zu Karl Jerusalem rüber:

»Ist für Sie, Südfrankreich!«

In den folgenden zehn Minuten ärgerte sich Marcel Leclerc gewaltig, dass man ihm immer noch keine Anlage mit Mithörmöglichkeit genehmigt hatte. Sah er doch, wie Karl Jerusalem aufgeregt, nur von einigen Lauten des Staunens unterbrochen, auf der Stelle hin und her hüpfte. Als er das Gespräch beendet hatte, sprang er auf den Prokurator des Königs zu, umarmte den völlig verdutzten Staatsanwalt mehrmals und küsste ihn auf die Stirn. Dann schrie er fast vor Begeisterung:

»Der Fall ist geklärt, der Fall ist geklärt. Wir sind aus der Sache raus.«

Marcel Leclerc wischte sich die Spuren des heftigen Liebesbeweises von der Stirn:

»Dann mal los, Jerusalem!«

Der konnte sich kaum zurückhalten:

»Also, das war gerade Gendarmerie-Hauptmann Paul Cossonet, der mit dem R 4 aus Aigues-Mortes.«

Leclerc nickte wissend.

»Der hat sich gestern mit einem Kommissar aus Arles getroffen, der schon lange hinter Ballesta her ist. Dieser Kommissar, heißt übrigens Xavier Grimaud, ist dann, natürlich ohne Absprache mit uns, das ist mir jetzt aber auch scheißegal, aktiv geworden. Er ist nach Montpellier gefahren, hat unseren Gemüsefritzen in seinem Büro aufgesucht und ihm schweigend ein Bild von Contrafatto auf den Tisch gelegt. Nach einer Schrecksekunde hat er über das Bild eines dieser kleinen Kiffermesser geschoben.«

Karl Jerusalem war aufgesprungen:

»Und Sie glauben es nicht, ich fasse es nicht, da legt doch dieser Ballesta, scheint doch nicht so ein großer Profi zu sein, völlig entnervt ein Geständnis ab. Er war vorige Woche mit Contrafatto in Lüttich, um dort mit einem türkischen Gemüsehändler, der wohl mächtig auf den europäischen Markt drängt, ein Gespräch zu führen. Bei diesem Gespräch stellte sich dann raus, dass Contrafatto schon lange mit dem Türken gemeinsame Sache gegen Ballesta macht. Im Auto haben die beiden sich dann so heftig gestritten, bis Ballesta glaubte, dass Contrafatto zu einer Pistole greifen würde. Da hat er ihn mit dem winzigen Messer erstochen. Später will er dann irgendwo die angebliche Pistole in die Maas geschmissen habe. Natürlich weiß er nicht wo. Und dann hat er die Leiche ins Venn geschafft.«

Marcel Leclerc nickte zufrieden:

»Ich glaube, wir sollten per Kurier an unsere französischen Kollegen mehrere Kisten 'Leffe' schicken.«

»Die trinken doch nur Rotwein und Pastis«, murmelte Jerusalem, ehe er nachschob: »Und was machen wir mit unseren anderen Erkenntnissen?«

Der Staatsanwalt schüttelte den Kopf.

»Wir hatten einen Mord aufzuklären und wir haben einen Mord aufgeklärt. Da wird sowieso noch einige Arbeit auf uns zukommen. Und mit dem Rest ...??? Ich glaube, ich kenne da einen Journalisten, dem man diskret was zuschieben kann. Der kann sich ja daran die Finger verbrennen...«

Gisbert Haefs

Begradigung

Der Wind, eben noch im Galopp von den Ardennen zum Hohen Venn unterwegs, verlegte sich aufs Grasen und wirbelte nur hier und da ein paar Blätter auf. Keuper erhob sich ächzend von dem dicken Kissen, auf dem er zwischen Blumenzwiebeln und Unkraut gekniet hatte. Er klopfte Erdkrümel und Pflanzenteilchen von der zerschlissenen Kordhose und bildete sich ein, das alte Gebein krachen zu hören.
»Und wenn es köstlich war«, knurrte er, »so war es Mühsal und Pein.« Dann ächzte er abermals, als er den Rücken durchdrückte.
»Zittern die morschen Knochen?«
Es war die Stimme des alten Lange, aus dem Nachbargarten. Keuper hatte ihn bisher nicht bemerkt; die hohe Ilex-Hecke und das Murren des Windes schufen isolierte Gefilde.
»Aber von der Maas bis an die Memel«, sagte Keuper. »Nicht zu reden vom Belt.«
»Ätsch. Du klingst begeistert.«
»Ich könnte vor Wonne kreischen.« Keuper warf einen Blick zur überdachten Sitzecke vor dem Wohnzimmer, aber dort war nur der Fleck auf der Schieferplatte zu sehen, an die er immer seinen Kopf lehnte, wenn er dort saß; keine Spur von Frau Keuper. »Tach – nebenbei. Bist du schon länger da?«
Der Nachbar antwortete nicht gleich; aus den Schlurfgeräuschen schloss Keuper, dass Lange ihn nicht ignorieren wollte, sondern zum Törchen taperte. Sekunden später erschienen dort die Hakennase und der graue Schopf, gefolgt vom Rest.
»Kaffeepause?«
Keuper zog die Nase hoch. »Du weißt doch, die Pumpe...«
»Ist koffeinfrei. Ganze Thermoskanne.«
»Ah, dann gerne.«
Lange schaufelte mit dem rechen Arm Luft über seine Schulter. »Komm rüber.«
Von Langes Terrasse hatte man den weiten Guck, von dem Lange – wenn seine Frau sich der Aussicht annahm – sagte, es sei der Böse Weitblick.
»Wie geht's der Dame des Hauses?«
»Einkaufen, Gott sei Dank.» Lange grinste, zündete den halbgerauchten Stinkestumpen an, der im Aschbecher gelegen hatte ('gelauert', wie Keuper fand, und zwar 'knurrend'), und goss Kaffee in die beiden Emaillebecher.
»Erwartest du Besuch?«

»Wieso? Ach, weil zwei Becher...? Nein, bei dem Wetter hab ich damit gerechnet, dass mein lästiger Nachbar sein Gestrüpp verheert, weil er ja, seit er pensioniert ist, keine Kinderseelen mehr verwüsten darf. Und sich entsprechend langweilt.«
»Scharfsinnig. Und das so früh am Morgen.«
»So bin ich nun mal.« Lange sog an der Zigarre und stieß eine Rauchwolke aus.
»Aber höchstens morgens«, sagte Keuper. »Die Schachpartie gestern abend, also, das war allenfalls scharfsinniges Gestümper.«
»Bloß kein Neid; du wärst doch froh, wenn du mal so mit Pauken und Trompeten verlieren könntest. Wie wär's heut abend mit Skat? Ich mein, um dir 'ne Chance zu geben?«
Keuper deutete mit dem Kinn zur Straße. »Da kommt der dritte Mann. Wenn er Lust hat.«
Lange zog eine schmierige Hornbrille aus der Latztasche der blaugrauen Gartenhose, setzte sie auf, spähte aufwendig und rieb sich die Stoppeln.
»Der hurtige Witwer«, sagte er. »Was will der denn so früh am Tag?«
»Wandern?« Keuper schob die Unterlippe vor. »Sieht so aus, als ob er ein Bündel trägt. Ranzen. Affe. So was.«
Lange steckte die Brille wieder ein. »Er wird seine Gründe haben. Vielleicht will er weg, eh der Lärm losgeht.«
»Lärm? Was für 'n Lärm?«
»Na, die fangen doch am Montag endlich an, die Straße zu flicken und auszubauen.«
»Ah so, ja. Aber heute ist doch erst Donnerstag.«
Lange gluckste. »Vielleicht will er bis dahin weit weg sein.«
»Oder er will einfach mal raus. Weiß man's? Ich meine, der hat ja sein Leben lang bloß hier gesessen und geschuftet.«
»Viel weiter bist du auch nicht rumgekommen. Ostbelgische Grundschulen ...«
»... stellen notfalls das ganze Universum dar. Wie ostbelgische Bauernhöfe mit Sumpflöchern.« Keuper trank langsam und gründlich; als er den halb geleerten Becher abgesetzt hatte, blickte er wieder auf die Straße.
Die Häuser der beiden lagen am nördlichen Rand des Orts. »Zwischen uns, Malmedy und dem Mahlstrom, vulgo Zivilisation« – wie Lange es einmal ausgedrückt hatte – lagen nur noch ein paar Bauernhöfe, Felder und Gewächse, von denen man nicht sicher wusste, ob es Forste waren oder Wälder. Der Hof des alten Mooritz ('passender Name, so nah am Venn', dachte Keuper) war eher zu ahnen als zwischen den wirren Baumgruppen zu sehen.
»Wird aber Zeit, dass die mal versuchen, aus diesem System von Schlaglöchern wieder so was wie ne befahrbare Straße zu machen. Die letzten Jahre Pendeln war ziemlich rappelig.« Lange sog wieder an der Zigarre und legte sie mit beinahe dramatischem Nachdruck in den Aschenbecher.

Keuper seufzte leise. »Klingt, als ob du gern wieder tingeln würdest. Ich nicht.«

»Ist bei dir ja auch was anderes, oder? Mit den nächsten verlorenen Schülergenerationen sollen sich andere rumschlagen, oder wie hast du das mal gesagt?«

»So ähnlich.« Keuper nahm den Becher wieder auf, setzte ihn an die Unterlippe, trank aber nicht. Über den Rand sagte er: »Hast du ernsthaft Heimweh nach deiner Arbeit?«

Lange zögerte. »Jein«, knurrte er schließlich. »Manchmal hätt ich gern ein bisschen mehr Aufregung – mehr als das Böse Weib mir bietet –, aber bei allem, was so in den letzten Jahren an schicken Sorten Kriminalität dazugekommen ist, überlass ich die Pressearbeit im Aachener Präsidium gern Jüngeren.«

»Apropos Aachen.« Keuper leerte endlich den Becher und schaute wieder zur Straße. »Hat der nicht Leute irgendwo da?«

»Tz tz tz. Du verwechselst da was.«

»Ups.« Keuper grinste. »Richtig, das war die Tochter. Nee, aber da gab's doch nen Vetter oder so was, mit Bauernhof, irgendwo auf der deutschen Seite, südlich von Monschau, oder? Vielleicht will er dahin wandern.«

»Bei dem Geld, das er für die sumpfige Ecke da hinten gekriegt hat, könnte er eigentlich ein Taxi nehmen. Oder ne Kutsche.«

»Weißt du's genau?«

Lange hob die Schultern. »Nein. Aber für ein ewig ungenutztes und nicht nutzbares Stück ist auch wenig Geld viel.«

»Zuviel, oder? Sind da nicht früher angeblich mal Leute drin umgekommen, in diesem Sumpf?«

»Was heißt zuviel? Ein Stück Grund, das gute Moorleichen produziert. Ist ja nicht sehr tief. Mal sehen, was die alles finden, beim Ausbau.«

Über die Hecke scholl ein dünnes »Huhu«.

»Moment mal.« Keuper stand auf und schaute zu seinem Haus hinüber. »Bin sofort wieder da.«

Er verschwand durch das Törchen in der Hecke und kam nach kaum drei Minuten zurück.

»Die Herrin?« sagte Lange.

»Will einkaufen fahren und wollte wissen, ob ich mitkomme oder was brauche.« Er ließ sich auf den Plastikstuhl sinken. »Ist da noch was in der Kanne?«

Lange goss nach. »Jedenfalls«, sagte er dabei, »wird jetzt endlich die Kurve entschärft. Das bisschen Sumpf ... Und die Öko-Jungs zetern mal wieder.«

»Sag mal ...« Keuper zögerte. »Em ... Ich meine, wir sind ja hier die Dorftrottel, will sagen die Intellektuellen des Kaffs; also, wir und unsere Ansichten zählen nicht. Aber.« Er verstummte und sah den anderen auffordernd an.

Lange bewegte nicht einmal eine Wimper, von Gesichtsmuskeln nicht zu reden.

»Du quälst dich da so nett, dass ich dir keinen Schritt entgegenkommen mag.«

Keuper stöhnte theatralisch. »Ach, komm, du weißt schon, was ich meine. Die Tochter vom alten Mooritz. Und die frommen Leute vom Land hier. Ich meine, uns ist das ja egal, aber ...«

»Meiner Frau nicht so ganz.«

»Nun mach sie doch nicht so schlecht; so schlecht ist sie nämlich gar nicht.«

Lange schnaubte. »Ich weiß; als Großmutter hat sie ihre Vorzüge, das gebe ich zu. Aber als Großmutter hab ich sie ja nicht geheiratet.«

»War bestimmt nicht leicht für den Alten, oder?«

»Was meinst du? Die Karriere der Tochter?«

Keuper machte eine fahrige Geste mit der Rechten – eine Mischung aus Abwinken und Fliegenscheuchen. »Ach, alles zusammen«, murmelte er; dabei sah er Lange nicht an, blickte aber auch nicht zur Straße. »Ein Sohn schwachsinnig, taugt gerade mal als Knecht ...«

»Immer noch besser so, finde ich, als ewig in einer Klinik eingesperrt, oder?«

»Ja, ja, ja, ist ja gut. Trotzdem. Und der zweite Sohn ...«

»Der erste.«

»... tödlich verunglückt. Frau gestorben. Und die Tochter. Tja. Eben so, wie es ist.«

Lange sah zur Straße, auf die Uhr, wieder zur Straße. »Bei dem Tempo«, sagte er, »ist er in zehn Minuten hier. Wenn du also noch irgendwelche geschmacklosen Bemerkungen machen willst, mach sie bald, sonst ...«

»Wieso geschmacklos?«

Lange beugte sich vor. »Hör mal, wir beide wissen doch, was mit einer akademischen Ausbildung heute zu machen ist, oder? Nämlich nichts. Es sei denn, du machst Japanisch, Wirtschaft und Informatik.«

»Ich dachte eher daran, wie Mooritz das wohl sieht. Geredet hat er ja nie viel drüber. Jedenfalls nicht mit mir.«

»Ach Gott, wie soll er das denn sehen?« Lange nahm den Stumpen und das Feuerzeug, hielt beide hoch, schüttelte den Kopf und legte sie wieder weg.

»Wie lange soll die Zigarre halten?« sagte Keuper.

»Eine morgens, eine nachmittags, eine abends; aber das weißt du doch. Also, was die Tochter angeht – hör mal, sie schmeißt den Hof, hält ihren meschuggenen Bruder an der Leine und hat zwei nette Kinder. Meinst du, der alte Mooritz weiß das nicht zu schätzen? Und im Kaff ... Klar gibt's da ein paar Frömmler, die 'ne anständige katholische Ehe mit einem Vater, der säuft und prügelt, besser finden als die alleinstehende Mutter mit Zwillingen, aber wen kümmert's, solang es keinen kümmert, der einen kümmert?«

»Ei wie wahr. Kennst du eigentlich – eh, ich meine, aus deiner Aachener Zeit und so ganz zufällig...«

Lange klackte mit der Zunge und gluckste. »So ganz zufällig? Rein zufällig, gewissermaßen; nicht etwa unrein zufällig?«

»Ja.«

»Was denn?«

»Ach, du weißt schon, die entsprechenden Lokale.«

Lange klemmte sich den Stumpen zwischen die Lippen, zündete ihn aber nicht an, sondern sprach gekonnt um das Hindernis herum. »Also, für einen alten Lehrer bist du manchmal ganz schön umständlich. Warst du mal Nonne?«

Keupen verzog das Gesicht, sagte aber nichts.

»Ja«, sagte Lange.

»Einfach so, ja? Ja wie?«

»Ich war nie Kunde, wenn du das meinst. Aber ich hab sie mal getroffen, in einer Bar, und ein bisschen mit ihr geredet. Musste ihr versprechen, nichts zu sagen, klar; aber inzwischen weiß es sowieso jeder, also...«

»Und? Wie war das?«

Lange zuckte mit den Schultern. »Wie solche Lokale eben so sind. Alles viel zu teuer, aber irgendwie war's beinahe – tja, soll ich 'gemütlich' sagen? 'Heimelig'? Weiß nicht. Lag vielleicht an dem kalten Abend, Winter, Sauwetter; ich hatte ein paar hohe Herren zu begleiten – BKA –, und die wollten irgendwie das Nutzlose mit dem Unangenehmen verbinden. Ich hab sie zu dieser Bar eskortiert und wollte mich dann noch mit einem Cognac aufwärmen. Ja, und dann saß sie da am Tresen, und wir haben ein bisschen geplaudert.«

Keuper nippte an seinem Kaffee, schwieg und starrte auf die Straße, wo der alte Mooritz langsam näherkam.

»Deinem Gesicht entnehme ich, dass du nie in so was gewesen bist? Ah ja. Du hast nichts verpasst, nebenbei. Keine Romantik; die dreckigste Form von Ausbeutung, und die Hure mit goldenem Herz ... ich weiß nicht, vielleicht hat's das alles mal gegeben, von wegen 'Es war einmal ein Püffchen in der hintersten Provinz...', aber ich fürchte, das wird arg schöngefärbt. Sie saß da und hat mir dies und das erzählt. Zum Beispiel von ihrem Onkel bei Monschau, der...«

Keupen unterbrach. »Willst du etwa sagen, der hat...?«

»Nee, hat er nicht; lass doch 'nen alten Mann mal ausreden. Der hat – oder hatte? Weiß ich nicht; vielleicht gibt's ihn noch. Jedenfalls hatte der 'nen Hof in der Nähe der Ami-Rennbahn. Als die noch in Bitburg saßen, sind die vor allem am Wochenende, aber nicht nur dann, lieber die längere Strecke nach Aachen gefahren als die kürzere nach Trier; Aachen hat ja beinahe was von Weltstadt, im Vergleich, und die Puffs wären da besser, hieß es. Und wenn's kalt war, hat der Onkel abends schon mal ein bisschen Wasser auf die Straße geschüttet, und wenn dann die Jungs mit vollen Drüsen angebrettert kamen und in den Graben geschliddert sind, hat er sich ein bisschen was verdient, indem er sie mit dem Trecker da wieder rausgezogen hat.« Lange kicherte leise und wurde schnell wieder ernst. »Das war aber auch die lustigste Sorte Geschichte; die anderen...« Er zog die Nase hoch.

»Er ist bald da«, sagte Keuper. »Schnell noch ... Hat sie irgendwas gesagt, weshalb sie das gemacht hat? Statt zu studieren?«

»Die übliche Geschichte. Oder eine der üblichen. Katholische Kindheit, Sex ist pfui, und in der Stadt will man dann von der Landpomeranze ganz schnell zur mondänen Frau werden und alles selbst ausprobieren. So was. Dann hatte sie irgendeine Affaire, unprofessionell, sagen wir mal, und wollte das Kind behalten – wusste ja noch nicht, dass es Zwillinge werden würden.«

»Und der Vater? Ich meine, nicht ihrer, sondern der von den Zwillingen?«

Lange schwieg einen Moment; dann sagte er, sehr leise: »Bleibt unter uns, ja? Der gehörte zur selben Szene; ich hab ja dies und das mitgekriegt – Polizeikommissariat, du verstehst; kann ich aber nicht richtig drüber reden. Jedenfalls ist sie dann abgehauen, zurück nach Hause, auf den Hof, und in Aachen gab's ein bisschen ... Handgemenge; irgendwer hat sich mit irgendwem angelegt, und ein anderer wollte nicht, dass das Mädchen abhaut und dabei auch noch Geld mitnimmt.«

»Viel?«

»Keine Ahnung. Oder – ja wohl, doch Ahnung, aber...« Lange schüttelte den Kopf. »Damals sind ein paar Leichen angefallen, glaub ich, und irgend einer von den Jungs ist verschwunden. Den Wagen hat man im Grenzland gefunden, nahe bei Lichtenbusch, aber keine Spur von dem Kerl. Man hat aber auch nicht ganz gründlich gesucht; war keiner, dem man Tränen nachweinen müsste.«

Keuper kratzte sich den Hinterkopf. »Mooritz war damals ein paar Tage ein bisschen, tja, von der Rolle. Als die Tochter wieder aufgetaucht ist. Nicht als fertige Studentin, sondern als abgesprungene Professionelle mit Kind im Bauch.«

Lange seufzte. »Glaub ich wohl. Der Typ, der damals verschwunden ist, der mit dem Wagen, war vermutlich der hoffnungsvolle Vater, nebenbei bemerkt.«

»Was war das für ein Wagen?« Keuper hatte die Brauen gehoben.

»Irgend so was Protziges. Ami-Schlitten. Chevy oder Caddy, derlei. Warum?« Langes Stimme klang nicht besonders interessiert, eher beiläufig.

»Da ist mal so eine Karre hier durchs Dorf gefahren«, sagte Keuper langsam. »Eine schräge Type am Steuer, hat nach dem Hof von Mooritz gefragt.«

Lange blinzelte. »Und danach war der Alte von der Rolle?«

»Ziemlich.«

»Bist du sicher? Hast du ihn damals öfter gesehen?«

Keuper schloss die Augen. »Mh. Hat mich damals in der Schule angerufen, ob ich ihn in Verviers am Bahnhof abholen könnte. Hat behauptet, er hätte den Bus verpasst; angeblich war irgendwas Behördliches zu erledigen gewesen.«

»Was will der denn in Verviers behördlich erledigen?«

»Hab ich mich auch gefragt. Und ihn; er hat aber nicht viel gesagt – war ziemlich von der Rolle, wie gesagt.«

Sie schwiegen, schauten wieder zur Straße, wo der erhoffte dritte Mann für den abendlichen Skat die beiden inzwischen gesehen hatte und die Hand zum Gruß hob.

»Und jetzt wird sein Sumpf trockengelegt und zum Ausbau der Kurve verwendet?« sagte Keuper leise.

»Ein Schlag mit dem Spaten«, murmelte Lange. »Der Sumpf, und den Wagen bringen wir nach Lichtenbusch, wie? Meinst du das?«

»Mhm. Dann sollte man nicht in der Nähe sein, wenn ...« Er sprach nicht weiter.

»Aber wo soll er hin? In Belgien kriegen die ihn doch sofort; er hat bestimmt nicht so gute Beziehungen wie Dutroux und ein paar andere.» Lange gluckste; es klang nicht besonders heiter. »Deutschland genauso. Und wo soll er sonst hin?«

»Ein alter Mann ohne Fremdsprachen ...«

»Ah, Moment, Französisch kann er, bisschen Flämisch auch. Aber damit kommt man nicht weit. Vor allem, wenn man davon ausgeht, dass die am Montag anfangen. Vier Tage, puh. Dreieinhalb, wenn er Pech hat.«

Als Mooritz von der Straße abgebogen war und auf die Terrasse kam, sahen sie, dass er neben Wanderschuhen und einer Windjacke tatsächlich einen ziemlich prallen Rucksack trug. Er nahm ihn ab und setzte sich zu ihnen.

»Kaffee, ja, gern«, sagte er, als Lange auf die Thermoskanne deutete. »Aber dann muss ich weiter.«

»Was hast du vor?«

Mooritz fuhr sich mit einem rissigen Daumennagel über die Nase. »Die Tochter kommt eine Weile allein klar; da dachte ich, ich seh mich mal ein bisschen in der Welt um, eh ich zu alt bin.«

Lange stand auf, um einen weiteren Becher zu holen; Mooritz erhob sich ebenfalls.

»Kaum sitzt er, schon rennt er wieder«, sagte Keuper. »Bist du unruhig?«

»Nee, ich muss mal.« Mooritz zog die Jacke aus, hängte sie über die Stuhllehne und ging hinter Lange her ins Haus.

Keuper zögerte ein paar Sekunden; dann streckte er die Hand aus und wühlte. In der Innentasche der Jacke fand er zwei Umschläge. Der eine, mit dem Stempel eines Reisebüros, enthielt einen Flugschein – nur Hinflug – nach Boston; der andere war ein Luftpost-Kuvert. Ehe Keuper es öffnen konnte, hörte er schon die Stimmen und Schritte der beiden. Es gelang ihm nur noch, den Absender zu entziffern, den sofort zu vergessen er sich hochheilig versprach – irgend jemand auf der französischen Insel Miquelon, in der Mündung des Sankt-Lorenz-Stroms.

Ulrich Mehler

Oeko-Wind

»Hallo, Spicki. Schön dich wieder mal zu sehen. Aber musste das hier sein?«

»Hallo, M-R. Gleichfalls. Und: ja«, kam die knappe Antwort.

Sie hatten sich ziemlich lange nicht gesehen und schüttelten sich die Hände: Max-Rainer Maybach, von allen seinen Freunden nur M-R genannt, Mitte Vierzig, die kürzesten Haare der Welt, Outdoor-Jacke, Jeans, Brille, sehr schneller, aufmerksamer Blick und François Spickelmann, kleiner als M-R, etwa genauso alt, Streichholzfrisur, graue Haare, Lederjacke, Jeans. Ziemlich durchtrainiert, freundliches, faltiges Gesicht, ach ja, und die Baskenmütze. Man sah diesem Gesicht an, dass es viel erlebt hatte – und nicht nur Gutes. Aber die Augen lächelten, nein, sie lachten – und sie konnten einen auch auslachen.

»Kannst du mir mal sagen, was ich hier soll?«, knurrte M-R sein Gegenüber an. »Ich latsche hier seit mindestens einer Stunde durch den Busch, und du grinst auch noch so dämlich!«

Sein Gegenüber grinste in der Tat, allerdings überhaupt nicht dämlich, sondern im Gegenteil ziemlich schadenfroh. »Mein lieber M-R, du stehst hier an historischer Stätte.« »Ach nee, was du nicht sagst! Historische Stätte. Du spinnst! Hier ist mal ein Schmuggler erschossen worden, sonst nichts. Außerdem wird heute nicht mehr geschmuggelt. Die Grenzen sind weg!«

»Eben, eben«, kam es zurück, »die Grenzen sind weg. Aber dass nicht mehr geschmuggelt wird, würde ich so nicht sagen. Kaffee nicht mehr, klar. Aber sonst?«

Spicki steckte sich eine Belga an.

»Ich kann von dir als Belgier erwarten, dass du mir einen anständigen Treffpunkt anbietest«, meinte M-R. »'A la Belle Époque' in Weywertz zum Beispiel oder sowas. Besonders, weil wir uns so lange nicht gesehen haben. Aber nicht diesen Busch hier. Übrigens schönen Gruß von meiner Frau, und du sollst mal zum Abendessen kommen.«

»Danke, mach ich«, kam die Antwort. Spicki war nicht verheiratet, oder besser: nicht mehr. Aber er hatte die Anspielung mit dem Abendessen durchaus verstanden.

»Also Spicki«, fing M-R wieder an, »worum geht es? Nu mal raus mit der Sprache!«

Spicki zierte sich ein bisschen, aber dann fing er an: »Allez! Lass uns mal einen kleinen Spaziergang machen, zu meinem Auto. Wir kommen dann schon noch zum

Essen. Du brauchst bestimmt etwas frische Luft, weißt du. Eifelwind. Das ist es. Und er ist hüben wie drüben. Der Wind weht, wo er will, oder?«

M-R nickte. Er war ein alter Eifeler, aus dem Schleidener Tal, mit irgendwelchen Vorfahren aus Frankreich, Spicki stammte aus Bütgenbach. Er war in den Ostkantonen groß geworden, nach dem Krieg, und war mit Vennwasser getauft, wenn man das so sagen kann. Beide kannten die Eifel wie ihre Westentasche. Von innen und außen, von oben und unten, ob im Wilden Westen oder in den Ostkantonen. Ihre Heimat eben.

»So ein Ort hat seine Wirkung«, fing Spicki wieder an. »Weißt du, man muss den Ort und die Gegend auf sich wirken lassen, dann helfen sie einem. Und deswegen das Johnny-Brückelchen.« »Willst du Kaffee-Schmuggler fangen? Oder einen erschießen? Du bist bei der Kripo und nicht beim Zoll, und selbst in Belgien ...«

M-R brach ab. Was gingen ihn die belgischen Kommandostrukturen an?

»Auch für uns gibt es den genius loci«, sagte Spicki bescheiden.

»Was gibt es für euch?«, fragte M-R ziemlich entgeistert.

»Das ist Latein. Den Geist des Ortes. Du hättest auf dem Lycée besser aufpassen sollen!«, kam es trocken zurück.

»Auf dem Gymnasium«, sagte M-R, »zu meiner Zeit war ein Lyzeum eine Mädchenschule, in Deutschland, verstehst Du?«

»Ja«, sagte Spicki, »aber Latein kannst du nicht.«

»Ich hab das Große Latinum«, sagte M-R.

»Von mir aus«, knurrte Spicki. »Weiter. Latein oder Nicht-Latein. Der Geist des Ortes wirkt. Auch hier.«

»Okay, lass ihn wirken!«, sagte M-R.

Sie gingen über einen gut ausgebauten Waldweg, der selbst für schwere Forstfahrzeuge reichlich breit war. Langsam stieg der Weg bergauf. »Siehst du«, sagte M-R. »So ein Schwachsinn. Wofür ist diese Avenue hier?«

»Das wär der richtige Weg für den Panzer-Schmuggler gewesen«, grinste Spicki.

»Ich hab' mal drüber berichtet«, fing M-R wieder an, »in unserer Zeitung. Aber irgendwie gab's Druck. Mach mal weiter, François.«

»Also«, fing Spicki wieder an, »bei uns in Büllingen ist ein Zahnarzt verschwunden.«

»Das kommt öfter vor«, sagte M-R. »Außer den Patienten wird ihn keiner vermissen. Bei manchen Zahnärzten noch nicht einmal die.«

»Ja, ja«, sagte Spicki, »darum geht's nicht. Wenn das nur ein stinknormaler Zahnarzt wäre, dann hätte ich kein Problem. Aber der Mann war – hm, ja – ist Deutscher.«

»Okay, sag deinen Kollegen in Schleiden Bescheid, und schon suchen sie ihn.«

»So einfach ist das nicht. Er wohnt bei uns in Belgien, in Rocherath. Und bei uns ist er auch gemeldet.«

»Und er hat 'ne Riesenvilla mit Zaun, Bewegungsmelder und elektronischer Warn-

anlage und dazu noch einen Schäferhund, als Grundstück einen halben Golfplatz, und er zahlt seine Steuern treu und brav bei euch und nicht an den deutschen Fiskus, richtig?«, spottete M-R.
»Du wirst es nicht glauben, aber genauso ist es. Das kommt bei uns öfter vor, als du vielleicht denkst. Nicht nur bei Zahnärzten. Nur: der Hund ist ein Dobermann. Er kam alleine zurück.«
»Wer? Der Hund oder der Zahnarzt?", fragte M-R etwas begriffsstutzig.
»Der Hund natürlich. Ohne den Zahnarzt. Gestern, beim Abendspaziergang. Sie gingen immer die gleiche Strecke. Jeden Abend.«
»Das soll man nicht machen. Auch als Zahnarzt nicht«, sagte M-R.
»Er lebt noch. Jedenfalls lebte er gestern Abend noch, als der Hund nach Hause kam.«
»Und woher weißt du das?«
»Sie haben dem Hund einen Zettel ans Halsband gebunden. In einem Täschchen. Und da stand was drin.«
»Was denn?« M-R wurde nun wirklich neugierig.
»Was ganz Seltsames. Aber das kapierst du wieder nicht. Es ist nämlich Latein. 'Pecunia olet', stand drauf ...«
»Geld stinkt«, sagte M-R, »ich hab‘ nämlich das Große Latinum!«
»Stimmt«, grinste Spicki, »und dann stand noch etwas drin: 'Wir halten diesen Boche mal was fest. Das ist im Augenblick besser'.«
»Und daraus schließt du, dass er noch lebt?«
Spicki nickte.
»Und was soll ich dabei? Frag‘ die Kripo in Schleiden. Ich kann dabei gar nichts tun.« M-R versuchte noch einmal, aus der Sache herauszukommen. Vergeblich.
»Doch, kannst du wohl. Ich will die Kollegen aus Deutschland da nicht reinziehen, verstehst du? Das muss so geregelt werden. Dummer-Jungen-Streich, vermutlich. Bis jetzt sind keine Geldforderungen eingegangen. Nichts. Ich will das vom Tisch haben.«
»Und ich?«
»Du sollst mal ein bisschen nachsehen, recherchieren. Der Mann ist einer von diesen Modeärzten, eigene Klinik bei Euch drüben, inklusive Golfplatz, Hotel, alles vom Feinsten. Nur Privat, verstehst du? Ich möchte mal wissen, was da so läuft.«
»Und wo ist das?«
»Für mich zu weit weg. Ich kann da nicht mehr hin. Hellenthal, Weißer Stein, die Gegend. Nicht sehr bevölkert. Wenn ich da rumspaziere, fällt das auf. Bei dir nicht. Du bist Journalist. Dir fällt schon was ein. Außerdem kannst du an euer Archiv.«
»Das Archiv ist nur für Journalisten, nicht für die belgische Kripo, schon gar keine aus den Ostkantonen und überhaupt nicht für Büllinger.«

»Ist schon gut«, winkte Spicki ab, »soweit die Pflicht. Jetzt die Kür. Also: bis übermorgen, ja?«
»Okay«, sagte M-R, »aber nur, wenn du mich nicht mehr ankohlst.«
»Das mit dem Zahnarzt stimmt.« Spicki lachte. »Aber da ist was nicht in Ordnung. Der Junge hatte ausgezeichnete Connections nach Brüssel, verstehst du?«
»Den hat also nicht der Rocherather Schützenverein mal eben so aus dem Verkehr gezogen und bei der Freiwilligen Feuerwehr eingesperrt?«, fragte M-R etwas belustigt.
»Das würden die Rocherather Schützen niemals machen«, kam es voller Überzeugung, aber etwas gekränkt zurück. Spicki war selbst Schützenbruder in Rocherath.
»War doch nur ein Spaß, ein dummer Vergleich«, wiegelte M-R ab.
»Nein«, sagte Spicki ganz ernst. Er hatte sich schnell gefasst und unter Kontrolle. Diese Deutschen mit ihren Kodderschnauzen. »Das sicher nicht. Ich weiß nicht was los ist, aber ich habe ein dummes Gefühl.«

Sie waren mittlerweile den breiten Weg ziemlich weit emporgestiegen und standen vor einer schmalen, langen Lichtung. Es wurde langsam dunkel, und der Wald auf der anderen Seite verschwamm schon grün in grau. Da tauchte hinter den Bäumen ein Schatten auf, schmal und lang, der sich ziemlich rasch nach oben bewegte und dann wieder herunter fiel. Spicki zuckte zusammen.
»Ich kann mich einfach nicht dran gewöhnen«, sagte er zu M-R mit schmalen Lippen, die seinen Ärger verrieten. »Jedesmal geht mir das so, wenn ich die Dinger sehe.«
Der schmale Schatten tauchte wieder auf, erhob sich und verschwand. Er war riesig und drehte sich von links unten nach oben und dann rechts unten.
»Tja«, sagte M-R, »die Windräder. Alles öko. Grünes Geld. Warte mal, bis gleich die Lichter angehen.«
»Ich komme mir immer vor wie Don Quichotte«, meinte Spicki.
»Das bist du auch, mein Lieber«, sagte M-R, »und ich bin dein Sancho Pansa. Gegen diese Windmühlen bist du machtlos. Absolut machtlos. Daher der Weg hier, verstehst du? Damit sie sie schneller warten können.«
»Und das war auch dein Artikel?!« Spickis Frage war mehr eine Feststellung.
»Ja«, sagte M-R, »ich hab' drüber geschrieben, was bei den Dingern da alles im Hintergrund so abläuft. Aber es gab Druck. Und mein Artikel wurde zur Randnotiz, klar? Makulatur. Ich kann die Scheißdinger auch nicht ab. Ich weiß noch, wie vor Jahren so ein paar Unentwegte für die Aufstellung einer Windmühle gekämpft haben. Damals war ich auch dafür. Nichts wurde genehmigt.«
»Und jetzt stehen sie überall«, sagte Spicki, »bei euch jedenfalls. Bei uns wollen sie auch sowas machen, aber wir wollen nicht.«

»Dagegen kommt auch ihr nicht an«, antwortete M-R. »Die ganze Nordeifel haben sie verspargelt, einschließlich der Mobilfunkmasten. Die kriegen das schneller genehmigt als 'ne Katz' Junge bekommt.«
»Und warum geht das plötzlich so fix, wo doch vorher gar nichts ging?«, fragte Spicki.
»Ja, warum wohl?« M-R war sauer. »Wegen der Knete, die dran hängt. Sie können mit einem Windpark Steuern sparen ohne Ende. Das ist viel praktischer als 'ne marode Werft im Osten oder was auch immer. Öko ist für die ein Fremdwort. Reine Abschreibeprojekte. Und die werden schnell genehmigt.«

Spickis Wagen stand oben auf dem Seitenstreifen neben der B 258, ein uralter, verbeulter 2 CV, ohne Frage mit Museumswert. Im Hintergrund auf der riesigen Wiese drehten sich gespenstisch die Windräder, mittlerweile auch noch rot beleuchtet durch die Positionslampen und Warnleuchten. Sie stiegen in den Citroën, Spicki fuhr in Richtung Monschau und bog dann am Feuerwehrturm links ab zum Camp Elsenborn. »Im Winter nicht gestreut« konnte man lesen und, dass Belgien nun anfange. Das war auch völlig klar, denn die Geschwindigkeitsbegrenzungen waren überdimensional deutlich angezeigt.

»Fährst du durch den Übungsplatz?«, fragte M-R.
Spicki nickte: »Die Ampeln waren grün, als ich reinfuhr. Hier auf eurer Seite ist ja nichts. Der Schlagbaum ist jedenfalls hoch. Wir können durch.«
Sie waren noch nicht lange auf der endlos geraden Straße durch den Wald gefahren, als es vor ihnen wie Glühwürmchen über die Straße huschte. Rote Leuchstreifen, in regelmäßigen Abständen von rechts nach links. Und dann hörten sie auch schon das Tackern.
»Leuchtspur«, stellte Spicki trocken fest. »Sie schießen doch. Maschinengewehre. Da kommen wir nicht durch.«
»Am besten bleibst du erst mal stehen. Oder wir fahren zurück und außen herum.«
Zurück ging aber auch nicht, denn als sie sich umdrehten, war die gleiche Show hinter ihnen im Gange.
»Das ist ja ein feines Feuerwerk«, meinte Spicki, »vor uns und hinter uns ...«,
» ... auf beiden Seiten gilt es nicht«, fuhr M-R fort.
»Was?«, fragte Spicki verblüfft.
»Ach, das ist nur ein alten Kindervers beim Versteckspielen, weißt du«, antwortete M-R, »aber wir müssen hier raus. Sonst erwischen sie uns noch hier mit ihrer Ballerei.«
»Ich hab' wirklich nichts gesehen von Rot oder so«, verteidigte sich Spicki.
»Das ist doch jetzt egal«, sagte M-R, »wir müssen hier raus.«

Sie ließen den Citroën stehen – »den kann meine Garage hier morgen abholen«, meinte Spicki – und schlichen durch die Gräben in Richtung Rocherath. Das Schießen hatte aufgehört, aber sie bleiben doch lieber auf der linken Seite im Schutz der Knickhecken.

»Das sind die alten Hecken«, sagte Spicki, »ein Glück, dass es die noch gibt. Sie wollten ja alles planieren. Für die Mähdrescher. Ostbelgien ein einziger Golfplatz!«

»Und mittendrauf dein Zahnarzt mit seiner Villa!«, ergänzte M-R.

»Das ist nicht 'mein' Zahnarzt. Und außerdem ist er ein Boche«. sagte Spicki.

»Weiß ich ja, entschuldige«, erwiderte M-R.

»Mein Vater konnte diese Hecken so verflechten, dass kein Kaninchen durchkam«, sagte Spicki. »Er war Bauer, und nach dem Krieg haben sie geschmuggelt.«

»Kaffee«, sagte M-R.

»Nein«, antwortete Spicki, »Mähdrescher.«

»Und wie ging das?«

»Im Prinzip war es sehr einfach. Es mussten nur die richtigen Leute Dienst haben.«

»Und warum bist du kein Bauer geworden?«, fragte M-R.

»Guck dir das doch hier an!«, antwortete Spicki. »Sogar die Wallonie haben sie plattgemacht. Soll ich Möbel verkaufen?«

»Klar«, sagte M-R, »Ardenner Knüppel. Wer ist 'sie'?«, fragte er dann. Spicki gab keine Antwort. Die beiden machten einen großen Bogen um die Straße und gingen durch die Felder vor Rocherath.

»Siehst du«, fing Spicki schließlich wieder an und zeigte auf ein Herrenhaus, »das ist die Villa. Die von von dem verschwundenen Zahnarzt.«

Es war schon keine Villa mehr, es war ein Schloss. Rasen von englischer Qualität., Scheinwerfer, Zaun. Nur der Dobermann fehlte.

»Ziemlich beeindruckend«, meinte M-R schließlich, »selbst für einen Deutschen. Wie heißt der Typ übrigens?«

»Dr. med. dent. Krupp«, antwortete Spicki.

»Dr. Krupp. Ganz normaler Name«, sagte M-R.

»Normal. Das sagst du so. Es kommt ganz drauf an, auf welcher Seite der Grenze man wohnt«, sagte Spicki. »In Frankreich zum Beispiel …«

Sie kamen nach Rocherath, am Ehrenmal der 9. US Infanterie-Division vorbei. 'Battle Babies' las M-R. Was soll das heißen? Er nahm sich vor, bald einmal ein bisschen in der Geschichte des Zweiten Weltkriegs zu kramen.

»Ich hätte ja zu gerne noch einmal die Ampeln vom Schießplatz gesehen«, sagte Spicki, »ob die wirklich jetzt rot sind. Na, egal. Ich rufe die Kollegen in Büllingen an, die können uns abholen. Ich muss nochmal kurz in die Wache, und dann gehen wir essen. Es ist ja noch nicht so spät.«

Die Kollegen aus Büllingen kamen und lachten, als sie die Geschichte mit dem Nachtschießen hörten.
»François, das muss dir gerade passieren. In Bütgenbach geboren, in Büllingen groß geworden. Seit den Preußen schießen die in Elsenborn. Und du fährst ins Sperrgebiet!«
François Spickelmann sagte nichts dazu, aber man konnte sehen, dass er über etwas nachdachte.

Auf der Wache in Büllingen berichtete der Wachhabende von den Suchaktionen nach Dr. med. dent. Krupp, aber man hatte ihn nicht gefunden und auch sonst nichts, was irgendwie von Nutzen hätte sein können.
»Nur seine Frau war hier«, sagte er am Schluss. »Das ist vielleicht eine Zicke! Die hat sich aufgeführt wie die Gräfin Rotz persönlich.«
Spicki nickte. Die kannte er auch schon. »Und was wollte sie?«, fragte er.
»'Ich bin Frau Doktor Krupp', damit ging's los. Ob wir ihren Mann schon hätten, und wir sollten uns beeilen, sonst würden ganz andere Stellen eingeschaltet, und so ein Zeug.«
Spicki nickte wieder und sah M-R an: 'Ich hab's dir ja gesagt', bedeutete der Blick.
»Sonst nichts?«
»Tja, ich weiß nicht«, fing der Wachhabende wieder an, »es könnte vielleicht wichtig sein. Jedenfalls als sie dann so ziemlich fertig war, sagte sie. Ich würde Ihnen raten, meinen Mann bis morgen zu finden. Er wird gebraucht, und zwar dringend.«
»Und was hast du gemacht?«, fragte Spicki seinen Kollegen.
»Ich hab' natürlich an Zähne gedacht und hab gesagt: ‚Dann muss der Patient eben mal zwei Tage warten, bis er sein Platin in den Mund kriegt.«
Spicki und M-R lachten.
»Und dann?«
»Ja, dann kam's. Sie war auf Achtzig und lief rot an. Ich dachte, sie fällt mir hier auf der Wache um. Und dann schrie sie los: 'Von wegen Platin in die Schnauze' – ehrlich: Schnauze, sagte sie – das ist eine wichtige Aufsichtsratsitzung von Oeko-Wind, da geht's um Millionen oder sogar noch mehr. Und wenn Sie meinen Mann nicht finden, dann ...«
»Dann ?«, fragten Spicki und M-R wie aus einem Mund.
»Nichts mehr. Sie guckte wie ertappt und rauschte raus.«
»Oeko-Wind. Oeko-Wind«, sinnierte M-R laut, »Das kenn ich irgendwoher.«
»Ich nehme mal an, von deinem Artikel über die Windräder«, sagte Spicki. »Wir sollten jetzt zwei Sachen machen. M-R, du rufst bitte deine Frau und sagst ihr, sie möchte dich im 'Belle Époque' abholen kommen, und sie soll nicht über den Platz fahren. Da wird nämlich scharf geschossen. Und sie bekommt auch noch was

Leckeres zum Essen. Und du, Josef«, er wandte sich an seinen Kollegen, »suchst über Internet nach diesem »Oeko-Wind« oder wie die Firma heißt. Lass‘ den ganzen Kram ausdrucken und leg’s mir auf meinen Platz. Ich seh mir das morgen früh gleich an.«

Das Essen war hervorragend. Sie waren noch mitten beim Ardenner Hirsch, als auch schon M-Rs bessere Hälfte im Raum stand.

»Kannst du fliegen?«, fragte M-R seine Frau nach der allgemeinen Begrüßung, bei der Spickis Küsschen links, Küsschen rechts einmal mehr deutlich gemacht hatten, wo man war, nämlich ein paar, allerdings entscheidende Kilometer westlich von Schleiden und Hellenthal.

»Nö«, sagte sie »fliegen kann ich nicht, aber ich bin über den Schießplatz gefahren.«

»Durch Elsenborn?«, fragte Spicki ungläubig, »da wird doch heute Abend geschossen. Wir hatten dir das am Telefon auch extra gesagt.«

»Weiß ich«, nickte sie, »aber der Schlagbaum auf unserer Seite war geöffnet. Da bin ich eben durch. Und sie haben ja auch nicht geschossen. Jedenfalls nicht auf mich.«

»Aber auf uns«, platzte M-R heraus, »na, nicht direkt, aber beinahe«, und erzählte seiner Frau die Geschichte mit dem Scharfschießen, das sie gerade hinter sich hatten.

Sie lachte: »Nee, bei mir war nichts. Und die beiden Ampeln hier auf eurer Seite«, sie wandte sich an Spicki, »die zeigten auch grün.«

Sie verabredeten, am nächsten Tag miteinander zu telefonieren. Au revoir, Küsschen links, Küsschen rechts, und M-R fuhr mit seiner Frau heim.

Am nächsten Morgen geschah zunächst nichts. Es sah jedenfalls so aus. Spicki las die Internet-Ausdrucke von »Oeko-Wind«, strich sich dieses und jenes an, telefonierte wohl auch kurz mit der Kommandantur vom Lager Elsenborn, wurde dann angerufen, wobei er sehr einsilbig antwortete, aber alles in allem war es ruhig. Gegen Mittag rief er M-R an.

»Hast du deinen Wagen wieder?«, fragte er scheinheilig. M-R hatte. Seine Frau hatte ihn zur Staumauer gefahren. »Und hast du schon etwas herausbekommen?« Auch das, meinte M-R, aber es sei möglicherweise etwas zu heiß für das Telefon, auch wenn es der belgischen Kriminalpolizei gehöre – oder vielmehr: gerade deswegen.

»Und du?«, fragte M-R dann zurück.

»Tja«, sagte Spicki, »hier geschehen seltsame Dinge. Ich hab‘ heut morgen diese Internet-Seiten durchgesehen. Die verladen die Leute nach Strich und Faden: Disko-Effekt der Windmühlenflügel, wenn die Sonne dahinter steht, und der Goldregenpfeifer mag sie nicht und so ein Blödsinn. In Wirklichkeit geht’s ausschließlich um Geld. Und zwar um echte Knete, nicht das, was wir beide unter Geld verstehen. Da hast du gestern völlig Recht gehabt. Dahinter steckt die Stromindustrie. Sie wollen Windparks in Belgien. Damit sie noch mehr Steuern sparen.«

»Sparen ist gut«, sagte M-R.
»Nenn's wie du willst«, antwortete Spicki. »Dann hab ich mal telefoniert, mit der Schießleitung in Elsenborn. Sie hatten gestern Abend kein Scharfschießen. Sie hatten auch keine Übung. Nichts. Und die Ballerei hätten sie gehört, seien aber zu spät gekommen. Die Einheiten auf dem Platz wären es jedenfalls mit ziemlicher Sicherheit nicht gewesen.«
»Sie haben also doch auf uns geschossen«, sagte M-R etwas verblüfft.
»Direkt vielleicht nicht«, meinte Spicki, »sie hätten uns ja auch erwischen können, wenn wir nur etwas weiter gefahren wären. Aber sie haben uns gewarnt.« Und dann gab er die Frage vom Abend zuvor zurück: »Wer ist sie?« Diesmal schwieg M-R.
»Weiter«, sagte Spicki, »ich bin aus Brüssel angerufen worden. Ob ich Hilfe in der Angelegenheit Dr. Krupp brauchte. Sie kämen gerne, bei einer Sache von solcher Bedeutung. Das sei von europäischer Wichtigkeit. Und so weiter und so weiter.«
»Also nicht nur eine Warnung mit dem MG, sondern auch noch eine Drohung von oben«, meinte M-R.
»Richtig«, sagte Spicki, »und was schließen wir daraus?«
»Wir sollten den Dentisten ganz schnell finden, und zwar heute noch«, meinte M-R, »sonst geht's los bei euch.«
»Nicht am Telefon«, sagte Spicki. »Wir sollten uns treffen.« M-R war einverstanden. »Wo?« »Da, wo sie gestern Abend auf uns geschossen haben. Vielleicht finden wir ja was.«

Sie fanden nichts außer ein paar Patronenhülsen 7.62er Nato-Munition mit den typischen Spuren der automatischen Ladung. »MG«, sagte Spicki, »und nun?«
»Ich bin am Ende mit meinem Latein«, sagte M-R schließlich.
»Das warst du immer schon«, grinste Spicki, »trotz des Großen Latinums auf deinem Gymnasium!«
»Latein, Latein«, sinnierte M-R. »Der Zahnarzt steckt mitten drin im Windmühlengeschäft. Das ist völlig klar. Es kommt zu einer entscheidenden Aufsichtratsitzung. Dabei fehlt er, weil einige Leute ihn aus dem Verkehr ziehen, die keine Windparks mögen. Andere mögen aber schon. Die lassen sogar auf uns schießen. Und jetzt noch einmal zu gestern: Wie war das mit deinem ‚genius loci'? Die Entführer kennen die Gegend, sie kennen den Abendspaziergang des Zahnarztes. Sie können Latein. Und sie haben auch noch Humor. Wenn du so jemand wärst: wo würdest du einen einsperren, der mit Oeko-Wind Geschäfte macht? Und zwar im großen Stil?«
»Ganz klar«, sagte Spicki. Er lachte. »In einer Windmühle! Natürlich! Unten im Turm. M-R, du bist Klasse, auch wenn du kein Latein kannst.«
In ziemlichem Tempo, jedenfalls soweit es Spickis klappriger 2 CV zuließ, fuhren sie zu den Windmühlen vom Vorabend.

»C'est ça«, sagte Spicki, »und wo sollen wir anfangen? Werkzeug ist kein Problem. Das habe ich immer im Auto. Aber hier stehen zwanzig Stück!«
Die Flügel drehten sich gemächlich, Stille lag über dem Land.
»Wir fangen vorne an«, schlug M-R vor, »dann schau'n wir mal.«

Sie hatten gerade den vierten Turm hinter sich und die fünfte Tür geöffnet, als Spicki schnüffelte. Er steckte die Nase in die Luft und sog die Luft ein. M-R sah ihn verwundert an, sagte aber nichts. Spicki schnüffelte wie ein alter Jagdhund und sagte dann schließlich:
»Ich rieche was.«
»Ich rieche, ich rieche Menschenfleisch«, frotzelte M-R, »und was riechst du?«
»Hier riecht's nach etwas, das ich genau kenne«. antwortete Spicki, »aber mir fällt es nicht ein.«
M-R roch nichts, außer stinkender Technik. Sie durchsuchten den Raum.
Da ging ein Strahlen über Spickis Gesicht: »Ich hab's! Baguette. Ich rieche Baguette!«
»Davon gibt's viele«, sagte M-R.
»So ein Baguette gibt es aber nur einmal«, meinte Spicki. »Das beste Baguette in ganz Ostbelgien! Nicht euer vorgebackenes Zeug von der Stange.«
»Und das wäre?«, fragte M-R.
»Baguette vom Weihnachtsbäcker in Rocherath. Auf der Kreuzung. Was Besseres kriegst du nirgendwo.«
»Und das riechst du hier?«
»Na klar«, sagte Spicki, »völlig eindeutig. Sie haben ihn mit Baguette vom Weihnachtsbäcker in Rocherath versorgt. Das hätte ich ja nun nicht getan. Ich hätte Gummibrötchen aus 'ner deutschen Tankstelle genommen. Aber er muss hier sein. Keine Frage.«

Sie fanden Dr. med. dent. Krupp hinter dem Computer der Steueranlage und schnürten ihn los. Und als er frech wurde, sagte Spicki:
»Noch ein Wort, Herr Doktor Krupp, und die Tür geht wieder zu. Dann bleiben Sie hier drin, bis Sie schwarz werden. Ohne Baguette!«
Dr. med. dent. Krupp durfte zu Fuß nach Hause gehen, wo auch immer sein zu Hause war. So würde er auf jeden Fall nicht mehr in seine Aufsichtsratsitzung kommen.

M-R stieg zu Spicki in den Wagen. Beide sagten nichts. Dann grinsten sie sich an. Schließlich sagte M-R: »Das machst du bitte nicht noch einmal mit mir, François Spickelmann, wenn du nur irgendwie auf unsere Freundschaft Wert legst.«

»C'est la vie«, sagte Spicki, »was sollte ich machen? Es war nicht toll, aber seinen Zweck hat's erreicht. Und wann hast du's gemerkt?«
»Eben erst«, sagte M-R, »als ich den möglichen Täter beschrieben habe: Kennt die Gegend wie seine Westentasche, hat Humor und kann Latein. Wer sollte das wohl sein? Ich hab' nur eine Frage: Wer hat geschossen?«
»Betriebsgeheimnis«, sagte Spicki. »Das MG und die Munition stammt vom Flohmarkt in Eupen. Sonst noch was?«
M-R schüttelte den Kopf.
»Ich glaube, wir könnten das 'Belle Époque' noch mal vertragen«, sagte Spicki dann.
M-R nickte.

Marie Therese Weinert

Eine Nachkriegsgeschichte

Sie hieß Johanna und wohnte in Raeren. Zu ihrem Mann – er war 15 Jahre älter als sie – hatte sie jedes Vertrauen verloren, weil er anderen Frauen nachstellte. Was diese an ihm fanden, war Johanna unbegreiflich. Er war häßlich und sein graues Gesicht wirkte unfreundlich und unsauber. Ab und zu trank er zuviel, dann blieb er einige Tage fort. Johanna – von Natur aus ängstlich – ahnte, dass ihr Mann diesseits und jenseits der Grenze irgendwelchen geheimnisvollen Handel betrieb.

Die Amerikaner hatten Belgien besetzt und auf den Wiesen des Grenzlandes ihre riesigen Zelte aufgeschlagen. Der Krieg war weiter nach Deutschland hinein gezogen, und die Menschen jenseits der Grenze hungerten. Der Kaffeeschmuggel blühte. In Belgien gab es genug Kaffee. Die US Armee schüttete außerdem ganze Säcke davon in die von Panzern aufgerissenen Löcher der Landstraßen. Heimlich standen genügend Leute mit Schaufeln und Eimern bereit um nach dem Durchzug der Soldaten die kostbaren Bohnen wieder aufzufangen. Wer sich im Grenzland auskannte und das Risiko nicht scheute, konnte Kaffee in ganzen Säcken über die Grenze bringen.

Johannas Freundin Berta hatte ein Lebensmittelgeschäft. Ihr wurden in der Eile manchmal die Pakete Kaffee buchstäblich aus den Händen gerissen. Berta hatte keine Zeit, das Geld zu zählen. Sie warf Scheine und Münzen in einen Wäschekorb, der in der Küche gleich hinter dem Laden stand. Am Abend ging Johanna oft zu ihrer Freundin hinüber und half ihr das Geld zählen.

Die unternehmungslustige Berta und die wachsende Menge Geld ließen Johannas Ängstlichkeit mehr und mehr schwinden. Es dauerte nicht lange, bis auch sie – von Berta dazu ermuntert – mit einem Rucksack voller Kaffee am späten Abend durch den Grenzwald hastete. Es war eine mondlose Nacht, die Eulen schrien, als Johanna fröstelnd durchs Gebüsch kroch. Aber die vorgeplante Sache klappte. Am Grenzweg nahm Johanna die Tüte voller Kaffee aus ihrem Rucksack und stellte sie an die von Berta bezeichnete Stelle. Fast augenblicklich wurde das große Paket von einer schattenhaften Gestalt geschnappt, und ein kleines Päckchen mit Geld flog zu Johanna hinüber.

Diesen Weg machte von nun an Johanna zwei- bis dreimal in der Woche. Sie begegnete dabei oft dem einen oder anderen Menschen, der aus demselben Grund unterwegs war. Unter ihnen gab es auch gefährliche Gesellen, die Johanna den Rucksack abnehmen, oder sie zur »Liebe« zwingen wollten. Johanna lernte sich zu wehren, sie schlug mit einem Stock, sie kratzte und biss. Schließlich nahm sie auf ihren nächtlichen Wegen einen Revolver mit, den ihr Mann auf dem Dachboden versteckt gehalten hatte. Als Johanna den Revolver zufällig fand, hatte sie zuerst »der Lump« gesagt. Dann aber machte sie sich mit der Waffe vertraut und nahm sie mit.

Immer waren Zöllner unterwegs oder amerikanische Patrouillen. Wer erwischt wurde, dem drohte Gefängnis.

Johannas scheues Wesen änderte sich in wenigen Wochen. Sie wurde immer verwegener. Das Abenteuer lockte sie wie ein Rausch. Nichts erschien ihr wichtiger als das anwachsende Geld und der Nervenkitzel der Gefahr. Als sie eines Nachts vor die Wahl gestellt wurde, zwei Soldaten zu Willen zu sein oder sich gefangen zu geben, gab sie nach und geriet so in immer verstricktere Verhältnisse. Zu Hause war sie nur mehr stundenweise, sie hatte jetzt wechselnde Liebhaber.

Von einem von diesen erfuhr sie vom Whiskyschmuggel ihres Mannes. Damit hoffte sie noch mehr Geld zu verdienen. Zusammen mit diesem Liebhaber fuhr Johanna in einem irgendwie organisierten und präparierten Auto nach Lüttich, wo sich eine Quelle für Whisky aufgetan hatte. Im doppelten Boden des Wagens wurde die Ware verstaut und trotz mehrfacher Kontrollen unterwegs brachte man die Beute nach Raeren.
Wer wollte Johanna hindern auf dem Weg der Gefahr, die sie zu lieben begonnen hatte?

Sie versöhnte sich mit ihrem eigenen Mann, der sie jetzt in seine Machenschaften einweihte. Eines Tages jedoch wurde das Haus durchsucht und nachdem man in Keller und Schuppen den versteckten Kaffee und reichlich Alkohol gefunden hatte, wurde Johannas Mann abgeführt.

Johanna grübelte vergebens darüber nach, wer sie wohl verraten haben könnte. Sie blieb eine Woche lang zu Hause, plauderte lange über Harmloses mit den Nachbarn und stellte sich unschuldig und trauernd. Dann schaffte sie sich einen großen, schwarzen Hund an, den sie verwöhnte und der sie ständig begleitete. In mehreren Nächten grub sie ein geräumiges Loch am Ende der Wiese vor der alten Buche und versenkte mit viel Mühe darin eine alte Truhe als zukünftiges Versteck.

Es hielt sie nicht lange zu Hause. Ihre Unruhe war zur Sucht geworden und sie begann ihr gefährliches Spiel erneut. Der Liebhaber, Hans, der einige Wochen verschwunden war, tauchte wieder auf. Irgendwie erschien er Johanna anders als früher. Sie fand, er hätte so einen lauernden Blick bekommen. Der Hund Karo bellte auch jedesmal wütend, wenn er diesen Mann sah. Der brachte nach einigen Tagen seine neue Freundin Louise mit, die mit ihm eine Woche lang in Johannas Haus blieb und Ansprüche stellte. Johanna wurde wütend und konnte zunächst ihre Eifersucht kaum bezähmen. Louise nahm kein Blatt vor den Mund, und es zeigte sich, dass sie über alle Machenschaften im Schmuggel Bescheid wusste. Es wurde Johanna klar, dass Hans der Verräter sein musste, und die Gefahr durch die plaudernde Louise beunruhigte Johanna so sehr, dass sie überlegte, wie sie die Besucher loswerden könnte.
Sie fragte ihre Freundin Berta: »Was würdest du an meiner Stelle tun?« Berta zuckte mit den Achseln, meinte aber dann: »Schick sie fort, kümmere dich nicht mehr um den Whisky! Laß die das allein machen! Du verdienst genug mit dem Kaffee!«
Eigentlich sah Johanna das ein. Sie wusste allerdings nicht, wie sie es anstellen könnte, die beiden Mitwisser loszuwerden. Vorläufig verwöhnte sie ihre Besucher mit Essen und Trinken, um sie in Sicherheit zu wiegen.
Inzwischen luden Freunde aus Eupen, die selbst den Kaffeeschmuggel im großen Umfang über Herbesthal-Welkenraedt betrieben, Johanna zu einem »Club-Abend« ein. Bei dieser Gelegenheit wurden allerlei Erfahrungen riskanter und auch erfolgreicher Art ausgetauscht. Die Leute verstanden ihr Metier. Trotz aller Kumpanei wurde Johanna jedoch innerlich ihre Frage nicht los: Was tun mit Hans und Louise? Es schien ihr immer unmöglicher, die beiden wieder nach Raeren mit zurückzunehmen, was diese für selbstverständlich hielten.
An diesem Abend war allgemein tüchtig gezecht worden, erst gegen drei Uhr nachts brach man auf.

Johanna, die sich Mut angetrunken hatte, schlug Hans und Louise vor, sie nach Lüttich zurückzubringen, wo sie zu Hause waren. Die beiden wehrten sich zunächst heftig, gaben aber dann schließlich doch nach.
Als sie schließlich im Wagen saßen, schlug Johanna in ihrer Aufregung nicht den Weg nach Lüttich ein, sondern fuhr die Straße zum Venn hinauf. Es war ihr selbst nicht klar, warum eigentlich. Enttäuschung, Wut und die ordentliche Portion Alkohol verwirrten sie, ihr Herz klopfte rasend. Der Drang, sich vor den beiden schützen zu müssen, nahm überhand.
Im letzten Waldstück vor Baraque Michel glaubte sie plötzlich nicht mehr weiterfahren zu können und ließ die Gäste aussteigen. Ein wüstes Geschimpfe ging los. Hans brüllte wütend: »Du bist wohl verrückt geworden?«, und Louise wurde handgreiflich. Der Hund Karo knurrte wütend.

Die zeternde Louise stolperte am Wegrand über eine Baumwurzel und begann laut zu schreien.
Da fiel der Hund über sie her und biss kräftig zu. Der torkelnde Hans versuchte vergebens, den Hund wegzuzerren. Dann wandte er sich Johanna zu.
Im Mondlicht sah Johanna plötzlich ein scharfes Messer auf sich gerichtet.
Unwillkürlich fasste sie nach ihrer Pistole und schoss. Hans sackte in sich zusammen.
Beim Knall des Schusses ließ der Hund von der Frau ab und kroch zu Johana.
Johannas Körper war eiskalt vor Schrecken. Sie brauchte längere Zeit, um sich überhaupt bewegen zu können. Nichts rührte sich mehr bei den beiden am Boden Liegenden.
Die Nacht war lautlos und dunkel.
Das sanfte Rieseln des Regens löste schließlich Johannas Erstarrung. Stöhnend zog sie die beiden leblosen Gestalten bis unter die Bäume, nahm ihre Papiere an sich und fuhr wie in Trance nach Raeren zurück.

Noch vor dem Morgengrauen versteckte sie die Papiere in der Truhe vor dem Buchenbaum. Völlig erschöpft verschlief sie den Tag.
Am Abend erzählte sie der Nachbarin, sie habe ihre Gäste nach Lüttich zurückgebracht.

Nachdem die beiden Toten zwei Tage darauf gefunden worden waren, entstanden wilde Gerüchte. Undeutliche Fotos erschienen in der Zeitung. Die Bevölkerung wurde aufgefordert, jede Kleinigkeit zu melden, die diesen Fall aufklären könnte. Johannas Nachbarn sagten aus, sie hätten die Toten gekannt. Nun erschien die Gendarmerie bei Johanna, das Haus und der Schuppen wurden untersucht, man fand nichts Verräterisches. Es gelang Johanna ausgezeichnet, die Entsetzte und Trauernde zu spielen. Wie ihre Freunde – angeblich von ihr über Verviers nach Lüttich gebracht – in den Vennwald gekommen sein sollten, um dort den Tod zu finden, das schien Johanna ganz unbegreiflich zu sein.

Nachdem die Beamten bereits achselzuckend das Haus durch die Hintertür verlassen wollten, fiel dem Inspektor Clairvaux der Hund Karo auf, der auf der Wiese bei der Buche scharrte und schnüffelte. Clairvaux, ein Hundeliebhaber, folgte dem Tier freundlich und bemerkte die frisch aufgeworfene Erde an der Hecke unter dem Buchenbaum, die den Hund so besonders beschäftigte. Clairvaux holte eine Schaufel aus dem Schuppen und begann zu graben. Es dauerte nicht lange, bis die Truhe zum Vorschein kam.

Johanna versuchte eilends durch die Haustüre zu entwischen. Es gelang ihr nicht.

Alexander Kuffner

Abschaum

Er war schon wieder eingeschlafen. Noch halb von der Dämmerung des Aufwachens benebelt, registrierte er, dass sich die Tastatur in seinen nackten Arm eingeprägt hatte. Langsam richtete er sich auf und rieb seinen schmerzenden Nacken. Sein Schädel brummte und seine Pupillen fokussierten sich langsam auf die leeren Jupiler-Dosen und den übervollen Aschenbecher, der die Mitte des Schreibtisches zierte. Es stank erbärmlich in der kleinen Single-Wohnung.
Henry stand auf, um ein wenig Luft des klaren Sommermorgens hereinströmen zu lassen. »Verdammt, ist tatsächlich schon hell«, registrierte er beiläufig während er in Richtung Fenster wankte, um die Eupener Morgenluft einzusaugen. Henrys Blick streifte die klobigen Ziffern seines Uralt-Radioweckers von Telefunken. Trotz der defekten Anzeige erkannte er die Zahlen 0, 5, 1 und 7. Heute war Samstag (oder war gestern Samstag gewesen?). Nein, er war sich sicher. Heute war Samstag. Um 13 Uhr wollte er sich mit Eric treffen. Was heißt wollte, er musste. Es gehörte zu seinem »Job«, wie er seine Tätigkeit zu nennen pflegte. Ein Job war es ja auch, nicht ganz legal, aber irgendwo war es nicht mehr als ein Job wie jeder andere auch.
Während er mühsam den guten Douwe Egbert in die Filtertüte bugsierte, dachte Henry wie so oft über seinen Werdegang nach. Seine Früher-war-alles-besser- Mentalität passte zwar so gar nicht zu einem 32-jährigen Typen wie er einer war, der sich dennoch jünger fühlte, aber er hatte sich diese Denkweise eben angeeignet. Früher war die Kohle einfacher zu machen gewesen. Weniger Arbeit – mehr Geld. Das war doch das Ziel, oder? Heute ackerte er täglich über zwölf Stunden, hing permanent in Internet-Chats auf Kundenfang. Gut, damals waren die Gewissensbisse größer. Kinderpornographie über das Netz anzubieten und zu verbreiten passte nicht unbedingt in seine Vorstellungen von Ethik. Und spätestens als dieser Dutroux ganz Belgien in aller Welt diffamiert und als Hochburg der Pädophilie dargestellt hatte, war ihm die Sache zu heiß geworden. Nun, Drogen waren auch nicht gerade ethisch vertretbar, aber immerhin kamen dabei nur die zu Schaden, die sich freiwillig mit dem Zeug zustopften. War ja ihr Problem.
Die alte Kaffeemaschine gluckste und Henry kratzte sich sein verstoppeltes Kinn. Immerhin – auf seinen genial konzipierten »Online-Drogenshop« konnte er stolz sein. Eric hatte ihn damals auf die Idee gebracht. »Bastel eine Homepage, auf der die Leute nur mit Passwort zugreifen können. Das bekommen nur von uns autorisierte

und überprüfte Personen, und auf der Seite können sie dann hochoffiziell irgendeinen Dreck bestellen«. Das war nicht übel und viel risikoloser und bequemer für die Kunden als früher. Keine Angst mehr vor abgehörten Telefonleitungen, kein stundenlanges Rumlungern mehr an zwielichten Treffpunkten. Konsument XY loggt sich einfach auf der Homepage ein, bestellt zum Beispiel zwei »The Doors« Poster (zwei Gramm Koks) und bekommt per Mail mitgeteilt, wann die Wandverschönerungen lieferbar sind und wo er sie abholen kann. Landesweit funktionierte das mit Hilfe der Zweigstellen wunderbar, ob jetzt ein Fixer aus Antwerpen oder ein Dealer aus Werchter auf der Homepage bestellte. Alles wurde schön zentral geregelt. Dieses System wasserdicht aufzubauen war schon eine Heidenarbeit gewesen. Schlimmer aber war es, die ganze Logistik zu verwalten. Immerhin kamen pro Tag an die fünfzig Bestellungen zusammen. Er könnte dringend Urlaub gebrauchen, eine Hilfe rekrutieren. Aber wem konnte man schon noch trauen? Er traute sich ja selbst kaum mehr, erst recht nicht in solchen Momenten wie diesem, wenn sein verkorkstes Leben der letzten Jahre an ihm vorbeizog.
Der Kaffee war gut. Hitradio 100,5 plärrte irgendeinen Boygroup-Müll aus seinem Telefunken-Wecker und die Sonne ließ sich langsam über den Hügeln der Stadt sehen. Heute Mittag würde er den Chef auf Hilfe ansprechen. Nur ein paar Tage einmal rein in den Flieger und raus aus dem Dreck.

Kathrins Hände wuchsen zu riesigen Pranken an, als sie ihrer Katze den Kopf herumdrehte und den kleinen Fell-Ball ohne Anstrengung vom restlichen Körper trennte. Blut tropfte auf ihr Bauchnabel-Piercing, als sie das Köpfchen an den Ohren hochhielt und in die leeren Augen starrte. Das Maul öffnete sich noch einmal als wolle Merle ihr noch etwas sagen. Aber es kamen keine Worte, mehr ein grausames Fauchen. Der Katzenkopf war plötzlich wieder quicklebendig geworden, entriss sich Kathrins Hand und schwebte auf ihr Gesicht zu. Als er sich in ihre Unterlippe verbiss durchzuckte Kathrin ein grausamer Schmerz. Merles Köpfchen war überdimensional groß geworden und begann langsam und mit unbändiger Kraft, ihr den Unterkiefer wegzureißen. Sie war wie gelähmt, spürte das Blut aus ihrem Mund hervorquellen und diese unglaublichen Schmerzen. Dann war sie tot.

»Bonjour Henry!« Eric begrüßte seinen besten Mann im Stall betont herzlich an diesem Mittag. Sie hatten sich – wie immer – im »La Luna« verabredet, dem Italiener direkt gegenüber der Eupener Polizeiwache. Irgendwie liebten sie beide die Ironie, fünfzig Meter von der Zentrale der »Gegenspieler« entfernt übers Geschäft zu reden. Außerdem servierten sie hier hervorragende Pasta.
»Was ist los, Du bist doch sonst nicht so innig«, kommentierte Henry Erics Begrüßungsklaps auf seine Schultern.

»Ist 'ne dumme Sache passiert heute Nacht.«
»Wieso? Hat sich die Lieferung aus Maastricht wieder verspätet? Diese Penner – nie bekommen sie es auf die Reihe, auch nur einmal …«
»Mach mal die Kauleiste zu!«, stoppte Eric den Wutanfall seines Kollegens, »Kathrin ist tot«.
In Henrys Brust machte sich augenblicklich eine saure Beklemmung breit. Er musste sich setzen. »Erzähl keinen Scheiß!« »Doch, glaub mir. Ich hab es eben von Jean erfahren, er ist diese Nacht zu ihr hin um Nachschub zu liefern.« Nicht, dass Henry ein allzu enges Verhältnis zu Kathrin gehabt hätte, aber er mochte das Mädchen. Seit einigen Monaten arbeitete sie als »Zweigstelle Spa« für ihn in ihrer kleinen Wohnung über dem Shoe-Post-Laden, und er hatte erst zwei, dreimal etwas mit ihr gehabt. Aber sie war ein helles Mädel und noch so verdammt jung, vierundzwanzig erst. Er spürte, wie sich eine Träne in sein Auge stehlen wollte. Schnell schluckte er und wandte sich wieder seinem Gegenüber zu.
»Wie ist das … warum?«
»Jean hat sie in ihrer Wohnung gefunden, hübsch auf dem Sofa drapiert. Die Scheiß-Katze lag wohl schnurrend auf ihrem Bauch und sie hatte eine leere Pumpe im Arm hängen. Goldener Schuss, würd' ich sagen.«
»Hör doch auf, die hat doch nur ab und zu einen durchgezogen.«
»Warte ab – der Hammer kommt noch: als Jean das Vieh verscheucht hatte, sah er, dass ihr T-Shirt aufgerissen und irgendetwas auf ihre Brust gekritzelt war.«
»Was denn verdammt nochmal?« Henry hasste es, wenn Eric etwas künstlich spannend machte, erst recht in einem solchen Moment.
»Abschaum stand da wohl. Und jetzt halt dich fest: auf Deutsch und auf Französisch!«
»Was für ein krankes Arschloch …«
»Möchten die Herren jetzt bestellen?« Henry verscheuchte die Bedienung mit einem Winken und einem gezischten »Später«. Sein Hirn arbeitete auf Hochtouren. Mit Leichen hatte er noch nie etwas zu tun gehabt, erst recht nicht unter seinen eigenen Leuten.
»Verdammter Dreck!«, entfuhr es ihm etwas zu laut. Das ältere Paar am Ecktisch schaute neugierig von seinen Pizza-Tellern auf, und er mahnte sich zur Ruhe. Die Konkurrenz in dem Geschäft war hart, keine Frage. Schon einige Male waren sie aneinander geraten, erst recht, als die Internetgeschichte zu boomen begann. Aber außer ein paar gebrochenen Nasen und zwei Messerstechereien war seitdem nichts passiert. Das übliche Geschäftsessen war jetzt jedenfalls geplatzt, ganz zu schweigen von seinen Urlaubsplänen. Es gab heute weitaus Wichtigeres zu regeln.

Die Musik von irgendeiner Bühne plärrte ohrenbetäubend hinter ihm und er fühlte sich mies. Jean spielte mit seinem Handy herum, steckte sich ab und an ein Bündel

strähniger Haare hinter die Ohren und starrte gedankenverloren auf die Anzeige seines mobilen Kommunikationsapparates. Er hasste dieses gottverdammte Warten auf einen verspäteten Kunden. Vor allem ging bei ihm zu Hause in Lüttich jetzt garantiert alles drunter und drüber und jetzt durfte er sich auch noch um die kaputte Klientel von Kathrin kümmern. Besoffene Besucher des alljährlichen »Francofolies«-Festivals rempelten ihn an, aber Jean nahm kaum Notiz von ihnen. Und dann dieser Penner von Chef – ruft der doch tatsächlich eben an und fragt ihn, ob er Kathrins Wohnung »gesäubert« habe und dass er nur ja auf seine Fingerabdrücke achtgeben solle. Als sei er ein Rookie, einer dieser verdrogten Anfänger, die alles falsch machen. Außerdem konnte er die Handschrift des Mädels in dessen Notizbuch kaum entziffern, die für heute um 16.00 Uhr ein Treffen in ihren Kalender eingetragen hatte. Aber es muss »Spielsalon« geheißen haben. Komisch war es allerdings schon, dass tatsächlich nichts von den Geschäftsunterlagen aus der Wohnung gefehlt hatte, zumindest nichts, von dem er wusste. Naja, war eben irgendein Irrer gewesen.
Und jetzt stand er hier mitten in Spa vor der Kaschemme mit den Videospielen in der Nähe des Casinos und fragte sich, ob er Angst haben müsse. Schließlich war er auch mittendrin in dem Spiel. Nach dem Termin würde er sich ordentlich die Nase pudern und wieder nach Hause fahren. Scheiß auf Spa, Scheiß auf Eric – er wollte da nicht tiefer mit reingezogen werden. Geld konnte man auch risikoloser verdienen, wenn auch nicht mit soviel Gratis-Proben, wie er den Überschuss immer nannte, der vom Strecken des Zeugs für ihn abfiel (Eric würde ihm die Finger brechen, wenn er davon erfuhr). Nach ein paar weiteren Minuten des Herumlungerns fiel ihm eine abgerissene Person auf der anderen Straßenseite ins Auge, die sehr nervös wirkte und irgendetwas zu suchen schien. Jean schlurfte auf den Typen zu.
»Suchst du Kathrin?«
»Ja, Mann. Kennst du Sie? Wartest du auch?«
»Nein, mein Freund – heute bin ich deine Kathrin, sie ist … krank.«
Es war einer der besseren Kunden, und mit dem Bündel von fünfundzwanzig Tausend-Franc-Scheinen in der Tasche machte sich Jean auf den Weg zu seinem Motorrad, das er auf dem kleinen Platz vor Kathrins Wohnung geparkt hatte. Der weiße Engelsstaub, den er sich kurz zuvor in einer Straßenecke auf seine verkorksten Nasenscheidenwände gezogen hatte, zeigte bereits erstaunliche Wirkung. Ist ja auch lupenreines Zeug, dachte er grinsend, als der Motor seiner Suzuki schnurrend ansprang. Während er sich voller Euphorie durch ein Waldstück auf der N62 in Richtung E25 bewegte, beachtete er den uralten Mercedes in 70er-Jahre-Orange hinter ihm gar nicht, der plötzlich rasend schnell an Geschwindigkeit zulegte.

Jean war nicht sofort tot. Er bemerkte noch, wie sich jemand an seinem Rucksack zu schaffen machte. Nur die Augen konnte er nicht öffnen. Etwas Schweres lag auf ihm, das registrierte er, aber dass der heißgelaufene Auspuff seiner Maschine gerade das Fleisch seines Unterschenkels versengte, spürte er gar nicht. Das Tuckern eines Mercedes-Diesel und das Geräusch von quietschenden Reifen waren das Letzte, das in diesem Leben an sein Ohr drang.

Das klassische »PiepPiep, PiepPiep« des Handys riss Henry aus seiner Lethargie. Seit über zwei Stunden war er bereits wieder im Internet unterwegs, um Leute zu kontaktieren. Er versuchte den personellen Ausfall in Spa so schnell wie möglich hinzubiegen. In den letzten Minuten allerdings, als der gröbste Stress hinter ihm lag, war er plötzlich in ein Loch gefallen und starrte nur noch gedankenverloren auf seinen von Notizzetteln umrahmten Bildschirm.

Die Geschichte hatte ihn doch mehr mitgenommen, als er erwartet hatte. Bis weit in den späten Nachmittag hatte das Treffen mit Eric gedauert, sie hatten alles Wichtige besprochen, sogar einmal kurz gemeinsam darüber philosophiert alles hinzuschmeißen, etwas Neues anzufangen. Sie hatten sich darauf einen kurzen, ernsten Moment lang angesehen und fast zeitgleich gelacht und den Finger gehoben, um noch zwei Jim Beam zu ordern.

Henry griff nach dem Handtelefon und betätigte die OK-Taste, um die neu angekommene SMS in Augenschein nehmen zu können. »Mann, was will der denn noch?«, schoß es ihm verärgert durch den Kopf, als das Display verriet, dass es Jean war, der ihn gerade aus seinen Gedanken gerissen hatte. Die eigentliche Nachricht, die ihn zwei Sekunden später aus seinem Nokia entgegenleuchtete, ließ seine Gesichtsfarbe innerhalb eines Wimpernschlages auf aschfahl wechseln.

»Abschaum« stand da. In großen Buchstaben, auf Deutsch und Französisch. Sonst nichts.

Henry begann zu zittern, schaffte es aber dennoch irgendwie, seinem Handy mitzuteilen, dass es Jean anwählen solle. Dass der Teilnehmer nicht zu erreichen war, wunderte ihn nicht weiter, ließ seine Nervosität allerdings nur noch mehr wachsen. Während er sich eine Kippe in den Mundwinkel schob, war sein Telefon abermals mit Wählen beschäftigt – dieses Mal die Nummer von Eric.

Die Strecke St.Vith-Eupen hatte er noch nie so schnell hinter sich gebracht, da war er hundertprozentig sicher. Viel geredet hatten er und Henry nicht während der Fahrt, das taten sie nie über Handy. Um so eiliger hatte er es, zu seinem Geschäftspartner zu kommen. Hastig stieß seine schweißnasse Hand die Autotür des brandneuen Peugeot auf, der quietschend vor Erics Reihenhaus zum Stehen gekommen war. Ein wenig zu hastig, denn er erwischte den Kotflügel seines Parkplatznachbarn. Ein hässlicher, oranger Fleck abgeblätterten Lacks prangte zur Belohnung an der Seite seiner Fahrertür. Aber die alte Schrottkarre neben ihm interessierte ihn jetzt

herzlich wenig, und selbst für die Schramme an seinem Neuwagen hatte er keinen Gedanken übrig.
Ein metallisches Klacken verriet den zurückschnappenden Schlüssel im Schloss der Wohnungstür seines Partners. Sofort platzte es aus Eric heraus, er schrie ihn fast an. »Was zur Hölle sollen wir denn jetzt machen? Wir können doch nicht ganz Spa nach dem Kadaver von dem Idioten absuchen!«
»Jetzt komm erst mal wieder auf den Teppich«, versuchte Henry ihn zu beruhigen. »Vielleicht wollte er sich 'nen kleinen Scherz mit uns erlauben, Jean war ja schon immer ein bisschen … anders. Und immer bis zur Nasenwurzel zugekokst, das weißt du doch selbst.«
»Wenn dieser Penner meint, das sei lustig, hat er eindeutig ein Gramm zuviel hochgezogen. Der muss doch rausfliegen, der ist doch … Henry, was passiert hier? Ich hab Schiss, Mann!«
Den hatte Henry allerdings auch. Ohne zu antworten bewegte er sich zu dem kleinen Tisch am Fenster, um sich von den dort gelagerten, wahrscheinlich wieder mal urinwarmen Jupiler-Dosen zu bedienen. In seinem Kopf herrschte ein Vakuum und sein Blick schweifte aus dem ungeputzten Fenster.
»Sag mal Eric, wem gehört eigentlich dieser grottenhäßliche Uralt-Mercedes da unten?« »Was?« Eric gesellte sich zu ihm, nahm sich genervt einen Schluck Bier aus Henrys Dose und folgte desinteressiert dem Blick seines Chefs.
»Keine Ahnung, noch nie hier gesehen. Kathrins Ex fuhr, glaub ich, genau die gleiche Karre. Du weißt doch noch, der Typ der mir mal Prügel...«
Die Blicke der beiden trafen sich, als zeitgleich ein dumpfes »PiepPiep – PiepPiep« aus Erics Hosentasche zu ihren Ohren drang.

Verena von Asten

Vennlandschaft

Philomena Hagner, seine letzte Patientin für heute.
Dr. Krott fand einen Parkplatz direkt vor dem alten Klinkerhaus mit den Blausteineinfassungen um Türe und Fenster in Eupens Unterstadt. Philomena war seine schwierigste Patientin. Er kannte die alte Frau schon seit langem, aber wie so manche alte Menschen war sie mit der Zeit eigensinnig und – er musste es sich eingestehen – geradezu boshaft geworden. Daher war es ihm eine Beruhigung, dass die Kranke von ihrer Untermieterin Herta mit freundlicher Geduld und der Gelassenheit einer gelernten Altenpflegerin betreut wurde. Sie sorgte dafür, dass trotz der heftigen Proteste Philomenas frische Luft ins Zimmer kam. Wie sie es fertigbrachte, die eigensinnige alte Frau immer wieder mit Überredungskünsten und Geschick zu waschen, zu windeln und das offene Bein zu versorgen, dafür zollte er der jungen Frau echte Bewunderung.

Der Arzt, ein großer, sehr magerer Mann in mittleren Jahren, stieg aus, und ihm wurde plötzlich bewusst, dass er fast mit Widerwillen dieses alte Haus betrat, die enge knarrende Holzstiege mit den ausgetretenen Stufen hochging wobei er jedesmal unter dem schrägen Balken im oberen Winkel den Kopf einziehen musste, um dann die Stube mit der niedrigen Decke zu betreten, aus dem ihm dieser typische Geruch nach alten Menschen entgegenschlug, den er nur zu gut kannte!
Als er schließlich auf die Klingel drückte und Herta ihm öffnete, schallte ihm von oben lautes Gezeter entgegen. Dann sah er, dass Herta verweinte Augen hatte. Stumm wies sie mit einer Geste nach oben, von wo inzwischen die Stimme der alten Frau in ein hysterisches Kreischen überging.
Der Arzt stieß die angelehnte Tür zum Krankenzimmer auf. Durch das kleine Fenster mit den Spitzengardinen schimmerte der graue Morgen. Das Licht reichte kaum bis in die Ecke der Stube, wo ein dunkler Kleiderschrank noch die Düsternis des Raumes betonte. In dem altmodischen Bett mit dem geschwungenen polierten Kopfteil saß die Kranke mit hochrotem Kopf. Ihre fettigen gelb verfärbten Strähnen standen wirr vom Kopf ab, das blassrosa Nachthemd war am Hals weit geöffnet, so dass die tiefen Falten wie die Hautlappen eines Truthahnes sichtbar wurden. Das kranke Bein hatte sie aus dem Bett gestreckt, die Bettdecke hing halb über die Bettkante hinab, und auf dem Boden lag ein zerbrochenes Glas in einer Wasserlache.

Drüben an der Wand war ein Fleck, wo der Verputz abgebröckelt war, zu sehen. Darunter lag ein zerbrochenes braunes Medizinfläschchen.
»Sie will mich umbringen!« Philomenas Augen sprühten Feuer. Sie deutete auf das Corpus Delicti. Dr. Krott machte mit beiden Händen eine beruhigende Geste in Richtung der Alten, die in diesem Augenblick wie ein krakeelender Truthahn in ihren Kissen hockte. Dann hob er vorsichtig die Überreste des Medizinfläschchens auf.
»Das sind Ihre Kreislauftropfen«, er roch an der Scherbe. »Nun beruhigen Sie sich doch. Die habe ich Ihnen verschrieben!«
Philomena öffnete den Mund zu erneutem Protest. Dann klappte sie ihn wieder zu, ohne etwas zu sagen. Für einen Augenblick herrschte Stille, in der das aufdringliche Summen einer dicken Stubenfliege überlaut zu hören war.
Der Arzt hob auch das Glas auf. Später würde Herta hier Ordnung machen, im Moment war es gut, dass sie unten blieb.

Die Kranke saß immer noch steif im Bett. Ihre Brust hob und senkte sich heftig. Der Arzt schob ihr Bein wieder zurück, ordnete die Decke und setzte sich dann einen Augenblick zu ihr. Philomena blickte ihm starr in die Augen.
Was mochte hinter dieser Stirn vor sich gehen?, fragte sich der Arzt. Philomena war schon immer eine – milde ausgedrückt – schwierige Person gewesen, zernagt von Pessimismus, Misstrauen und Eigennutz. Er fand erneut die These bestätigt, dass gewisse unerfreuliche Eigenschaften sich im hohen Alter verschärfen konnten. Philomena war schon lange verwitwet. Sie war kinderlos geblieben und sie musste relativ wohlhabend sein, denn sie hatte immer sehr sparsam gelebt und nicht nur den anderen, sondern auch sich selbst nie etwas gegönnt. Wie er aus Andeutungen von Herta erfuhr, würde sehr wahrscheinlich einmal ihre einzige Nichte das Häuschen und das Ersparte erben.

Dr. Krott hielt dem starren Blick der Alten nicht mehr stand. Was für ein seltsamer Mensch! Eigentlich war sie zu bedauern, dachte er, und in einem jähen Anfall von aufrichtigem Mitleid versuchte er, die alte Frau sanft in die Kissen zurückzulegen. Mit einer heftigen Bewegung schüttelte sie ihn ab. Sie beugte sich weit vor und zischte: »Die da unten...« Mit dem Daumen zeigte sie auf den dunkelbraunen Dielenboden, auf dem ein abgewetzter Bettvorleger lag. Dann näherte sie sich dem Ohr des Arztes, so dass er ihren abgestandenen Atem roch.
Sie raunte: »Sie will mich vergiften. Dort in dem Fläschchen ... schauen Sie gut nach!«
Dann ließ sie sich plötzlich in die Kissen zurückfallen und schloss die Augen.
Der Arzt beobachtete die erschöpfte Frau einen Augenblick. Er fühlte ihren Puls.

Dann deckte er die Patientin zu und verließ den Raum.

Unten traf er Herta in der Wohnküche. Sie saß am Tisch vor einer Tasse Tee. Als er eintrat, stand sie rasch auf.

»Tee, Dr. Krott?«

Er nickte und ließ sich auf einen Stuhl fallen.

»Sie hat sich wieder beruhigt«, sagte er und nahm dankbar die Tasse entgegen. Herta lächelte.

»So ist sie eben, man darf das einfach nicht zu persönlich nehmen. Ich bin das ja gewohnt.«

Dann seufzte sie kurz.

»Aber leicht ist es natürlich nicht immer.«

Dr. Krott tat reichlich Zucker in den Tee.

»Wir haben hier eben auch die typische Altersverwirrtheit vor uns. Was sie da von sich gibt … Umbringen...!« Er schüttelte den Kopf.

»Morgen Nachmittag kommt die Nichte von Philomena. Vielleicht lenkt sie das ein wenig ab«, meinte Herta und schenkte sich nochmals Tee nach.

Der Arzt leerte die Tasse und stand auf.

»Tapferes Mädchen!«, sagte er und klopfte Herta auf die Schulter. Er wandte sich zum Gehen.

»Ich finde alleine heraus. Bis übermorgen dann!«

Dann fiel die Haustür ins Schloss und Herta blieb alleine in der Küche zurück. Nachdenklich richtete sie den Blick auf das Bild, das über dem alten burgunderroten Kanapee hing. 'Vennlandschaft'. Sie hatte eine besondere Beziehung dazu, und sie liebte die ruhige Stimmung, die von diesem Gemälde ausstrahlte. Ruhe und eine leise Melancholie. Es war ein Herbstbild. Blassbraune Farbtöne, stumpfes Grün vereinzelter Nadelbaumgruppen, und darüber das Blaugrau eines Herbsthimmels mit einzelnen weißen Wolkenfetzen.

Herta stand auf. Den Rest des Tees schüttete sie in den Ausguss. Da meldete sich von oben die Kranke. Es war Zeit, das Mittagessen zuzubereiten. Herta machte sich an die Arbeit.

»Wie geht es ihr?«

Philomenas Nichte, eine jener blassen Frauen, die nie wirklich jung erscheinen, aber wahrscheinlich auch nie alt aussehen werden, hatte es sich auf dem Sofa bequem gemacht. Mit einer burschikosen Geste nahm sie ihre zerbeulte grüne Cordsamtkappe vom Kopf und warf sie nachlässig neben sich auf das Polster. Hertas Antwort wartete sie gar nicht ab. Stattdessen kramte sie aus dem mitgebrachten Korb eine dunkelbraune Flasche hervor.

»Ich hatte noch von meinem Hollundersirup übrig. Er ist schon in der richtigen

Menge verdünnt.«
Sie stellte die Flasche auf den Tisch.
»Den wird die Tante mögen, sie hatte schon immer eine Schwäche für Süßes.«
Dann schaute sie Herta an, die bis dahin nur beobachtend dagesessen hatte, und frug erneut:
»Wie geht es ihr?«
Gott, wie schusslig sie ist, dachte Herta. Sie zuckte mit den Schultern.
»Nun wie soll es ihr schon gehen? Sie ist ...«
Aber sie kam nicht dazu, ihren Satz zu beenden.
»Ich weiß, sie ist schwierig, vorsichtig ausgedrückt: So richtig warm bin ich noch nie mit ihr geworden«, warf die Nichte ein. Dann schob sie sich hinter dem Tisch vom Sofa und ergriff die Flasche.
»Mal sehen, in welcher Laune sie heute ist«, sagte sie und machte dabei eine Grimasse.
Kurz darauf hörte Herta das vertraute Knarren der Holztreppe.
Sie stand auf, um Kaffeewasser aufzusetzen. Marianne Hagners Besuch lief immer in der gleichen Reihenfolge ab. Zuerst wurden ein paar Worte gewechselt, die wenig zu bedeuten hatten, da Erstere sowieso nie richtig zuhörte. Heute zum Beispiel hätte Herta die Nichte auf den schlechter gewordenen Allgemeinzustand der Tante aufmerksam machen wollen. Danach kam die Tasse Kaffee, ein Stück vom mitgebrachten Streuselkuchen, der schon im Korb bereitstand, dann schwirrte Marianne Hagner wieder ab. Nun, vielleicht sah sie heute selbst, dass die Tante sich verändert hatte, denn seit dem letzten Besuch der Nichte war Philomena Hagner deutlich schwächer geworden. Dazu mochte auch der Anfall gestern beigetragen haben, der ihr zugesetzt hatte. Dafür war sie nun passiver, das heißt auch ‚pflegeleichter' geworden.
Oben wurde soeben die Tür geschlossen, und kurz darauf betrat Marianne Hagner wieder die Wohnküche.
»Ein halbes Glas hat sie getrunken, mehr nicht«, meinte sie. Dann setzte sie nachdenklich hinzu:
»Heute kommt sie mir verändert vor, so ungewohnt ruhig. Nun, es wird ihr gut tun, zu ruhen. So brauchen auch sie nicht so oft die Treppe hinauftraben.«
Marianne lächelte ihr freundlich zu. Dann griff sie zum Streuselkuchen und hob ihn aus dem Korb, um ihn auf den bereitstehenden Kuchenteller neben den Tassen zu legen.
»Ich pflege Ihre Tante gerne. Ich habe ja Erfahrung«, meinte Herta und lächelte etwas gezwungen zurück.
Marianne Hagner nahm einen Schluck Kaffee und biss kräftig in ihr Kuchenstück. Während sie kaute, spielte sie nachdenklich mit dem Kaffeelöffel.

»Manchmal ist es schon ungerecht, dass so alte Menschen, die ihren Mitmenschen oft das Leben schwer machen, nicht sterben können, und dass andererseits blühende junge Leute mitten aus dem Leben gerissen werden«, sagte sie mit ungewohntem Ernst.
Herta stand abrupt auf und holte die Kanne vom Herd. Ihre Wangen waren gerötet. Aber schon wechselte die Nichte wieder das Thema und ging zu handfesten Überlegungen über.
»Also das Haus hier müsste dann gründlich renoviert werden«, stellte sie mit einem Blick auf die angeschmutzten Wände und wurmstichigen Balken fest.
»Noch etwas Kaffee?«
Herta lenkte ab. Das Thema bereitete ihr Unbehagen.
Für sie stand fest, dass sie nach dem Ableben der Eigentümerin die beiden gemieteten Zimmer sofort aufgeben würde. An diesem Tag war sie froh, als die Nichte kurz darauf das Haus verließ.

Es war nicht mehr zu übersehen: Die alte Frau wurde immer weniger, es ging dem Ende zu. In den letzten Tagen war sie schon zu schwach, um, wie es ihre Art sonst war, die angebotene Nahrung oder das Getränk mit einer heftigen Handbewegung abzuwehren. Sie drehte nur noch den Kopf zur Seite und schloss die Augen.

Und als Herta an einem stillen, sonnigen Herbstmorgen die Vorhänge zurückzog und zum Bett ging, wusste sie sofort, dass Philomena nicht mehr war.

Die nächsten Tage hatte Herta nur noch wie einen Wirbel von Menschen in Erinnerung, die ein- und ausgingen, der Arzt, die Nichte, deren tränenreiches Getue ihr auf die Nerven ging, der Mann vom Bestattungsinstitut, die Nachbarn, der Notar … Und dann saß sie schließlich mit den anderen in der Friedhofskapelle. Vorne der Sarg mit den sterblichen Überresten der Philomena, die Gebirge von Kränzen, weiße und rosa Farbflecken im Grün der Gebinde, die Schleifen mit gewellten Mustern wie Damast, die üblichen Erinnerungsworte darauf – Sprüche! Herta zuckte die Achseln. Hinter ihr stand der Friedhofsangestellte, der mit volltönender Stimme den Rosenkranz vorbetete, der eintönige Klang flutete an ihrem Ohr vorbei, während von der geöffneten Türe her tanzende Sonnenkringel ins Innere der Kapelle fielen.

Herta ließ in Gedanken die letzten Tage im Hause der Toten an sich vorbeiziehen. Die Neugierde der Nichte, die sofort die Matratze der Verstorbenen umdrehte. Es war ja bekannt, dass alte Leute ihr Erspartes im Haus versteckten! Genügte ihr nicht das, was sie im Sparbuch vorfinden würde? Und das Haus, das nun ihr gehörte?
Herta schaute hoch. Die Stimme hinter ihr war abgeebbt, und der Priester hatte die

Kapelle betreten. Während die Worte von Tod und Auferstehung, von ewigem Frieden an ihr vorüberzogen, schweiften ihre Gedanken wieder ab, den Blick auf die rosa Gerbera gerichtet, die als prächtiges Gebinde auf dem Sarg lagen. Erst als der Priester von »unser aller Sünde« sprach, zuckte sie zusammen. Aber dann versuchte sie, sich dem Sog der Worte des Gottesmannes zu entziehen und wandte ihre Gedanken dem Augenblick zu, wo Marianne ihr mit einem Lächeln das Vennbild überreicht hatte. Diese war offensichtlich erleichtert gewesen, dass die Pflegerin außer dem schönen Bild als Andenken an meine Jahre in diesem Haus' keine weiteren Ansprüche gestellt hatte, nachdem sie sich von ihrer maßlosen Enttäuschung über die spärliche Ausbeute nach der Suche in allen Winkeln des Hauses einigermaßen erholt hatte.

Am nächsten Tag packte Herta ihre Sachen und zog um. Die neue Wohnung, die sie sich schon vor einiger Zeit ausgesucht hatte, war hell und geräumig. Herta schaute sich um. Es fehlten noch etliche Möbel, aber mit der Zeit würde sie sich hier häuslich einrichten. Sie nahm das Vennbild, das an der Wand lehnte und drehte es um. Mit geschicktem Griff löste sie den Karton auf der Rückseite und holte die Geldbündel, Philomenas Sparstrumpf, heraus. Dann setzte sie sich an den Küchentisch und begann mit flinken Fingern die Scheine zu zählen. Mit einem befriedigten Seufzer stand sie schließlich auf und machte sich daran, der ‚Vennlandschaft' einen Ehrenplatz im Wohnzimmer auszusuchen.
Sie trat einen Schritt zurück und schaute stolz auf ‚das Andenken an Philomena Hagners Haus'.

Eine letzte Handlung musste noch getan werden. Das Bild hatte ihr Glück gebracht. Sie wollte dem Venn ihr Dankopfer darbringen.

Gegen Abend stieg sie in den Wagen und machte sich auf den Weg Richtung Venn, vorbei an der vertrauten Kulisse der Tannen, schwarz wie düstere Schatten, dann wieder Farnwedel, ausgetrocknet von der Wärme des Sommers und herbstlich braun verfärbt. Stapel von frisch gefällten Baumstämmen säumten den Straßenrand.
Oben, kurz hinter Mont-Rigi, stellte Herta den Wagen am Straßenrand ab und stieg aus. Ein frischer Wind fuhr ihr in den dünnen Anorak. Sie fröstelte. Aber dann betrat sie entschlossen den Steg, der weiter hinein ins fahlgelbe Gras führte. Die bleiche Sonne hatte nicht mehr die Kraft, den Dunstschleier am Himmel zu durchbrechen, nur einzelne zarte Wolkenschleier flossen wie weißgraue Bänder Richtung Westen. Der Wind schaukelte den weißen Flaum der verblühten Weidenröschen sanft hin und her. Sonst war kein Laut zu hören. Herta schaute in die Runde, nahm die blaugrauen flachen Hügel weit hinten am Horizont wahr, links die markante Waldkulisse

mit den gezackten Spitzen der Nadelbäume, das locker gruppierte Buschwerk, einzelne Birken. Sie sah die Farben, das stumpfe feuchte Olivgrün der Graspolster, dort wo das Wasser dicht unter der Oberfläche stand, das müde Rosa des herbstlich verblassten Heidekrauts, dann wieder allüberall das fahle Gelb – totes Gras!

Für einen kurzen Augenblick hatte sie den eigentlichen Zweck ihrer Mission vergessen. Nun aber entnahm Herta ihrer Handtasche das kleine braune Fläschchen und schaute ein letztes Mal auf das Etikett, auf dem in verblasster Schrift 'Arsen' stand. Dann warf sie es in weitem Schwung hinaus in die Landschaft. Und sie stellte sich mit einem leisen Schauer vor, wie das braune Moor schmatzend und gurgelnd ihr Opfer verschlingen würde!

Und dort, wo das Fläschchen auf dem Boden aufschlug, erhob sich kreischend eine Krähe und verschwand mit schwerem Flügelschlag weit hinten am Horizont.

Ralf Kramp

Packpapierpaketchen

I

Zum ersten Mal sah ich sie an der Straßenbaustelle kurz hinter Grüfflingen auf der Straße nach Beho. Unsere beiden Fahrzeuge streiften einander um ein Haar, während die schwitzenden Bauarbeiter sich in der prallen Mittagssonne ein Bier gönnten. Sie hatte die Unterlippe energisch vorgeschoben und ihre dunklen Augenbrauen ernst zusammengekniffen, so wie ich es später noch oft habe beobachten dürfen. Sie hatte Mühe, das Auto unversehrt an dem meinen vorbeizubugsieren, und das machte sie nervös.

Lisette war leicht nervös zu machen, das wusste ich in diesem Moment. Und Lisette war schön. Ein funkelnder Blick aus ihren dunkelbraunen Augen traf den meinen durch zwei zur Hälfte heruntergelassene Autofenster. Damals wusste ich selbstverständlich nicht, dass sie Lisette hieß. Aber damals wusste ich bereits, dass ich diesen Blick nie wieder würde vergessen können. Dann rollten wir in entgegengesetzte Richtungen davon. Ich fuhr nach Commanster, wo ein Arztehepaar aus Löwen sich ein altes Bauernhaus zum Wochenendspielplatz umgestalten ließ. Ich war mit den Plänen des Umbaus betraut worden. Wohin Lisette fuhr, ahnte ich in diesem Moment nicht. *Wohin fährst du, fremde Frau?*

Als ich nur wenige Tage später von meinem Chef, einem gemütlichen alten Architekten aus der Nachkriegsgeneration von unserem Büro in St. Vith nach Amel geschickt wurde, hatte ich natürlich keine Ahnung, dass dieser Auftrag mir ein Wiedersehen bescheren würde, mit dem ich so schnell nicht gerechnet hatte. »Junge Frau, die ein Bauernhäuschen geerbt hat. Wintergarten. Stahlkonstruktion würd' ich sagen. Red' ihr die Sache mit dieser Holzscheiße aus.« Dettweiler war kein Mann der geschliffenen Worte. Sein Zigarrenstummel tanzte munter in seinem Mundwinkel, während er mit einer kleinen Bürste die Krümel des Radiergummis vom Transparentpapier vor seinem runden Bauch fegte. Dann sah er mich schelmisch von unten an und wiederholte: »Junge Frau!« Mehr nicht. Er hätte mich gern unter der Haube gesehen. Junge Männer, so glaubte er, haben nichts als Unfug im Kopf, solange sie noch zu haben sind. Er wünschte sich einen soliden Mitarbeiter.

Unser Landstrich ist eng und klein. Man begegnet einander wieder. Wir begegneten uns wieder. Ich hatte allerdings nicht damit gerechnet, dass es so schnell gehen würde. Als ihr Gesicht im groben Türrahmen des alten Hauses erschien, hatte sie wieder diesen angestrengten Blick aufgesetzt. Die dunklen Augen, die mich überrascht musterten, ließen keinen Zweifel daran, dass ich sie bei irgendetwas gestört hatte. Sie erkannte mich ebenso schnell, wie ich sie wiedererkannte. Sie sah die Aktenmappe in meiner linken Armbeuge, und ihr Blick fiel an mir vorbei auf mein Auto in der unkrautüberwucherten Auffahrt.

»Wir haben uns doch schon einmal … ich meine, sie sind das doch, der...«, stammelte sie und fuhr sich durch das kurzgeschnittene kastanienbraune Haar.

Ich nickte und kam ihr zur Hilfe. »Ich fürchte ja, genau der bin ich. Ich bin aber auch gleichzeitig der, der gekommen ist, um ihnen bei ihrem Wintergarten zu helfen. Architekturbüro Dettweiler.«

Und dann huschte ein Lächeln über ihr Gesicht, das mit einem Schlag alle Zweifel beseitigte. Ein Lächeln, das bezaubernde Fältchen in ihre Augenwinkel zauberte. Ein Lächeln, das mir sagte, dass sie die Frau war, auf die ich gewartet hatte. Schon sehr lange.

Das Haus sah chaotisch aus. Es war ein alter Kasten aus der Jahrhundertwende. Ein Teil der Räume war bereits renoviert. Im Badezimmer kroch Marcel aus Roth über den halbgekachelten Fußboden. Er winkte mir mit dem Kachelschneider. »Hallo Luc, hast du wieder deine Finger mit im Spiel? Junge Frau, der Typ ist zu teuer. Wenn der ihnen eine Trockenwand plant, müssen sie einen Kleinkredit aufnehmen.« Wir lachten. Sie betrachtete prüfend seine Arbeit und lehnte sich vornübergebeugt in den Türrahmen, den rechten Fuß nach hinten abgespreizt. Ich sah eine Handbreit ihres Rückens unter dem knappen schwarzen Shirt hervorgucken. Ich hätte zu gerne meine Hand daraufgelegt.

Der Wintergarten, den sie sich wünschte, war unspektakulär. Nichts Aufwendiges, nur der Versuch, ein wenig Licht in das finstere alte Gebäude zu bringen. So etwas war eigentlich an einem Tag erledigt. Sie wünschte sich Holz, und ich dachte gar nicht daran, ihr das auszureden. Ich hätte dieser Frau niemals etwas ausreden können. So zerbrechlich sie wirkte, so willensstark war sie. Das drückte sie mit jeder ihrer Gesten aus.

An ihrem Finger entdeckte ich einen kleine helle Kerbe, an der noch bis vor nicht allzu langer Zeit ein Ring gesessen haben musste.

Armes, zartes Mädchen. Wo kommst du her, wo gehst du hin?

Sie hieß Lisette, das erwähnte ich bereits. Lisette Mertens, um genau zu sein. Dies war das Haus ihrer Großmutter, die im Frühjahr gestorben war. Ich erfuhr nicht viel. Ich hörte von einem Kräutergarten, der vor dem Haus entstehen sollte und von

Heilpflanzen und von einer Praxis für Naturheilkunde, in der sie bald anfangen werde. Als unverbesserlicher Pillenschlucker komme ich mit so etwas selten in Berührung. Lisette beschrieb das alles mit ruhigen Worten, rückte sich ab und zu die kleine Spange in ihrem Haar zurecht und vermied es, mich anzusehen.

Marcel rief: »Sehen sie sich vor, junge Frau. Ich kann sie immer nur warnen. Der ist nicht nur ein Halsabschneider, sondern auch noch ein ganz wilder Aufreißer!« Dann lachte er dreckig, und es schallte im leeren Badezimmer. Ich hätte ihm seine Kacheln in den Rachen rammen mögen.

Ich bin kein Aufreißer. Meine erste feste Freundin hatte ich mit dreiundzwanzig. Sie arbeitet heute an der Käsetheke im Delhaize in St. Vith. Sie weiß, glaube ich, nichts Schlechtes über mich zu berichten. Es war wohl ein Versehen, dass wir damals zusammen waren. Das haben wir nach anderthalb Jahren gemerkt. Ich habe seither oft genug versucht, jemand Neues in mein Leben zu holen. Immer wieder. Es gab Frauen für eine Nacht, die danach offensichtlich der Meinung waren, ich sei dann doch zu langweilig für den nächsten Tag. Es gab Frauen, die Geld dafür nahmen. Ich fuhr sehr oft nach Lüttich. Zu oft. Ich glaube, seit ich mich mit Prostituierten und Videos begnüge, habe ich verlernt, wie man eine Frau beeindrucken muss, damit sie auf einen aufmerksam wird. Wie überzeugt man eine Frau davon, dass es das Sinnvollste ist, sich mit mir zusammenzutun?

Wie bringe ich es nur dieser zarten jungen Frau bei?

Zwei Tage später kam ich wieder. Es war später Nachmittag. Ich wartete in der Nähe, bis das Großmaul Marcel in seinem kleinen, klappernden Lieferwagen davongebraust war. Eigentlich hätten die Pläne bereits fertig sein können. Wie gesagt, es handelte sich um einen sehr einfachen Auftrag. Trotzdem legte ich ihr nur eine grobe Skizze vor. Lisette war begeistert. Durch einen simplen Kniff hatte ich den Wintergarten um die Hausecke herumgezogen, was ihn weniger statisch wirken ließ.

»Einen Kaffee?«

Ich nickte, nicht ohne vorher auf die Uhr zu sehen. Sie musste ja nicht sofort wissen, dass ich dankbar für jede Sekunde war, die ich mit ihr zusammen verbringen konnte.

Also kochte sie Kaffee, und wir nahmen im Wohnzimmer Platz, das bereits über einen offenen Kamin verfügte und an den Wänden mit einem buckligen Landhausputz versehen war. Es fehlten noch Farbe und passendes Mobiliar. So ließen wir uns auf zwei Stühlen nieder, die in dem geräumigen Zimmer reichlich verloren wirkten.

Wir füllen das Zimmer, meine Liebe. Es ist nur für uns gemacht.

Ihre Blicke musterten mich ungeniert. Sie schätzte mich ab. An der Oberfläche verbarg sie es mit dürren Worten.

»Ich bin früher oft hier gewesen«, sagte sie. »Es war das Haus meiner Großmutter.« Ich schlürfte am Kaffee und beschloss, ihr einfach zuzuhören. Je mehr ich redete, desto weniger würde ich über sie erfahren.
»Meine Eltern leben in Eupen. Ich musste einfach hierher, wissen sie. Ich bin nicht gern allein, aber manchmal, da ist es einfach notwendig.« Mein Blick streifte ihren Ringfinger und die vielsagende helle Stelle. Ich ahnte, warum sie allein sein wollte.
Eine Katze schnürte durch die offene Wohnzimmertür herein. Zwei Tage zuvor hatte ich sie nicht bemerkt. »Chaplin«, so sagte Lisette und vergrub ihr Gesicht in ihrem schwarzen Fell, nachdem sie sie auf ihren Schoß gehoben hatte. »Er ist zur Zeit der einzige Mann in meinem Leben. Und das soll auch eine Weile so bleiben.«
Natürlich war das an Deutlichkeit nicht zu überbieten. Aber in bestimmten Situationen bemerkt man den intensivsten Wink mit dem Zaunpfahl nicht.
Du lügst, meine Schöne. Oder du irrst dich ganz einfach.
Sie wollte wissen, wann ich die fertigen Pläne bringen könnte, damit die Firma mit den Arbeiten beginnen konnte. Natürlich hätte ich es zu gerne hinausgezögert, aber es sollte unverdächtig sein. Also versprach ich meinen nächsten Besuch für den Montag der kommenden Woche.

Das Wochenende war lang. Es bestand plötzlich aus sechs Tagen, die jeweils fünfzig Stunden hatten. Ich widerstand erfolgreich der Versuchung, noch einmal nach Lüttich zu fahren und mich abzulenken. So konnte es nicht weitergehen. Diese Frauen hatten mich lange genug über meine Einsamkeit hinweggetäuscht. Sicher, wenn sie mich verwöhnten, mich nach allen Regeln ihrer Kunst in sich aufnahmen, da fühlte ich mich für einige Momente lang geborgen. Aber wenn ich dann nach Hause fuhr, da kroch schon in der Finsternis meines Autos die Kälte des Alleinseins mit klammen Fingern an meinen Beinen empor.
Damit musste jetzt Schluss sein. Ich brauchte diese junge Frau.
Ich habe deinen Finger gesehen, an dem kein Ring mehr sitzt. Du brauchst mich auch.

Die Pläne waren wirklich gut gelungen. Sie waren fast noch ein bisschen liebevoller geraten als sonst. Ich arbeite gern mit Papier. Dieses Mal öffnete sie mir die Tür mit einem strahlenden Lächeln. Lisette hatte begonnen, das Wohnzimmer anzustreichen. Blassgelbe Spritzer waren in ihrem Gesicht verteilt. Ich hielt ihre Hand einen Augenblick länger als nötig. Die Pläne entzückten sie. Auch Marcel hatte inzwischen seine Arbeit beendet. Sein Firmenwagen war nirgends zu sehen.

Ich wusste, dass sich in dem Augenblick, in dem ich ihr die Pläne überreichen und mich verabschieden würde, unsere Wege unweigerlich trennen würden. Als wir also im Wohnzimmer saßen, zwischen Farbeimern und Standleiter, als sich die Abdeck-

folie knisternd um unsere Füße kräuselte, da fragte ich sie, ob ich sie einladen dürfe. »Ins Pipa's. Auf einen Croque und ein Bier vielleicht?«
Sie blickte mir lange in die Augen, und ihre Wimpern zuckten kein einziges Mal dabei. »Ich finde sie sehr nett«, sagte sie schließlich. Ich sah, wie sie aufgeregt ihre Hände rieb, hörte das leise Flüstern ihrer Haut. »Aber ich möchte nicht mit ihnen ausgehen.«
In mir sackte in diesem Augenblick etwas zusammen. Es war, als habe sich eine Klappe gelöst und alle Kraft und Energie rutsche haltlos durch meinen Körper nach unten. Vorbei.
Ein dumpfer Knall zerriss die Stille. Ihre Hände schossen nach vorne und fassten nach meiner Rechten. Ihr Kopf fuhr herum zum Fenster, gegen das ein Vogel geflogen war.
Ich spürte die Wärme und die rauhe Haut ihrer Finger, spürte, wie sich die Umklammerung langsam lockerte. »Ein Vogel...«, flüsterte sie, dann zuckte sie zurück. »Verzeihung.«
Als ich zum Auto ging, sah ich sie am Fenster stehen, die Augenbrauen zusammengezogen, angestrengt nach dem toten Tier vor dem Fenster ausspähend.
Nun gut, wir brauchen Zeit. Wir finden uns schon noch. Ich weiß auch schon wie. Du bist tapfer, zartes Wesen, hast einen starken Willen. Du lebst in diesem alten Haus ganz allein, hast niemanden an deiner Seite. Und doch bist du schreckhaft, verletzlich. Wovor würdest du dich fürchten?

II

Es war nicht leicht, in den nächsten Wochen ihr Haus zu beobachten, ohne gesehen zu werden. Ich fuhr mehrmals mit dem Auto vorbei und schickte einen Blick unter dem dichten Laub der Buchen zu ihrer Einfahrt hin, und am Abend parkte ich häufig den Wagen ein paar Straßen weiter am Ortsausgang in Richtung Deidenberg. Im Versteck der Bäume stand ich oft da und betrachtete stundenlang ihren Schatten, der am Fenster vorbeihuschte, manchmal innehielt, sich aber nie zu ihrer scharfen Silhouette verdichtete, mit der energisch vorgeschobenen Unterlippe und der zarten Dünung ihrer Brust.
Manches Mal war ich versucht, mich anzuschleichen und mit einem kräftigen Schlag meiner Faust gegen die Fensterscheibe ihren Kopf herumfahren zu lassen, in ihre weit aufgerissenen braunen Augen zu blicken, ihren vor Entsetzen halboffenen Mund zu sehen, aber das wäre töricht gewesen. So wäre ich nie zum Ziel gekommen.
Und dann raschelte eines Abends plötzlich etwas im Laub neben mir, und wenige Augenblicke später saß Chaplin vor mir, ihr junger Kater. Er blickte fordernd an mir

hoch und begann zu mauzen. Es war ein aufdringliches Miauen, eine Beschwerde. Ich beugte mich zu ihm hinunter, um ihn zu beruhigen. Sobald meine Finger durch sein weiches Fell strichen, hörte er auf mit seiner Klage, und ein dumpfes Schnurren strich durch die Abendluft, als er seinen Kopf gegen meine Hand presste.
Und mit einem Mal wusste ich, was geschehen musste.

Am nächsten Abend trat sie ans Fenster. Oft. Sie streckte ihren Kopf in die Nacht hinaus und rief den Namen ihres kleinen Katers. Später erschien sie sogar im Gerippe des halbfertigen Wintergartens und wurde von der Gartenlaterne in unwirkliches Licht getaucht. Sie schlang fröstelnd die Arme um ihre Schultern und schickte zischelnde Laute in die Nacht. Immer wieder rief sie den Namen ihres kleinen Katers.
Nun habe ich dich gesehen. Vielen Dank. Aber ich will dich spüren, hörst du?

Ich glaube, ich habe bereits erwähnt, dass ich gerne mit Papier arbeite. Ich liebe Packpapier. Dieses störrische braune Papier mit seinem unnachahmlichen Duft. *»… brown paper packages tied up with strings, these are a few of my favourite things«*, summte ich, während ich mir Mühe gab, die Kordel besonders ordentlich um das kleine Bündel zu schlingen und zu verknoten.
Am nächsten Tag ließ ich mir von Dettweiler frei geben. Er ist ein generöser alter Knabe, der mir meine Freiheiten lässt. Er hat keine Kinder, und insgeheim vermute ich, dass er mit dem Gedanken liebäugelt, irgendwann in der Zukunft einmal das Büro zur Gänze in meine Hände zu legen. Nur stört ihn, dass ich noch nicht unter der Haube bin. Nun, das wird sich ändern, Herr Dettweiler. Bald schon. Schon sehr bald.
Als ich in Amel ankam, kam mir bereits das Postauto entgegen. Meine Aufregung wuchs.
Ich parkte direkt vor ihrem Haus. Es war ein herrlicher Frühlingstag, ich bemühte mich, entspannt zu wirken, pfiff sogar ein paar Takte.
Mit Interesse betrachtete ich den fast fertigen Wintergarten, und ich tat dies so, als sähe ich das Resultat meiner Planung zum ersten Mal, die Hände in die Hüften gestemmt, den Kopf ein wenig schief gelegt.
Nachdem ich geschellt hatte, dauerte es einen Augenblick länger als gewöhnlich.
Als sie die Tür öffnete, war ihr Gesicht ein Bild des Entsetzens. Leer starrten mich ihre Augen an, ihre Hände suchten an der grünlackierten Tür nach Halt, ihr Mund formte tonlose Silben, und es fiel mir schwer, möglichst heiter zu sagen: »Ich wollte mal schauen, was aus dem Wintergarten geworden ist…«
Dann machte sie drei hastige Schritte auf mich zu und warf sich mir an die Brust. Ihre Arme umklammerten mich, und als ich die Hand besänftigend auf ihren Kopf

legte, da verschmolz mein Körper mit ihrem und ich konnte nicht glauben, dass wir uns jemals wieder voneinander lösen würden.
So schrecklich ist das, Mädchen, so furchtbar, ich weiß. Ich bin da, um dir zu helfen.
Sie schluchzte und stammelte, und ich spürte, wie ihre Tränen mein Hemd durchnässten, und obwohl ich keinen Ton verstand von dem, was sie von sich gab, so wusste ich doch, was sie dermaßen in Schrecken versetzt hatte: Ein kleines braunes Packpapierpaketchen, das auf dem Küchentisch lag, und aus dem ein kleiner Katzenkopf herausgekullert war, mit verdrehten Augen und mit einer kleinen blassrosafarbenen Zunge.

Wenige Tage später nahm sie meine Einladung an, und ich führte sie aus. Wir gingen in die »Post« und sie aß kaum etwas von ihrem teuren Menü. Wir sprachen uns nach dem ersten Schluck Wein mit »Du« an. Ich aß und lauschte.
Sie war geschieden. Ihr Mann war ihr fremdgegangen. Zu oft, als dass sie es wie einen lästigen Fleck von ihrer blankpolierten Ehe hätte wegwischen können. Er war in Brüssel zurückgeblieben. Sie weigerte sich, ihn jemals wiederzusehen.
Wieder und wieder äußerte sie Vermutungen, wer ihr das mit dem kleinen Chaplin angetan haben könnte und stocherte lustlos im köstlichen Salat herum. Ab und zu begann sie zu weinen, und dann griff ich wie selbstverständlich nach ihrer Hand und streichelte sie. Es war ein unglaublich intensives Gefühl. Es beruhigte uns beide. »Ich bin da, wenn du mich brauchst«, sagte ich sanft und näherte mich mit der Hand zaghaft ihrer Wange. Ich spürte ihre Tränen auf meinem Finger.
Später fuhr ich sie nach Amel zurück. Vor der Haustür wich sie meinem Blick aus. Dann hauchte sie mir einen raschen Kuss auf die rechte Wange und ging ins Haus. Auf der Schwelle drehte sie sich noch einmal um und sah mich mit zusammengezogenen Augenbrauen an. »Es geht nicht.«
Niedergeschlagen ging ich zu meinem Auto zurück.
Es geht, es geht, es geht, es geht, es geht, es geht, es geht, es geht....

III

Die Heimfahrt war ein furioser Ritt über belgische Landstraßen. Ich drehte das Autoradio auf volle Lautstärke, und doch konnte mich nichts von der erlittenen Niederlage ablenken. Gut, wir waren zusammen essen gewesen, sie hatte mir ihr Herz ausgeschüttet, Vertrauen gefasst. Aber dann, kurz bevor sie mich endgültig in ihr Leben hineingelassen hatte, hatte sie einen Rückzieher gemacht.

Lisette, Lisette, wo soll das nur hinführen? Ich bekam Kopfschmerzen. Es raste durch meinen Schädel. Dazu kam ein plötzlicher Regenschauer, der mit Wucht auf

meinen Wagen einprasselte, Scheibenwischer, die verzweifelt gegen die Springflut antanzten. Ich hätte schreien mögen.
Plötzlich packte mich ein Schrecken mit stahlkaltem Griff im Nacken. Ich riss das Steuer herum und konnte gerade noch einem Fahrzeug ausweichen, das sich nicht mehr fortbewegte, sondern, soviel konnte ich im Schleier des niederprasselnden Regens undeutlich feststellen, gegen einen Baum geprallt war. Scheinwerfer leuchteten durch die nasse Nacht ins Feld, ein Vorderrad ragte, grotesk abgespreizt, unter dem Kotflügel hervor. Der Kühler hatte sich beim Aufprall ungestüm in den Baum gefressen oder umgekehrt.
Ich trat auf die Bremse, und für einen Augenblick geriet mein Wagen selbst ins Schlingern. Kaltblütig brachte ich es fertig, ihn unbeschadet am Fahrbahnrand zum Stehen zu bringen.
Meine Kopfschmerzen schraubten sich von einer Schläfe mitten durch meinen Schädel hin zur anderen. Der Regen durchnässte mich auf der Stelle. Dumpfe Rockmusik drang von dem Autowrack zu mir hinüber. Dampfend zerzischte der Regen auf dem Motorblock, der unter der hochgequetschten Kühlerhaube herausragte.
Im Inneren des Wagens konnte ich undeutlich einen Körper erkennen, der hinter dem Steuer zusammengesackt war. Als ich mich mit aller Kraft daran machte, die verklemmte Fahrertür zu öffnen, stand ich knöcheltief in einer Pfütze.
Mit einem Ruck gab die Tür nach, und wummernde Bässe dröhnten mir aus dem Innenraum entgegen.
Ratlos starrte ich auf den Körper eines Mannes. Blut bedeckte die linke Seite seines Schädels, und als er mir plötzlich sein Gesicht zuwandte, da war ich vollkommen überrascht, denn irgendwie hatte er tot gewirkt, vollkommen leblos. Und als seine hellblauen Augen sich in meinen Blick fraßen, da merkte ich, dass er wirklich dem Tode näher war als dem Leben. Inmitten seines rotblonden Barts formte der Mund stumme Silben, und noch bevor ich mich zu ihm hinunterbeugen konnte, um zu hören, was er sagen wollte, sackte er in sich zusammen, sein Kopf sank auf die Brust, und sein linker Arm rutschte von seinem Schoß und baumelte aus dem Wagen heraus.
Warum kam mir jetzt Lisette in den Sinn? Warum hatte ich nur ihr bezauberndes Gesicht in jeder Windung meines Gehirns, ihre Lachfältchen in jeder Faser meiner Gedanken?
Später, meine Süße, später. Jetzt muss ich erst das hier erledigen.
Mein Blick fiel auf seine Hand. Sie ruhte zusammengekrümmt auf dem unteren Rahmen der Fahrertür. Regen troff an ihr herab. Der Zeigefinger war abgespreizt, ragte in die Nacht, lag wie für mich bereit.
Für dich, mein Schatz, fürdichfürdich.
Ich zog scharf die Luft ein, als ich die Tür mit aller Wucht zuwarf.

Irgendwo schepperte Blech, federte Metall gegen Metall, und von unten vernahm ich undeutlich ein knirschendes Geräusch, ein leises Knistern nur inmitten des tosenden Lärms der Regennacht, der heulenden E-Gitarre und des klappernden Blechs.

Noch einmal. Und noch einmal.

Dann bückte ich mich und tastete mit fahrigen Fingern in der schlammigen Pfütze herum, bis ich fand, was ich suchte.

Später, als die Kopfschmerzen nachgelassen hatten, rief ich von St. Vith aus die Polizei an.

Brown paper packages tied up with strings. Schau nur einmal hin, mein Engel. Nur einmal und dann nicht mehr.

Wenn sie jetzt nicht anrief, war alles umsonst gewesen. Womöglich informierte sie auch die Polizei, aber irgendetwas sagte mir, dass ich der Einzige sein würde, den sie ins Vertrauen zog.

Sie rief mich an. Sie sagte nicht viel am Telefon. Sie sagte nur »Komm bitte.«

Ich fand sie im Wohnzimmer. Es war fertig gestrichen, Bilder ruhten auf dem Fußboden an den Stellen, an denen sie einmal an der Wand hängen sollten.

Sie saß neben einem Druck von Masereel und strich mit der Hand über die Oberfläche des Glasrahmens. Von der Toilette her war ein säuerlicher Geruch wahrzunehmen, sie hatte sich übergeben.

Auf einem runden Esstisch aus hellem Holz, den ich noch nicht kannte, lag ein Knäuel aus braunem Packpapier und Kordel.

»Jemand will mir Angst machen«, flüsterte sie leise. »Ich glaube, er ist es.«

»Wer?«

»Richard. Er kann es nicht verwinden, dass ich ihn verlassen habe.«

»Was war es diesmal?«

»Sieh selbst.«

Als ich mich später zu ihr auf den Boden hockte, erlaubte sie mir den ersten Kuss. Dann rollte sie sich in meine Arme, rieb ihr Gesicht an meinem Hals, ich fuhr mit meinen Händen über ihren Körper, wollte ihr das Gefühl geben, überall gleichzeitig mit ihnen zu sein, sie mit ihnen einzuhüllen, zu umschließen und zu schützen und spürte, wie ich innerlich begann zu verglühen.

So, nun bin ich bei dir, mein Engel, bin um dich, will in dich.

Und dann geschah alles so, wie ich es mir erträumt hatte.

Sie beschloss, keine Polizei zu rufen. Ich brauchte es ihr gar nicht auszureden. Meine Gegenwart beruhigte sie. Es war keine Nacht der wilden Leidenschaft gewesen, nun gut. Es war eine Nacht, in der sie mir gehört hatte, mir allein. Nicht einmal mehr sich selber.

Von nun an würde sie immer mir gehören.

Ich lasse dich nie mehr aus meinem Leben. Du würdest vor Angst vergehen, wenn ich nicht da wäre. Wenn ich nicht an deiner Seite wäre, dann würde dich Schreckliches erwarten, das weißt du, mein Herz, und darum bleibe ich. Für immer.

IV

Die nächsten Tage waren der Himmel auf Erden. Ich nahm meinen Urlaub, und Dettweiler musterte mich skeptisch. Der Zigarrenstummel in seinem Mundwinkel zeigte steil in die Höhe.

»Urlaub? Was hast du vor, Junge?« Ich schwieg und lächelte, und er verstand. »Wurde auch Zeit.« Wie Recht er hatte.

Das Haus war beinahe fertig. Wir weihten das neue Schlafzimmer mit einer Flasche Champagner ein, und ich beobachtete, dass es Lisette von Tag zu Tag besser ging. Meine Gegenwart tat ihr gut. Es kamen keine Paketchen mehr.

Kein braunes Packpapierpaketchen mehr, mein Engel, mein folgsamer Engel. Brown paper packages tied up with strings …

Nur manchmal, da sah ich sie am Fenster stehen, den Blick angstvoll nach draußen gerichtet. Dann spielte sie nervös mit den kleinen Fingern an ihrer Haarspange und wurde erst ruhiger, als ich sie von hinten umarmte.

Am Samstag gingen wir ins Pipa's. Es gab Live Musik.

Lisette verschwand auf der Toilette, und ich streute gerade Selleriesalz auf meine Käsewürfel, als er plötzlich vor mir stand. Er war eine stattliche Erscheinung. Kräftiges Kinn, graumelierte Schläfen, ein Blick, der alles auf einmal war: Gönnerhaft, vertraulich, listig, klug und überlegen. Er blickte auf mich herunter und zupfte sich mit der Rechten an der Nasenspitze. An seinem Ringfinger blinkte es golden.

»Sie glauben also der Neue zu sein«, sagte er mit einem unverschämten Grinsen.

Ich muss sehr verwirrt ausgesehen haben, denn er lachte leise und blickte kurz zur Musik hinüber. Dann legte er mir für einen Moment die Hand auf die Schulter. Ganz vertraut, ganz lässig. »Ich bin ihr Mann.«

Verärgert schüttelte ich seine Hand ab und spülte den Käse mit einem Schluck Leffe hinunter.

»Exmann«, sagte ich trotzig.

»Hat sie ihnen das erzählt?« Er ließ die Finger seiner Rechten vor meinem Augen tanzen.

»Was sagt das schon? Ein Ring, na und?«

»Ich bin gekommen, um sie zurückzuholen.«

Mit einem Mal ging mir die Musik auf die Nerven, bohrte sich in mein Gehirn. *Exmann, Exmann, Exmann.* Ich bekam Kopfschmerzen.

»Verschwinden sie!«

Er lachte nur und winkte der Kellnerin.

»Ich sagte, sie sollen verschwinden! Lassen sie uns in Ruhe!«

»Zuerst müssen wir uns unterhalten.«

»Nicht hier. Nicht jetzt!«

Er sah mich fragend an. Meine Blicke wanderten nervös zwischen ihm und der Toilettentür hin und her. »In einer Stunde. Auf dem Parkplatz vom Delhaize. Kennen sie den?«

Er nickte. »Werd ich finden. In einer Stunde.«

Ich konnte seinen Rücken durch die Glastür verschwinden sehen, als Lisette zurückkam. Sie musterte mich besorgt. »Was ist los?«

»Kopfschmerzen.« *Und das ist noch nicht einmal gelogen, mein kleiner Schatz. Es tut so weh, es nagt sich fest.*

Ich brachte sie sehr hastig nach Hause. Sie schöpfte keinen Verdacht, machte sich höchstens Sorgen. Eine Stunde später war ich wieder in St. Vith.

Er trat mit einer Drehung des Fußes seine Zigarette auf dem Asphalt des Parkplatzes aus und empfing mich grinsend.

»Ich hatte nicht gedacht, dass sie wirklich wiederkommen würden«, sagte er jovial und streckte mir die Hand entgegen. Ich tat, als sähe ich sie nicht.

»Sie hat sich einfach so aus dem Staub gemacht. Wir sind nicht einmal geschieden. Hat sie ihnen gesagt, wir seien geschieden? Ich habe Schuld. Diese Sache mit Eev, die hätte nicht passieren dürfen. Sie wird es ihnen erzählt haben.«

Ich schwieg.

Und dann begann seine imposante Fassade zu bröckeln. Er erzählte mir von Lisette, seiner Lisette. Von seiner Liebe und seiner Verzweiflung, von seiner Einsamkeit und seiner Reue. Irgendwann schluckte er schwer und kämpfte mit den Tränen.

»Ich will sie zurück, verstehen sie? Zehn Jahre Ehe, die schmeißt man nicht einfach so über Bord. Wir gehören zusammen, und das weiß sie. Warum ist sie denn hierher gezogen? In das Haus ihrer Großmutter, wie ich jetzt erfahren habe, hierher, an das Ende der Welt … Sie flieht, verstehen sie? Sie flieht vor ihrer eigenen Verzweiflung. Wir brauchen uns.« Dann wandte er sich mir im Dämmerlicht der Straßenbeleuchtung zu, und sein Blick war der eines verzweifelten Mannes, der nicht mehr weiter wusste, dem man den Boden unter den Füßen weggezogen hatte. »Sie hat es mir heimgezahlt … mit ihnen. Es ist vorbei. Geben Sie sie mir zurück. Bitte.«

Aber mein Liebes, Kleines, wie kann ich dich denn dem Mann zurückgeben, der dich betrogen

hat? Du bist doch die meine. Nur meine … nicht seine … Exmann, Exmann, Exmann … Es wühlte sich durch meinen Kopf. Es zerriss mir die Sinne.
Das Messer ging glatt und geräuschlos in seinen Leib. Er riss die Augen auf und spuckte einen röchelnden Laut aus. Ich presste ihm die Hand auf den Mund. Er wehrte sich nicht, versuchte nur in seiner Leibesmitte nach der Waffe zu greifen, die sich in seinen Magen bohrte, sein Innerstes zerfetzte, ihn sterben ließ.

Das Schwerste war, ihn in seinen Wagen hinein zu bekommen. Auf einer abgelegenen Lichtung im Ommer Wald (HÄÄÄÄ?) tränkte ich alles mit Benzin und warf ein Streichholz hinein. Zuvor hatte ich ihm den Ehering abgezogen. Ich stolperte in den Wald hinein, in die grobe Richtung, in der ich den Heimweg vermutete, strauchelte durch das Unterholz, ohne wirklich etwas um mich herum wahrzunehmen und entfernte mich Schritt für Schritt von dem knisternd vor sich hin flackernden Autowrack. Den Ring warf ich irgendwann einfach in die Schwärze des Waldbodens.
Ich kam in den frühen Morgenstunden in meiner Wohnung an und sank erschöpft ins Bett. *Lisette, mein Herz, mein Liebes, wer soll uns trennen? Ich kenne keinen.*

V

Das Autowrack wurde natürlich gefunden. Zwei Tage später erst, von einem Waldarbeiter. Im Grenz~Echo gab es wilde Spekulationen. Keiner wusste etwas Genaues. Lisette war sehr aufgeregt. Am nächsten Tag würde sie mit ihrem neuen Job beginnen. Dieser Tag … Ich erinnere mich, als sei es erst gestern gewesen. Wir saßen im Wintergarten. Zufrieden betrachtete sie die Pflanzen, die sie gekauft hatte. Noch schauten sie gerade einmal zaghaft über den Rand ihrer Töpfe hinaus, aber schon bald würden sie wachsen und gedeihen, sich breitmachen und im Sonnenlicht tummeln, und mein Liebes würde ihnen mütterlich dabei zuschauen und sie hegen und pflegen. Und ich würde an ihrer Seite sein. So konnte es alles nun weitergehen, wie ich es mir von Anfang an ausgemalt hatte. Ich war am Ziel.

Und dann sahen wir den jungen Mann die Auffahrt hinaufkommen. Sein roter Golf war am Straßenrand zu erahnen, wir hatten ihn nicht kommen sehen. Ich sah eine pflaumenfarbene Jacke, eine Jeans, den leicht federnden Gang, und schon war er um die Hausecke verschwunden, und es läutete an der Haustür.
Lisette sah mich fragend an, und ich zuckte mit der Schulter. Ein Lieferant? Ein Bote? Sie ging, um zu öffnen.
Und dann dauerte es lange, bis sie zurückkehrte.
Wo bleibst du, mein Herz? Du wirst doch wiederkommen?
Ich stand auf und durchschritt den Wintergarten, herum um die Hausecke, wie es

dank meiner Planung möglich war. Vor der Haustür stand niemand mehr. Sie hatte ihn hineingelassen.

Ich hörte Stimmen. Ganz leise und ganz dumpf.

Mit der Hand strich ich über die samtigen Blätter einer Zitronenmelisse.

Dann kam Lisette um die Ecke. Ganz langsam, den Blick auf eine Zeitung in ihren Händen gerichtet. Ohne aufzublicken kam sie Schritt für Schritt näher. Ihre Lippen murmelten stumm die Worte des Textes, den sie gerade überflog. Ich sah, wie sie ihre Augenbrauen ganz ernst zusammenzog und den Blick starr an ein Foto auf der Titelseite heftete. Selbst aus meinem Blickwinkel konnte ich erkennen, wer dort abgebildet war.

Sie hatten ihn identifiziert. Wie auch immer ihnen das gelungen war. Vermutlich über die Fahrgestellnummer des Autos. Das war natürlich vorauszusehen gewesen. Das war ein Fehler, keine Frage. Aber es würde mir keine Schwierigkeiten bereiten. Schließlich hegte sie keinen Verdacht, dass ich … *Nicht wahr, mein Herz, du würdest mir nie zutrauen, dass ich so etwas tun könnte. Du schöpfst keinen Verdacht.*

Sie blickte auf und starrte mich fassungslos an mit ihren traurigen braunen Augen. Dann hielt sie mir die Zeitung hin. Was musste ich tun? Was sollte ich sagen?

»Wer ist das?«

»Richard. Es ist Richard. Er war der Mann in diesem Auto, weißt du.« Sie griff nach meiner Hand und presste sie ganz fest. Ich sah, wie Tränen in ihre Augen schossen. Dann brach sie zusammen. Sie sank auf einen Korbstuhl, und ein heftiges Zittern schüttelte ihren Körper. Ich hörte ihr Schluchzen und kniete mich neben sie. Meine Hände strichen tröstend über ihren Rücken.

»Wer kann das nur getan haben?«, flüsterte ich leise.

»Er hatte mich engagiert, um sie zu beobachten«, sagte eine Stimme. Ich blickte auf. Der junge Mann blickte verlegen um die Ecke in den Wintergarten.

Er hatte die Hände tief in die Jackentaschen vergraben und trug eine Baseballkappe. »Ich bin nur hier, um ihr alles zu erzählen. dass ihr Mann sich um sie gesorgt hat, und mich von Brüssel hier runtergeschickt hat, um nach ihr zu sehen.« Nervös trat er von einem Fuß auf den anderen. »Ich bin Privatdetektiv, wissen sie. Ich habe den Kontakt zu ihm verloren, weil ich ein paar Tage im Krankenhaus … Naja, heute Morgen habe ich das in der Zeitung gelesen. Ich war vorhin bei der Polizei, und jetzt dachte ich…« Er zog die Hände aus der Jackentasche und streckte mir die Rechte hin. Dann nannte er mir einen Namen, an den ich mich nicht mehr erinnern kann. Ich kann mich überhaupt nur noch an wenige Dinge erinnern, die danach kamen. Ich sah seine Linke. Den Verband. Die Lücke zwischen dem Daumen und dem Mittelfinger, da, wo eigentlich der Zeigefinger hätte sitzen müssen. Sah seinen rotblonden Bart, seine hellblauen Augen, die fragend auf mich gerichtet waren, während ich ihn voller Entsetzen musterte.

Zuerst wollte er mir erklären, was sich mit seiner Hand zugetragen hatte, aber dann schwieg er, und sein Mund blieb offen stehen, und ein Schatten des Wiedererkennens huschte über sein Gesicht.

Lisette richtete sich langsam auf und registrierte unser Schweigen. Dann starrte sie auf seine Hand, und dann erkannte sie die grenzenlose Verwirrung im Gesicht des jungen Mannes … und die Panik in meinem Blick.

Ihre braunen Augen.

Die Erkenntnis traf sie vollkommen unvorbereitet und raubte ihr den Atem. Sie stand auf, ließ meine Hand von ihrer Schulter gleiten und wich langsam zurück. Sie taumelte zwischen den Grünpflanzen von mir fort, bis ihr Rücken gegen die Scheiben des Wintergartens stieß. Sie presste die Hände vor den Mund und stieß plötzlich ein langgezogenes, leises Wimmern aus.

Sieh mich nicht so an, mein Herz. Sieh mich nicht an, als wüsstest du plötzlich alles, als könntest du dir mit einem Mal einen Reim auf all das machen. Was kannst du schon wissen? dass ich dich liebe … dich brauche, dass du mein bist? dass ich alles für dich tun würde? dass ich alles für dich getan habe?

Dass ich dich für immer verloren habe?

Peter Stollenwerk

Aus der Baum

Dann war er tot. Im hohen Bogen schleuderte Juri die laufende Kettensäge durch den Dunsthimmel. Sie landete in einer Pfütze, die die schwere Rückemaschine hinterlassen hatte und erstarb. Mit einem gellenden Schrei rannte er in seinem grünen Waldarbeiteroverall mit den orangen Leuchtstreifen zur Krone der frisch gefällten 90jährigen Fichte. Grobes Sägemehl hatte sich in seinem Pilzbart verfangen. Er starrte auf den Wipfel, während die Kollegen von der polnischen Akkordkolonne ihre Köpfe hoben, und nicht recht wussten, ob der Schrei es wert war, die Arbeit ruhen zu lassen.
Juri schritt langsam näher. Unter der Spitze halb im Wasser des Freizeitsees schaute ein brauner harzverklebter Lederschuh heraus. Der beigefarbene Sommeranzug sah ziemlich ungebügelt aus. Die mit grellen Dreiecken bedruckte gelbe Krawatte hatte sich um einen Ast mit Tannenzapfen gewickelt. Sie saß ziemlich fest. Der Knoten hing unter der einst stolzen hochrückigen Nase. Seltsam verdreht lag die Gestalt unter der dichten Krone. Juri schnappte sich die Motorsäge aus dem Schlamm, riss das Zugseil zweimal an, ließ die Husqvarna scharf aufheulen und trennte die Äste ab. Sägemehl sammelte sich auf dem zerknitterten Trevira-Stoff. Dann sah man ihn. Selbst Juri, der erst vor einem halben Jahr das Eifeldorf Bütgenbach zum ersten Mal gesehen hatte, kannte das Gesicht: Es war Ewald Milz, der Ex-Bürgermeister.

Vor zwei Monaten war bei der Kommunalwahl die schöne Mehrheit seiner Partei im Gemeinderat den Bach hinunter gegangen. Die Wähler hätten ihm nicht verziehen, dass er allzu freihändig die Jagdpachten vergab, hieß es. Beweisen konnte man nichts, aber im Gemeindewald tummelten sich gleich rudelweise die Freunde des damaligen Bürgermeisters, um auf die Pirsch zu gehen. »Erdrutsch! Milz abgestürzt«, hatte die »Venn-Post«, die führende Tageszeitung am Montag nach der Wahlschlappe getitelt. »Dann mach' ich mir eben noch ein paar schöne Jahre in der zweiten Reihe«, soll der Abgestürzte einige Tage später den langgesichtigen Parteifreunden gesagt haben. Jetzt lag er da. Das große, flache Gesicht war kalkweiß, die Nase plattgedrückt von der armdicken Baumspitze wie die Windschutzscheibe eines 60er Jahre Käfers. Der steife, rosenholzfarbene Hemdkragen hatte den wenig behaglichen Sitz eines Ochsenjochs. Die eigentlich für sein Alter viel zu langen Haare waren zerzaust, als habe er sich zuletzt mit einer Mistgabel frisiert.

Die Polen begriffen nichts. Wie kommt ein Toter in die Baumkrone? Warum klettert jemand zwanzig Meter den Stamm hinauf, um sich den Strick, in diesem Falle die Krawatte, zu nehmen?

Das Trio, das im Auftrag der Gemeinde in einem Bestand bei Berg mit gelber Sprühfarbe markierte Altfichten umlegen sollte, konnte alles gebrauchen, nur keine Schwierigkeiten.

»Wohin kommen jetzt?«, stammelte Laszlo, der jüngste in der Kolonne. Juri rief nur panisch: »Abhauen, schnell!«

Doch Tomiszlav, der an seiner selbstgedrehten Zigarette zog, dass ihm die Finger glühten, begann nachzudenken. »Wir stopfen in Kofferraum und fahren nach Elsenborn in Wald. Das anderes Revier. Dann kommen zurück und arbeiten weiter.« »Hol den Wagen«, befahl er dem Jüngsten, der folgsam zu dem alten Ascona lief, der bis unter die Türgriffe voll mit Schlamm gespritzt war. Noch bevor er den Zündschlüssel berührte, war der Plan mit einem Schlag so fürchterlich uninteressant wie eine alte Zeitung, in die Heringe eingewickelt wurden.

Neugierige aus dem Badesee, die für eine paar Tage Quartier in den Holz-Kartenhäusern des Freizeitparks Worriken bezogen, hatten Juris markerschütternden Schrei gehört, sich von ihren großkarierten Verloursdecken erhoben – froh über ein wenig Abwechslung an diesem dösigen Augustmontag. Es gab einen kleinen Volksauflauf.

»Das ist doch Ewald Milz«, stotterte ein aus Puste geratener Liegewiesen-Bauch mit einem Gesicht so öd und leer wie eine Tonschale. Ein Mittvierziger nahm die Ray-Ban-Sonnenbrille aus seinem runzeligen Gesicht. Er schob seine Unterlippe unter die gerötete Nase und verkündete, als hätte er soeben eine Theaterbühne betreten: »Ja, dann wollen wir mal.« Aus der engen, schwarzen Badehose zauberte er ein Handy, drückte ein paar Tasten, richtete die Augen auf das Polen-Trio und sagte mit gestelzter Stimme als hätte er den Fall schon blitzsauber gelöst. »Ist da die Gendarmerie? Im Wald ruft Arbeit. Am Bütgenbacher See ist heute eine Menge Holz angefallen. Hier liegt jemand, den Ihr sehr gut kennt und der sehr tot ist.«

II

Das Runzelgesicht fixierte die Polen, und in seinem Kopf schnappten schon die Handschellen zu. Da die Gendarmerie noch auf sich warten ließ, begann die Badehose schon einmal mit dem Verhör: »Auf die Erklärung bin ich echt neugierig«, sagte die Unterlippe betont gelangweilt. Während sich die ersten Diskutierclubs um die noch immer steif vor Schreck stehenden Polen bildeten, erschienen die beiden Gendarmeriebeamten aus dem Unterholz. Sie gingen auf die im Kreis stehende Badegruppe zu, und von weitem hatte es den Eindruck, als würde hier gerade ein tanzender Hamster vorgeführt. Nur der Beifall fehlte. Die beiden Ordnungshüter

gingen streng auf die Fichtenkrone zu, und der Ältere der Beiden verlor kurz die Fassung. »Mein Gott, der Milz«, entfuhr es ihm. Der Jüngere war klein und stämmig, mit kühlen Gesicht und kalten Augen. Er lüftete kurz seine Dienstmütze, die die Hitze festhielt, und setzte den Teller mit leicht schrägem Sitz wieder auf.
»Ich kann erklären alles«, sagte Juri, blass vor Entsetzen.
»Ja, ja, klar doch«, erwiderte die Stimme des Gesetzes.
»Ich wette, der Kerl unter der Krone ist vom Himmel gesegelt«, versuchte Runzelgesicht einen flotten Spruch zu reißen.
»Schon gut, Schlauberger«, bellte der ältere Beamte. »Und jetzt wird es Zeit, dass sich der Verein hier wieder auflöst«. Er begann, die Menge wegzuscheuchen. Die Polen blieben wie angewurzelt stehen, und während Badehose und die anderen sich trollten, erzählte Juri den Beamten aufgelöst seine unglaubliche Geschichte vom Toten unter der Baumkrone.
»Tut mit leid«, sagte Kaltauge düster, »aber wir müssen euch wohl ein paar Stunden in Verwahrung nehmen, sicherheitshalber.« Zwei der Waldarbeiter sackten in ihren Overalls zusammen, doch Juris Gesicht sprang in Stücke wie ein Spiegel.
»Laß uns in Frieden!«, fluchte er mit bittenden, matten Augen.
»Das doch alles nicht wahr!«, schob er mit weinender, erstickter Stimme hinterher.

Ein zweiter Streifenwagen war inzwischen eingetroffen, auch die Spurensicherung, der Leichenbestatter, der Fotograf der »Venn-Post« und der Jagdpächter mit seinem Sohn. Nur die Frau am Waldrand, die langsam in Richtung der Hügel ging, wo das Weidevieh lagerte, beachtete niemand.

III

Die Leiche von Ewald Milz wurde in das gerichtsmedizinische Institut verfrachtet. Die »Venn-Post« schrieb am nächsten Tag in großer Aufmachung: »Ex-Bürgermeister findet unter mysteriösen Umständen den Tod.« Ein vierspaltiges Foto zeigte die drei polnischen Waldarbeiter. Die Gendarmerie schob sie gerade in einen der Streifenwagen.

Auch Anna Welter las an jenem Morgen in ihrer winzigen Küche die Zeitung. Sie trug ein blaues Häkelkleid mit weißen Sportsocken, die knochigen Knie drückten sich durch den Stoff. Ihre braunen Haare waren korrekt gescheitelt, das weiße Gesicht wirkte wie eine Totenmaske. Sie hatte schlecht geschlafen letzte Nacht, genau betrachtet überhaupt nicht.
Jetzt war er tot. Ihre Fantasie hätte nicht ausgereicht, sich vorzustellen, dass ein Mensch auf diese Weise sterben kann. »Das ist doch Quatsch mit Soße«, dachte sie

beim Lesen der wilden Spekulationen über den Toten im Wald. Sie war vor zwei Jahren nach Bütgenbach gezogen, und hatte die heutzutage wenig spektakuläre Lebensabschnittsgeschichte einer Frau in den besten Jahren hinter sich: Getrennt lebend, alleinerziehend, Kontoauszüge mit Trauerrand. An der Hauptstraße des Ortes hatte sie Arbeit gefunden – auf Abruf. Sie verbrachte ihre einsamen Stunden hinter der Kühlvitrine einer Imbissbude und schleppte Bier, wenn das Dorf feierte.
So hatte sie auch Ewald Milz kennengelernt, als dieser in einer Männerrunde seinen fünfundfünfzigsten Geburtstag feierte. Er war früher im Elferrat der Karnevalsgesellschaft gewesen. Da hatte er gelernt, dass man Schnapszahlen groß feiern muss. Ewald Milz hatte sich an diesem Abend wie ein Fliegenfänger an Anna geheftet und springlebendig mit Runden und Komplimenten um sich geworfen.
»Das ist doch ein toter Laden hier«, hatte er Anna ins Ohr geflüstert und dabei fast sein Kinn auf ihren Nacken gelegt. »Ich wüßte was Besseres«, hatte Ewald Milz massiv und ohne Zurückhaltung seinen Angriff gestartet. »Aschenputtel« taufte er sie nach dem fünften Cognac.
Zu sehr später Stunde dann, als seine Trinkfreunde schläfrig im Bier schwammen, hatte er seine Krawatte gerade gerückt und sich mit ihr auf leisen Sohlen verabschiedet. Sie waren heimlich wie Ladendiebe in Annas kleine Wohnung geschlichen. Es wurde nicht gerade Tausendundeinenacht, und als das Geburtstagskind wieder abzog, leise die Tür ins Schloss zwängte und noch einmal schwankend von der Straße hinauf in den ersten Stock winkte, wussten beide, dass es mit ihnen beiden wohl keine sehr komische Nummer werden würde.

IV

Ewald Milz und Anna Welter sahen sich regelmäßig. »Schatzi« nannte er sie honigsüß bei gemeinsamen Spaziergängen im Wald und setzte dabei ein Gesicht auf, als befände er sich im allerliebsten Krippenspiel.
»Ich bin kein Schatzi«, schrillte Anna dann scharf zurück, denn Milz heuchelte am Wochenende mit seiner Familie heile Welt. Die dürre Zweisamkeit zwischen Anna und Ewald Milz war schnell freudlos geworden.
An jenem dösigen Augustmontag war wieder Händchenhalten-Tag. Anna trug ein rotes Trägerkleid, ihre Haare hatte sie straff nach hinten gekämmt, die Fingernägel waren versilbert. Milz hatte sich in seinen Sommeranzug geschlagen, die prallfarben gemusterte Krawatte hing schlaff über dem Bauchansatz.
»Ich liebe diese Stille«, bemühte er sich zwanghaft den Dialog in Schwung zu bringen, doch bevor Anna antworten konnte, zischte Milz: »Still!«
Stimmen waren zu hören. Verstehen konnte man nichts, aber es war eindeutig zuviel Betrieb im Revier.

»Weg hier«, befahl er. »Mich kennt hier jeder. Ich kann alles gebrauchen, nur keine Affäre«, winselte er schwitzend vor Angst. Anna blieb stehen als wolle sie Wurzeln schlagen und musterte den beigefarbenen Sommeranzug und den grellen Brustlatz wie einen Ladenhüter. »Mach dich doch nicht lächerlich, du falscher Affe«, fuhr sie ihn gereizt an.
»Lausiges Flittchen!«, pfiff er durch sein Fischmaul zurück und schwoll bis zum Haaransatz knallrot an. Milz hörte die Stimmen näher kommen. Schnurstracks stürzte er, wie von einem Hornissenschwarm verfolgt, panisch auf eine mit gelber Sprühfarbe markierte Fichte am Waldrand zu. Wie Tarzan Schwerenöter schwang er sich auf den untersten tiefhängenden Ast.
»Papagei«, dachte Anna und schob ihren rechten Daumen unter den Schulterträger. Ewald Milz dachte wütend: »Warte nur ein Weilchen, Rotkleidchen«, ehe er geräuschlos in der dichten Krone abtauchte. Anna lief weg von den Stimmen.
Ein Haselnussstrauch verschluckte sie.

V

Die Waldarbeiter warfen ihre Kettensägen an. Anna sah, wie einer von ihnen auf den Tarzan-Baum zusteuerte und sauber die Fallkerbe heraustrennte. Dann wendete er die Säge und setzte zum Schnitt an. Das Sägemehl verteilte sich wie eine Sprinkleranlage über dem feuchten Waldboden. Annas Gesicht wurde hart wie Gips. Kein Ton verließ den kreisrund offen stehenden Mund. Sie presste ihre Sandalen in den Blätterteppich, der linke Arm pendelte schwer wie eine Glocke. Ein irres Lächeln auf ihrem Gesicht zerfiel zu Staub.
Dann hörte sie seine Stimme zum letzten Mal. Ewald Milz drehte in der Krone durch. Er brüllte wie ein angeschossener Eber – den Tod vor Augen. Doch bis zu den Kettensägen drang nicht einmal ein leises Grunzen durch.
Langsam senkte sich die schreiende Spitze der mächtigen Fichte zur Seite. Anna sah noch die Papageienkrawatte wie eine Luftschlange im Geäst wirbeln. Rauschend sauste der Baumriese abwärts und krachte mit wehenden Armen hart auf die Uferböschung.
Dann war er tot.

Dr. Heinrich Schauerte

Korff

Kalt können die Nächte Anfang Oktober schon werden. Und am Wasser besonders. Während sie zu Hause in Köln noch vor den Lokalen saßen, war es hier richtig ungemütlich, das Thermometer sank schon deutlich unter zehn Grad.

Korff durchmaß die Vorhalle und schritt dann die Freitreppe seines Anwesens am See hinunter. So hatte er zumindest immer zu seiner Frau gesagt, was sie mit nachsichtigem Lächeln quittiert hatte. Ja, wenn er das noch einmal erleben dürfte, dieses Lächeln, das besagte, lass den kleinen Jungen nur reden, wenn's ihm Spaß macht. Aber nach dem ersten Jahr hier, in ihrem letzten Paradies, war sie gestorben, und nun war er allein. Allein mit seinem Leben, seinen Erinnerungen, seinen Gespenstern.

Tatsächlich waren es drei Bürgersteigplatten, die er stufenweise vor den Eingang seines Vorzeltes gelegt hatte, um auf der oft feuchten, abschüssigen Wiese nicht auszurutschen. Seit vielen Jahren schon hatte er seinen Wohnwagen hier stehen, inzwischen längst abgemeldet, denn anderswohin wollte er nicht mehr in seinem Leben. Das TÜV-Siegel zeigte 3/93 an. Sie hatten hier einen guten Platz bekommen, mit freier Aussicht auf den See. Zuerst nur für ein Wochenende, aber schon am ersten Tag beschlossen sie zu bleiben. Beiden gefiel es hier. Niemand hatte mit Zäunen und Wehranlagen eine Wohnburg errichtet, zur Straße hin gab es mehrere offene Einfahrten. Hier wollte er bleiben, seit er alleine war. Mit dem Grenzstrich hörte für ihn jedesmal der Alltag in der Großstadt auf. Schon das erste fremde Straßenschild gab ihm das Gefühl, weit weg zu sein. Weg und gleichzeitig da, das stieß ihn ab und zog ihn an, hier hoffte er Ruhe zu finden. Hier musste er es mit sich ausmachen. Korff blieb auf seinem winzigen Rasenstück stehen, in seinem Park, wie er das scherzhaft nannte. Die Wasserfläche glänzte, war leicht gekräuselt.

Er war fast alleine auf dem weitläufigen Platz. Vorne, an der Rezeption, war Licht, bewegten sich manchmal Schatten hinter den Fenstern. In der Zelt- und Budenstadt war, soweit er gesehen hatte, außer ihm nur noch ein holländisches Rentnerpaar. Sonst stand jedenfalls kein Auto da, brannte nirgendwo Licht. Der Wald drüben stand schwarz, blauschwarz und – schweigend? Nein, das war nicht nur das Schweigen, das war das schwarze, leere, weltraumkalte Nichts, eine Zone ohne Verbindung zu seinem gut geheizten und warm erleuchteten Wagen, eine andere Welt voll eigener Gesetze und Geheimnisse. Wären nicht einzelne Autos vorbeigefahren, hinten über den runden Bögen der Brücke, die den See überquerte, es wäre totenstill gewesen. Totenstill auf eine Art, die dem Großstädter unheimlich sein musste. Aber eigentlich war er ja kein Großstädter. Auch Jahrzehnte in den Eingeweiden, im Abfall, im Schmutz von Köln hatten daran nichts geändert.

Morgen früh würde das vielleicht wieder ein grüner Wald sein, durch den man laufen konnte, aber das war weit weg, viel zu weit. Vor langer Zeit waren sie auch gelaufen, durch die Zone des Todes, blauschwarz, kalt und schweigend. Hier oder anderswo. Mit ihren Koffern und den paar Habseligkeiten immer nach Westen, ungeübt und mit schlechtem Schuhwerk, behindert durch das Gepäck, mit Mänteln, die an jedem Ast hängenblieben, aber ohne Wahl, nur getrieben von der Hoffnung, dass es etwas Besseres als den Tod überall gab. Und später, nach dem großen Krieg, mit Kaffeesäcken auf dem Rücken oder mit Flugzetteln und Broschüren im Rucksack.

Die Stille rauschte förmlich vom Horizont her. Korff begann zu frieren, die feuchte Kälte zog durch seine alte Strickjacke. Trotzdem ging er hinunter zum Ufer, trotz der Schrecken der Finsternis und des blauschwarzen Waldes. Das Gras war feucht, glitschig. Unten, auf dem schmalen Uferstreifen, standen Tische und Bänke. Im Sommer, wenn es warm war, konnte man hier sitzen und dem Trubel der Boote und der Schwimmer aus dem Freibad nebenan zuschauen. Gern ging auch er dann dorthin, obwohl es ihm gar nicht ums Schwimmen ging. Er saß nur im Schatten und beobachtete das Treiben. Hier fühlte er sich versetzt in eine andere Welt, die Welt der einfachen Freuden seiner Kindheit, als es noch keine Entscheidungen auf Leben und Tod gab. So waren sie auch geschwommen zu Hause, im Taftersee bei Wormditt im Ermland, auch dort gab es nur ein paar Holzhütten, noch viel schlichter als hier, aber viel mehr Wasser, die unendlichen Wälder, die Wiesen, und überall nur flaches Land.

Alles hier war aus schlichtem, dunkel gebeiztem Holz, nichts von modischem Körperkult, von schwitzender Bemühtheit, das war und blieb eine Anstalt wie auf Fotos von alten Seebädern. Was für ein Glück, dass man das so belassen hatte, wie es war, dass keine Europanorm und kein Aktenkram diesem Flecken den Zauber genommen hatten. Wenn er da auf der Wiese lag, das Wasser, die Hügel, den Wald betrachtete, die Autos drüben über den runden Bögen der Brücke, die fröhlichen Menschen, die von nichts wussten und von nichts wissen wollten, dann genoß er die Tage, die er noch hatte. Seine Jugend hatte man ihm gestohlen. Die verlorenen Jahre, die verlorenen Illusionen. Die kaputte Gesundheit. Die Roten, die einen geschlagen hatten. Dreitausend Kilometer vor sich hergetrieben. Die toten Kameraden. Das verwüstete Land. Und dann der Haß, der so tief saß.

Dann war man plötzlich nicht mehr Gejagter, sondern endlich wieder Jäger, einer, der auf der richtigen Seite stand, bei den Starken und Guten, da hatte man einen Halt. Man hatte ja nichts gelernt, außer dem Kriegshandwerk. Sie waren reguläre Soldaten gewesen, Sondereinheiten, Polizei, Aufseher, Bewacher jeder Art. Vor die Alternative gestellt, in die Fabrik zu gehen oder in den Wäldern aufzuräumen mit den Feinden des Staates, brauchten sie nicht lange nachzudenken. Sie hatten schon ganz anderswo für Ruhe und Ordnung gesorgt. Da war es wieder, das Abenteuer der Grenze, die Gefahr, die Kameradschaft, und da war man wieder Partisan und Schmuggler. Oder Zöllner. Oder Polizist. Denn war man nicht immer alter Grenzbewohner gewesen, hatte immer im verlorenen Land gehaust, sich durchgeschlagen da, wo es ausfranste und überging in Fremdes, Unheimliches, Unendliches?

Und da kommt dann so ein Roter, denn was soll das sonst sein, wenn einer keinen Respekt hat, der geht einfach weiter, über die Grenze, die man zu bewachen hat. Grinst. Glaubt es nicht. Hält es einfach nicht für möglich. Mit seinen Flugblättern im Rucksack, dem Propagandamaterial, mit dem er den schönen neuen Staat unterhöhlen will, den Staat, für den man all die Jahre geopfert hat, in dem sie alle frei sind von Schuld und der endlich auf der richtigen Seite steht.

Halt, stehenbleiben! Der geht, geht einfach weiter, grinst immer noch, sagt 'Mach doch keinen Quatsch, Mann', und dann schießt es, man weiß gar nicht wie, die Pistole in seiner Hand schießt plötzlich los, der Rote ist in den Rücken getroffen, fällt um, Röcheln, Blut aus dem Mund, aus dem Loch im Rücken, das ist kein Spiel und das ist nicht Russland hier, erst jetzt merkt man, was passiert ist, dass man auf einen geschossen hat, der da sein Leben verzappelt. Aber da ist es schon zu spät. Mit der Pistole in der Hand muss man sich jetzt wehren, denn auch andere sind da, Schreien, Panik, Ungläubigkeit, Wut. Und es war auch gar kein Roter, es war einfach ein junger Mann, der einen Freund in Belgien besucht hatte.

Und dann der Prozess. Mord? Totschlag? Nichts. Die Welt ist aufgeteilt in Gute und Böse, auch hier, und da wird geschossen, wenn einer nicht stehenbleibt, denn dann kann er kein Guter sein. Der Gute hatte sein gutes Recht, der Böse bekommt das, was er verdient. Die meisten nicht mal wegen aufrührerischer Konterbande, sondern für ein paar Pfund Kaffee. Der Mann in der Uniform des guten Staates hatte seine Vorschriften, sagte die Justiz des guten Staates. Gute Vorschriften, nützliche Vorschriften. Mit seinem Gewissen müsse er selbst fertigwerden, sagte der Richter. Wie man das macht, hatte er nicht gesagt. Hätte er doch ein paar Jahre abgesessen, dann wäre es leichter gewesen. Man hätte bezahlt. Aber so?

Und dann gab es Kundgebungen. Da zeigte sie sich ganz offen, die Schattenwelt, das Unfassbare, die Elemente, die nicht mitmachen wollten, die das Wunder störten und die große Verabredung des Schweigens. Trafen sich nahe am Dreiländerpunkt, in Belgien, als dieses Denkmal eingeweiht wurde. Pierre Roiseux hieß der Junge, der hier gestorben war, zwanzigjährig, am ersten Weihnachtsfeiertag im Jahre des Herrn 1944. Kriegsfreiwilliger in einem glorreichen Regiment einer glorreichen Armee, so oder so ähnlich stand es auf dem Monument, er hatte sich das später angesehen bei einem Spaziergang mit seiner Frau, aber er konnte kein Französisch. Er verstand nur einigermaßen, was die Eltern hatten einmeißeln lassen in den Stein, nämlich dass der Junge seine Jugend und sein Leben der Sache geopfert hatte, an die er glaubte, und dass man ihm ein ehrendes Andenken bewahren möge.

Von all dem wusste er nichts an diesem Samstag. Kurz hinter der Grenze warteten sie, und wie die Roten kamen, gab es fürchterliche Schläge. Das sind jetzt wirklich die Roten, hatte man ihm gesagt, und er schlug doppelt fest zu, denn irgendwie waren sie mitschuldig und ohne sie wäre auch das andere nicht passiert. Dabei war die rote Partei nicht einmal verboten, aber das durfte man einfach nicht dulden, mit dieser Schattenwelt musste man aufräumen, und alle waren sich einig.

Er hatte wild drauflosgeprügelt, auf einen besonders renitenten blonden Kerl. Er hatte ihn fast bis zur Bewusstlosigkeit geschlagen, mit dem Gummiknüppel auf den Kopf, wobei Gummi irgendwie weich klingt, aber das war der Knüppel nicht. Viel Blut war geflossen, es ging nicht zimperlich zu damals, und er war ein bärenstarker Mann. Es fehlte nicht viel, und er hätte den nächsten umgebracht.

Später hatte er diesen Mann dann wieder getroffen, hier im Schwimmbad am See, Collard hieß er, er hatte ihn gleich erkannt. Ohne Uniform, ohne schützendes Tuch, nur zwei alte Männer, die niemand beachtete. Da war er auf ihn zugegangen, hatte ihm die Hand hingehalten und gefragt, ob er sich entschuldigen dürfe. Erst viel später habe er erfahren, was das für Menschen waren, auf die sie damals geschlagen hatten. Sie seien nun beide alt geworden, jede Schuld müsse einmal ein Ende haben. Heute lese er ja in der Zeitung von vielen Dingen, die er nicht mehr verstehe, Bewegungen, denen er längst nicht mehr folge, aber er, Collard, sei immer noch dabei, auch wenn er oft der einzige Ältere unter jungen Leuten sei. Davor könne man nur Respekt haben.

Collard nahm die Hand, er sah die Dinge nicht persönlich, jetzt nicht mehr. Er sei auch Soldat gewesen, auch für ihn habe es Befehle gegeben und Gehorsam. Erst später, im Lager, habe man ihm die Augen geöffnet. Er könne zwar nicht verstehen, wie jemand nach all dem im Dienst der gleichen Herren weitermachen konnte, aber man könne wohl von niemandem etwas anderes verlangen als den Wunsch, diesmal auf der richtigen Seite zu stehen. Freunde wurden sie nicht, dafür waren die Schläge zu fürchterlich gewesen, und vor allem hatte es auch seine Frau getroffen, aber Collard war trotz allem irgendwie froh, dass der andere sich interessierte und man reden konnte. Sonst fragte ja kaum noch jemand nach der alten Zeit.

Und so kamen sie ins Erzählen. Ja, erinnerte sich Collard, damals seien sie eingeladen gewesen von ihren belgischen Genossen aus dem Widerstand. Sie waren damals noch viele, an die zweihundert kamen an diesem Samstag, die meisten aus Aachen. Von belgischer Seite aus wurde das sehr ehrenvoll gemacht, mit Fahnen und Ehrenspalier. Als sie dann zurückwollten durch den Wald, sahen sie schon die Tschakos. Die waren unbemerkt herangekommen und standen plötzlich da, als die zweihundert sich auf den Weg machten.

Wir sind dann trotzdem losgegangen, erinnerte er sich, haben Arbeiterlieder gesungen, und dann weiß ich nur noch, dass ich geprügelt wurde, dass meine Frau geprügelt wurde, und dass die ganz scharf waren. Das war auswärtige Bereitschaftspolizei, das sahen wir sofort, denn die Gesichter kannten wir nicht. Wir haben versucht, uns zu wehren, aber wir hatten ja nichts.

Korff fragte nach seiner Frau, und Collard erzählte, wie sie gestorben war. Und Korff erzählte, wie seine Frau gestorben war, und dass er jetzt alleine war. Und dann kamen sie auf die spätere Zeit zu sprechen. Nein, sagte Collard, das werde ich nie vergessen, wer uns geholfen hat, als die Partei verboten wurde. Da waren es vor allem die Genossen hier aus Belgien, die uns Hilfe anboten. Viele Deutsche waren 1933 nach Belgien emigriert. Und als der Krieg zu Ende ging, als auch die Alten zum Volkssturm eingezogen wurden, sind wieder viele nach Belgien abgehauen, und auch sie wurden aufgenommen. Da entstanden Freundschaften und Kontakte. Auch Collard hatten sie dann geschnappt, nicht mit verbotenem Material im Rucksack, sondern verraten durch einen Spitzel im Betrieb, ganz ordinär, wie meistens.

Korff erzählte noch, wie es ihm ergangen war, wie es ihn an die Grenze verschlagen hatte und später in den Polizeidienst nach Köln. Wovon er nicht erzählte, das waren die Gespenster der Finsternis, die ihm keine Ruhe ließen. Nicht zu Hause, nicht hier am See. Und immer weniger, seit er alleine war. Der Junge, der da lag auf dem Waldboden, mit dem roten Fleck auf dem Rücken und dem roten Blut aus dem Mund. Zwanzig Jahre alt, auch er. Die Eltern, die im Gerichtssaal saßen und wie sie ihn ansahen. Die Stimme des Richters, der ihn freisprach.

Jetzt war er wirklich durchfroren, war in die Schwärze und Stille eingetaucht und hatte die Zeit vergessen. Nebel war aufgekommen, feuchte, träge Luft. Es tropfte von den Wohnwagen und den Bäumen, obwohl es gar nicht regnete, fette Wasserperlen hingen schwer an jedem Grashalm, alles hatte sich mit nasser Kälte vollgesogen. Lange blickte Korff in das schwarze Wasser, das ganz leise ans Ufer plätscherte, auf die Kähne, die sanft schaukelten, auf die blauschwarz schweigende, eisige Wand des Waldes drüben. Um einzelne Lichter auf den Hügeln bildeten sich trübe Kreise, über die runden Bögen der Brücke tasteten sich verschwommene Lichtpaare. Menschen hatten Ziele, Pläne, Hoffnungen, wurden erwartet in warmen Stuben, Menschen ohne Schuld und ohne Ahnung von dem weiten Weg zwischen dem Taftersee bei Wormditt im Ermland und diesem kaltschwarzen Wasser hier. Der blauschwarze Wald. Der Wind so kalt.

Das schwarze Wasser so kalt. So kalt …

Carsten Berg

Das siebte Leben
Im Blau der Dämmerung

Sie war eine schneegleiche Schönheit ...

Und alles hatte märchengleich angefangen.
Nur hatte ich die Pointe nicht verstanden. Bis heute bin ich ihr noch nicht auf die Schliche gekommen. Dabei habe ich viel Zeit, darüber nachzudenken. Vielleicht stimmt wirklich etwas nicht mit mir. Immerhin wurde mir verminderte Schuldfähigkeit attestiert. Wegen irgendetwas, das sich in diesem medizinischen Pseudo-Latein immer ganz harmlos anhört und das sie am Ende ...

Aber halt, ich greife vor! Denn zuerst war sie ja noch gar nicht da, und wir saßen an einem von Croissants bekrümelten Tisch. Der wiederum stand in einer ein wenig in die Jahre gekommenen Wohnung im zweiten Stock eines um die Jahrhundertwende zweifellos noch prachtvollen Herrschaftssitzes. In der Jugend dieses Hauses hätten wir unserer Herrschaft auf Knien gedankt für die geräumige Besenkammer, die wir uns von Zeit zu Zeit teilten. Da wir inmitten unserer sonnigen Verliebtheit aber hauptsächlich die Nächte dort miteinander teilten, fiel uns die Beschränktheit unseres Paradieses kaum auf. Damals noch nicht.
Bereits seit Stunden besprenkelte die Sonne unzählige Blätter der riesigen Kastanie im Garten mit ihren Strahlen. Drei Kannen besten belgischen Schmugglerkaffees waren bereits bis auf den Grund geleert worden, und der Aschenbecher schrie nach einem Ausflug.
Natürlich konnten wir ihn nicht hören, denn soeben entwich mit lauten Knall ein Korken aus einem engen Flaschenhals und segelte zwei Stockwerke tiefer der schwarzen Hauskatze um Schnurrhaaresbreite am Napf vorbei.
Damit fing eigentlich alles an, denn wenige Sekunden vor Beginn des morgendlichen Alkoholausschankes waren wir urlaubseinig geworden. Endlich!
Vier Wochen später endete unser portugiesisches Abenteuer abrupt.
Dabei hatten wir noch reichlich von allem, was ein Urlaub verzehrt, nämlich Geld und Zeit. Dafür ging in Coimbra ein neuer Passagier an Bord. Sie nämlich!

Und passend zu einer Königin der Gegenwart, also einer Zeit, die Monarchen nicht immer wohl gesonnen ist, hielt sie Hof auf einer Müllkippe. Hinter einer verfallenden Mauer hatte sie ihre Nase in die Höhe gereckt. Zittrig, und gerade so hoch, dass das Wesen, dem damals beinahe jeder meiner spärlichen Gedanken gehörte, zur Salzsäule erstarrte. Auch mein Hemd bestand fast nur noch aus kristallisiertem Schweiß, und ich sehnte mich ausnahmsweise nur noch nach dem Fahrtwind. Ich begann bereits die Schritte bis zum Parkplatz zu zählen. Aber da hatte meine Sehnsucht sich gründlich verrechnet. Denn in diesem Moment sollte erneut ein weibliches Geschöpf in mein Leben treten. Und das veränderte alles.

Meine Freundin Mara stand wie angewurzelt da, bewegte die gebräunten Spitzen ihrer Finger als betaste sie die blaue Mauritius. Ihre Lippen formten ein winzig kleines »O« und zitterten unmerklich. Kein Laut drang aus ihnen. Und auch dieses kümmerliche Etwas in ihren Händen zitterte trotz der Sonne. Es riss das mickrige Maul auf wie ein Fisch an Land und ebenso brachte es keinen noch so erbärmlichen Ton zustande. Plötzlich aber wurde es aktiv, zumindest leckte seine rosige Zunge aufgeregt über den Finger.

Meine Augen lieferten Bilder, und mein Gehirn leistete Schwerstarbeit, versuchte es doch das, was uns sonst stets ohne mit der Wimper zu zucken gelingt: Eine simple Abstraktion. Das Zusammenfügen bestimmter, lange bekannter und arttypischer Merkmale zu einem Begriff. Zweifelsohne handelte es sich bei dem, was Mara behutsam in einer Hand stützte, um ein Tier. Oder eher um eine mir bis dato nie gesehene, unbekannte Lebensform. Schon allein ihre Farbe konnte ich nicht eindeutig bestimmen. Schmuddelig war die einzige Definition, die mir einfiel. Etwas zwischen grauem Staub um rudimentären weißen Inseln. Irritierenderweise schimmerte das Ganze von Zeit zu Zeit in Rosa. Vor allem zwei riesige Dreiecke, die als Krönung irgendwo über den bernsteinfarbenen Augen thronten. Am entgegengesetzten Ende dafür kringelte sich ein kaum behaarter und zu kurz geratener Wurm, der spitz wie ein Pfeil zulief.

Wenn das überhaupt ein bekanntes, mithin irdisches Lebewesen darstellen sollte, dann nur dessen Karikatur. Vielleicht … die einer Katze?

»Was soll das werden?« wagte ich, die andächtige Stille zu durchbrechen.

»Sie hat Hunger, siehst du das nicht?« Die Worte der Frau, die ich doch ein wenig zu kennen glaubte, schlichen kaum hörbar durch ihre Lippen. Ihre Augen aber schossen Blitze. Und ich hätte schwören können, sie hatten in diesem Wimpernschlag das gleiche Feuer wie die Bernsteine unter ihr.

Ich habe Katzen immer geliebt. Zumindest immer eine gewisse Ehrfurcht vor ihnen empfunden. Anders als bei Hunden. Entweder sie kläffen einen penetrant an und sind feige, oder sie beißen einem gleich ins Gebein. Eine Katze wäre nie so eindi-

mensional. Die knallt die Krallen in den Arm, der aufhört sie zu kraulen – und schnurrt dazu.
Aber die hier? Dieses Wesen hatte nicht den Hauch einer Chance. Sie konnte weder schnurren, geschweige denn irgendetwas mit ihren Krallen festhalten. Ich wusste beileibe nicht, was mit diesem winzigen Zombie zu tun war. Allein, wir sollten es nicht tun. Euthanasie ist ein sehr komplexes Thema, und ich hatte doch gerade Urlaub. Dachte ich.
»Und?« Das war alles, was mir diese mir immer fremdere Frau entgegenfauchte. In diesem Moment hielt ich jede Wette, dass Frauen nicht nur Gedanken lesen können – sie können sie auch lenken. Denn nach meinem obligaten »Ich weiß auch nicht…«, ließen mich ihre Bernsteinaugen wieder frei. Sie schnaubte nur kurz, drückte ihren neuen Schatz zart an ihre bezaubernde, kaum verhüllte Brust und marschierte vor mir her gen Parkplatz. Damit war die Diskussion beendet.
Und wir waren von nun an zu dritt. Die junge Frau, mit der ich alt zu werden gedachte, ich und dieses Wesen, das nun »Druja« hieß. Mit rollendem »R« und weichem »J« wie in »Journalist«.
Sie hatte an sämtliche bis dato verborgenen Mutterinstinkte meiner Copilotin appelliert und war in Begleitung ganzer Familien portugiesischer Flöhe und weiterer vorerst unsichtbarer Gäste in unser verdrecktes Gefährt getragen worden.

Auf dem verwunschen langen Rückweg allerdings herrschte in jeder Sekunde der Tod. Hämisch grinsend klopfte er an den kleinen Karton, in dem unser schwächlicher Winzling eigentlich schlafen sollte. Druja aber wollte keinen ungebetenen Besuch. Keine Sekunde schlief sie, machte nie die schmuddelig weißgrauen Deckel über ihren Bernsteinen zu. Katzen haben eben, wie auch alle anderen Lebewesen, außer der männlichen Spezies, den siebten Sinn. Darin war sie unnachahmlich. Aber – ihre Mutter hatte offensichtlich keine Chance mehr gehabt, Druja die profanen, aber lebenserhaltenden Dinge beizubringen. Essen, Trinken und Ausscheidung desselben. Sie hatte keinen Schimmer von den simplen Dingen. Nicht, dass sie nicht begierig gewesen wäre, sie kennenzulernen. Sie war gierig. Gierig ohne Ende. Sie stürzte sich auf alles, was ein Lebewesen sich einverleiben konnte. Und wir, die selbstlosen, edlen Spender, waren glücklich, als sie unsere letzten Kekse testete. Allein, es ging an der einen Seite ihres winzigen, ausgehungerten Schlundes rein, um dann an der anderen Seite wieder als Brei rauszubröckeln. Nicht anders mit flüssiger Nahrung – mittlerweile hatten wir edelstes Heilwasser aus Spa an der spanischen Raststätte erstanden –, Druja benetzte ihre rosige Zunge, offenbar ausgedörrt wie eine weißliche Rosine, und im gleichen Zungenschlag tropfte das erlösende Naß auf das stützende Bein. Sie konnte nicht und nichts schlucken.
Der Urlaub war vorbei. Der Herbst war bereits unwiderruflich bei uns eingekehrt.

Der kleine Fleck Katzendarstellerin mühte sich und drohte uns doch unter den Händen wegzusterben. Leben gleich Energie. Ohne Energie – gleich Nahrungsaufnahme – kein Leben.
Die Augen der Frau, die ich doch glücklich zu machen bestimmt war, verblassten mit jeden Kilometer, den wir der Heimat näher kamen. Unser Urlaub durfte auf keinen Fall zum Todesfall werden. Eine verzweifelte Diskussion und dann die Hypothese: Eine Katze hat sieben Leben, Druja ist noch winzig klein, hoffnungsvoll jung und verdient eine Chance. Eine, die sie vielleicht, ob ihrer Radikalität, zwei bis drei Leben kostet: die Extrem-Kur. Japanisches Heilpflanzen-Öl. Eine intravenöse Verabreichung verbot sich von allein. Daher: Nasal und oral.
Während ich all mein Einfühlungsvermögen aufbot und dem kümmerlichen Patienten seine Extremitäten mit einem Handtuch umwickelte, öffnete Mara die kleine Flasche. Der heftige Minzgeruch, gegen den die Aachener Schwefelquellen von geradezu lieblichstem Odeur sind, entwich kaum aus dem engen Tropfer, da explodierte unter mir die Patientin und forderte all meine Physis. Zwischen meinen Händen wand und stach alles nach außen. Durch das Handtuch in meine Finger, und dabei warf sie ihr schmuddeliges Haupt in meine Richtung und bleckte die Milchzähne. Gefaucht hätte sie sicher auch gerne – aber selbst das war ihr nicht gegeben...
Immerhin gelang es Mara, einen Tropfen der stinkenden Flüssigkeit auf die Zunge des rasenden Etwas zu drapieren und ihr dann den Pfefferminz-Finger auf der Nase abzustreichen.
Dann hieß es warten ...
Druja zog sich schmollend und niesend in ihre Kiste zurück und rieb sich aufgeregt die Schnute sauber, wobei sie – durchaus beabsichtigt – den heilenden Gestank rundum verteilte.
Alle paar Minuten besorgte Blicke in die Kiste. Gleichwohl: Die Patientin lebte, atmete immer noch und schoß wütende Blicke aus tränenden Bernsteinen auf uns ab. Mehr allerdings immer noch nicht. Kein Import oder Export jedwelcher Materie.
Am späten Abend dann die Überraschung ... Mittlerweile bereits in unmittelbarer Nähe der französischen Grenze angelangt, wollten wir die letzten spanischen Peseten an einem Rastplatz gewinnbringend anlegen, während Druja in ihrer Kiste schlief. Das einzige allerdings, was wir ergatterten, waren zwei gummiartige Baguettes (für die man hinter der Grenze gelyncht worden wäre), belegt mit etwas, das in der Vitrine noch an Schinken erinnert hatte. Beim ersten Bissen, der sich in der schuhsohlenartigen Masse verfing, mussten wir feststellen, dass es sich um Bauchspeck handelte. Wir überlegten, das Zeug direkt in die Mülltonnen zu entsorgen, öffneten derweil aber vorsichtig die Fahrzeugtüren. Ein scharfer Hauch von Pumakäfig empfing uns, und wir schreckten einen Moment zurück. Aber da war noch

etwas … Ein tiefes Grollen rollte uns entgegen. Und tatsächlich: Druja saß da, reckte ihre rosige Nase in den Nachthimmel des Wagendaches und knurrte uns an. Vorsichtig streckte Mara ihr unser Abendbrot entgegen, und das gescheckte Fliegengewicht riss ihr die Beute in Nullkommanix aus den Fingern.
Offensichtlich wollte sie ihr drittes oder viertes Leben nicht mit leerem Magen beginnen. Und diesmal fiel kein einziger Bissen aus ihrem gierigen Maul. Sie schmatzte regelrecht und schlang den ersten Lappen totes Tier in wenigen Minuten in sich rein. Mit dem zweiten zog sie sich kurz darauf in ihre Kiste zurück. Das pappige Mehlerzeugnis durften wir getrost behalten. … Wenig später trat sie auch in das Export-Geschäft ein. Ein wahrhaft historischer Moment. Begleitet zwar von einem bestialischen Gestank, aber ich war selten in meinem Leben glücklicher als in diesem Moment, als Druja zu einer richtigen Katze wurde.
Das war vielleicht mein erster Fehler gewesen.

Einige Zeit später mussten wir feststellen, dass der Filmemacher Eric Rohmer recht hatte mit seiner Warnung: Wer zwei Frauen hat, verliert seine Seele. Wer zwei Wohnungen hat, verliert seinen Verstand!
Wir machten uns also auf die Suche nach einer gemeinsamen Wohnung, schließlich waren wir nun zu dritt, und Druja guckte stets derartig sehnsüchtig vom Fensterbrett in die Ferne, dass wir um einen Garten nicht umhinkamen. Damals allerdings herrschte Wohnungsmangel in Aachen, und zudem waren Katzen ebenso beliebt wie Studenten. Daher landeten wir schließlich in Belgien … in Ostbelgien …
Und eigentlich begann alles erst hier, und es endet auch dort …

Während Druja alleine schmollend eine unserer Aachener Rumpelkammern bewachte, kleckerte Mara mir gerade eine satte Portion Farbe auf den Kopf, als ich die morschen belgischen Dielen inspizierte, die plötzlich hinter uns zu ächzen begannen.
»Grüß Gott!«
Wir wirbelten herum, und Mara stürzte fast von der Leiter. Mitten im Raum thronte ein feistes Lächeln. Umspannt von schwarzem Stoff.
»Pardon!« grinste der kleine Mann. »Ich wollte Sie nicht erschrecken. Ich bin der Pfarrer von Hauset. Und ich hörte gerade nebenan in der Friterie, Sie sind neu in unserer kleinen Gemeinde zugezogen. Da möchte ich Sie doch herzlich willkommen heißen..«
Er schüttelte unsere farbbekleckerten Hände mit seinen dicken Pranken und sah sich um, als sei er vom Fach. »Das ist eine Menge Arbeit …«, nickte er anerkennend. »Aber es ist ja auch ein sehr altes Haus. Kennen Sie seine Geschichte?« Dabei sah er direkt Mara an, die sich vor Neugier kaum noch auf den Beinen halten konnte.

»Ah oui, hier wohnte vorher ein alter Bauer, der … nun ja, comment dire …? Jedenfalls, ich habe bei ihm beide Augen zugedrückt, denn eigentlich erlaubt die Kirche so etwas ja nicht …«
Mara fraß sein geschwätziges Plappermaul beinahe auf mit ihren Augen. »Was denn?«
»Nun, er war schon ein sehr alter Mann, und er hat seine Frau sehr geliebt, und als sie dann so plötzlich tot war, von einer Sekunde auf die andere … nun ja, das ist schon sehr, sehr lange her … sie war ja immer bei ihm gewesen, und er konnte sich nicht von ihr trennen …«
Der Schwarzkittel zupfte an seiner knorpeligen roten Erdbeernase, und ich hielt ihn mit einem Mal für einen notorischen Aufschneider, einen, der kleine Mädchen beeindrucken wollte, um dem Zölibat doch noch eins auszuwischen. Aber er fuhr ohne mit der Wimper zu zucken fort.
»Der Bauer nahm einfach die Urne mit …«
»Was? Welche Urne?« Mara, kritisch wie sie sonst immer war, mir gegenüber, glaubte ihm jede Silbe.
»Der Leichnam wurde eingeäschert, und er nahm die Urne einfach mit nach Hause anstatt sie alleine zu lassen auf dem Friedhof … Und dann...«, er tappte würdevoll durch den Raum und blieb vor einer verwinkelten Nische stehen, »dann stellte er die sterblichen Überreste seiner Frau hier hin. Exactement ici. Ein kleiner Altar direkt neben dem Ehebett. Jeden Tag frische Blumen … Oui. Er war ein sehr frommer Mann...«
Der Dorfpfarrer faltete seine Hände, schloss die Augen und schien für einen Moment im Gebet versunken. Vielleicht war mein Urteil etwas vorschnell gewesen. Reuevoll schloss auch ich die Augen.
»Sie haben nicht zufällig einen kleinen Schnaps? Es ist wirklich schon unangenehm kalt für die Jahreszeit, und meine Schäfchen leben weit verstreut...«
»Oh, das tut mir leid«, seufzte Mara und sah ihn demütig an. »Vielleicht einen Kaffee?« Und schon zerrte sie die Thermoskanne aus der Ecke. »Aber sagen Sie, Herr … äh, Hochwürden … wie ist denn die Frau gestorben?«
Der fleischige Pfaffe rieb sich über seine roten Wangen und schien plötzlich verlegen. »Mademoiselle, ich halte Sie schon viel zu lange auf...« Er raffte energisch seine Kutte und wandte sich zur Tür. Aber da hatte er sich gründlich in Mara verrechnet. Die griff ebenso nach dem schwarzen Tuch und hielt ihn einfach fest. »Oh bitte!« Und diesem flehenden Blick konnte natürlich kein Seelsorger dieser Welt widerstehen.
»Ein Dachziegel …« murmelte er.
»Was?«
»Sie wurde von einem Dachziegel erschlagen … Ein Unfall, natürlich, glauben Sie mir! So etwas passiert! … Malheureusement … Leider …«

Der Pfarrer spielte die Rolle seines Lebens, als er nun leichthin lächelte und uns beiden zum Abschied die Hände drückte. Beim Hinausgehen allerdings zog er den Kopf fast unmerklich ein und bekreuzigte sich blitzschnell.
Für Mara lag von da an ein Fluch auf dem Haus. Und wie alle modernen, ach so vernünftigen Menschen glaubte sie natürlich nicht an derartigen Hokuspokus, und gleichzeitig hatte sie panische Angst davor, dass es auch sie treffen könnte.

Dafür traf es dann Druja … allerdings kein Dachziegel …

Vielleicht hätte ich es Mara sagen sollen. Das mit den Dachziegeln. Mit dem Fluch. Aber wie kann man das über die Lippen bringen, wenn zwei Menschen seit einiger Zeit dabei sind, sich selbst ein wenig beiseite zu lassen? Sich auseinanderzuleben – was die deutsche Sprache zynisch zusammen schreibt … Denn was stellen Zweibeiner schon Großartiges an mit ihrem Leben – gerade wenn sie sich angeblich lieben? Sie hören auf, sich zu lieben oder fragen sich das zumindest. Meist erst, wenn es zu spät ist.

Ich jedenfalls fand nach unserem Einzug in das uralte Haus untrügliche Spuren … direkt am ersten Morgen, als ich mich aus dem warmen Bett aufrappelte. Mara bekam wie immer gar nichts mit von meinem Erwachen. Ihre Augen waren fest geschlossen, aber um ihren Mund spielte ein glückliches Lächeln. Offensichtlich lebte sie in einem sehr schönen Traum auf. Ich starrte ihr glückliches Gesicht an und fragte mich, wann sie mich zuletzt derartig angelächelt hatte. Gerade wollte ich ihre Lippen zu einem heimlichen Kuss berühren, da drehte sie sich sanft zur Seite und seufzte wohlig. Unter der Bettdecke bewegte sich ihre Hand zwischen den Beinen, und ich hielt den Atem an. Dafür blitzte mich Druja kurz mit ihren Bernsteinschlitzen an, um dann direkt wieder einzuschlafen auf Maras Brust. Sie durfte das. Sie durfte sich auf ihr breit machen. Sie hatte übergangslos meine Stelle eingenommen. Schlotternd schlüpfte ich in meine klammen Klamotten und stapfte kurz darauf durch den frischen Schnee, um Kohlen aus dem Schuppen hinter dem Haus zu holen, und ich fand … einen Blindgänger.
Die wellige Kante stach schwarz durch den weißen Wintermantel, der unsere grasbewachsene Einfahrt zudeckte. Schuldbewusst schaute ich mich um, bevor ich das Geschoß aus dem aufgeweichten Boden zog und schnell unter einem Haufen Bauschutt begrub.

Es blieb nicht der einzige Dachziegel, den ich morgens fand. Sicher waren die alten Leute, die das Haus vor uns mit Leben gefüllt hatten, stets im Morgengrauen aufgestanden. Vielleicht war das unsere Rettung. Jedenfalls verschwieg ich Mara meinen morgendlichen Granaten-Räumdienst und verwischte stattdessen die verräterischen Spuren ....

Im zähen Verlauf der Monate gewöhnte ich mich an die nächtlichen Besucher, zumal das Dach auch immer noch nicht leckte.

Schließlich vergaß ich das Ganze. Es wurde nämlich Sommer, und sogar unsere Trutzburg erwärmte sich allmählich, so dass der morgendliche Gang zum Kohlenschuppen entfiel.

Vielleicht war das mein Fehler.

Ich fuhr den Computer hoch und tippte mein Kennwort ein ... LOVE ... mit vier ★★★★ ...

»Ihr Kennwort wird in 14 Tagen ablaufen. Möchten Sie es jetzt ändern?« fragte mich die vorlaute Kiste und bot mir gönnerhaft das »Ja« an.

NEIN! Entschieden lenkte ich den Cursor auf das rechte Feld. Verdammte Kiste, wieso glaubst du immer, mehr zu wissen als ich?

Aber sie wusste mehr ...

Mara, wenn sie überhaupt noch mal spät abends nach Hause kam, starrte seit Wochen viel lieber in die virtuelle Welt ihrer riesigen Flimmerkiste, die sie von ihrem ersten, dicken Gehaltsscheck angeschafft hatte, als etwa in meine Augen. Und wenn ich überhaupt noch einmal das Wort an sie zu richten wagte, wirkte sie, als habe sie dicke Kopfhörer über ihre Ohren geschweißt.

Ursprünglich hatte sie von dem ersten Geld wegfahren wollen – mit mir.

»Wir haben so wenig Zeit für uns!« hatte sie gesagt, und ich war glatt wieder auf ihre Krokodilsmiene reingefallen.

»Aber ich habe ja bald Urlaub, und da holen wir das alles nach!« versprach sie, und ich hatte breit wie ein Reisfladen gegrinst, dann aber sicherheitshalber, um den Erwartungsdruck von ihr zu nehmen, beschwichtigt: »Pack mal lieber nicht zu viel auf den Urlaub ...«

Und sie hatte mich beim Wort genommen, stattdessen die riesige Kiste mitsamt der schöneren und besseren Ersatzwelt in den Kofferraum gepackt.

Dann, einen Tag vor Beginn ihrer einen, winzigen Urlaubswoche, kam wieder einer dieser mit Unschuldsmiene dahingehauchten Sätze: »Mein Redakteur will mit mir ein paar Tage wegfahren ... an die See. Es geht auch um einen neuen Job ... Ist das schlimm?«

»Mit dir? Natürlich nicht«, log ich. Was konnte ich auch anderes sagen?

Dass er nicht nur ihr Chef, sondern garantiert auch bereits ihr Lover war? Dass ich schon lange nicht mehr an ihre nächtlichen Arbeitsbesprechungen glaubte? Dass ich nicht glaubte, dass sie dabei sprachen? dass sie mich nicht wie einen total verblödeten Idioten behandeln sollte? Aber genau so benahm ich mich: Anstatt mit der Faust auf den Tisch zu hauen, lächelte ich sie verständnisvoll an und köpfte stattdessen eine Flasche.

So auch an jenem Abend, dem letzten, den wir gemeinsam in unserem gemeinsamen Haus verbrachten …

Es war einer dieser lauen Sommerabende. Die blaue Stunde brach gemächlich über die Felder und uns herein, derweil Druja seit Stunden Zen-Meditation betrieb und auf dem Feld vor irgendwelchen Mauselöchern lauerte, als es plötzlich klingelte …

Ich schreckte benommen von der Couch hoch, und mit einem dumpfen Poltern landete die leere Flasche auf dem Teppich. Schuldbewusst drehte ich mich zur Seite, aber ich saß alleine auf der breiten Couch. Meine Finger fühlten über die Sitzfläche zu meiner Rechten, aber sie fühlten nur erkalteten Stoff.

Wo war sie hin? Da erst fiel mir auf, dass eine seltsame, ungewohnte Stille den Raum beherrschte. Der Fernseher plärrte nicht wie sonst, dafür rieselte Schnee über den Bildschirm.

Es klingelte noch einmal, und ich sprang auf. Auf unsicheren Beinen taumelte ich zur Haustür und öffnete sie. Außer den Kühen und einem blassen Sonnenuntergang war nichts zu sehen. Ich trat einen Schritt vor die Tür, und da zischte es kurz an meinem brummenden Schädel vorbei, und etwas zerschellte knapp vor meinen Füßen. Ein Dachziegel! Um diese Zeit?

Jetzt reichte es mir. Ich hatte genug von diesem Gespenst! Wo sollte das enden, wenn der Spuk jetzt schon in der Dämmerung begann? Der Alkohol erfüllte mich mit neuem Mut. Ich würde der Sache ein für alle Mal ein Ende machen! Tout de suite!

Ich stürmte in mein Zimmer, öffnete die Schreibtischschublade und kramte aus dem hintersten Winkel das kleine Päckchen hervor, das ich beim Renovieren auf dem Speicher gefunden hatte: eine uralte, angerostete Pistole, wahrscheinlich noch aus dem ersten Weltkrieg.

Mit ihr in der Hosentasche schlich ich die Treppen hinauf auf den Speicher und blieb überrascht stehen. Die Dachluke stand weit auf … Ich schraubte meinen Kopf vorsichtig aus der Öffnung und … sah wie durch einen Nebel eine weiße Gestalt, die sich an etwas zu schaffen macht.

»Hände hoch!« rief ich, obwohl ich keine sah und zielte auf das weiße Etwas. Aber das Ding warf etwas nach mir – und in meinen Schrecken hinein zog ich reflexartig den kalten, metallischen Abzug … Ein Feuerstoß bellte in die Nacht, und im gleichen Moment traf mich etwas am Kopf, und meine Finger konnten sich und mich nicht mehr halten … dann rollte ich … unendlich lange … immer wieder überschlug ich mich, und mein Kopf trommelte ununterbrochen an etwas … links … rechts … vorne … hinten … wie eine Kugel im Spiel-Automaten …

Noch bevor ich die Augen öffnete, drang ein stechender Schmerz in meinen Schädel ein, um in Sekundenbruchteilen jeden Winkel auszufüllen. Überall um mich herum zuckte blaues Licht … Gendarmerie entzifferte ich auf einer dunklen Autotür. Weiße Schrift. Weiß. Da war etwas Weißes auf dem Dach.
»Haben sie es gefunden?« krächzte ich.
»Oui, wir haben sie gefunden …«
»Und? Was ist es?«
»Das wissen Sie doch!«
Ich wusste überhaupt nichts, bis sie es mir zeigten: Sie lag da, seltsam verdreht, ihre Augen starrten in den Nachthimmel, und auf ihrer Stirn war ein dunkler, unregelmäßiger Fleck. Und aus ihrem Brustkorb ragte ein metallener Speer, den ich mir nicht erklären konnte, bis sie es mir sagten. Mara hatte sich an der Hausantenne aufgespießt. Aber nicht das hatte sie umgebracht …
Ich hoffte die ganze Zeit, gleich einfach zu erwachen und das alles nur geträumt zu haben. Aber so oft ich mir in die Backe biss, es schmerzte jedesmal höllisch.
»Was ist mit Druja?« wagte ich einen letzten verzweifelten Versuch, aber die Uniformierten sahen mich verständnislos an.

Bis heute bin ich nicht sicher, ob Druja wirklich gestorben ist.
Aber ich habe mir sagen lassen, dass von da an der riesige, schwarze Kater unserer belgischen Tankstellen- und Friterie-Nachbarn unter dem Kirschbaum saß, unter dem sie angeblich liegt. In ihrer Lieblingsecke, in der Mara immer saß. Und manchmal scharrt der Kater angeblich die Erde auf, die festzutreten niemand unserer ehemaligen Freunde sich getraut hatte. Und manchmal singt er die ganze Nacht auf ihrem Grab. Und es klingt gar nicht traurig. Eher wie ein Verliebter, der sich einen winzigen Moment verlassen fühlt.
Ich kann nicht sagen, was aus den beiden geworden ist, denn wir … uns gibt es nicht mehr.

Ich kann gar nichts mehr sagen. Ich weiß nicht mal, wer …
Aber wie sollte ich auch?
»Die Sprache ist dem Menschen gegeben, um seine Gedanken zu verbergen«, hat sie gesagt, und das stammt von Charles Maurice de Talleyrand.
Er sagt auch nichts mehr.

Angelika Koch

Marmor, Stein und Eisen bricht

Der Wind peitschte den Regen waagerecht gegen die dunkel vermummten Gestalten, die in der Dorfkirche von Lommersweiler keinen Platz mehr bekommen hatten. Sie fröstelten, beteten noch inniger als für das Seelenheil des Verstorbenen für eine kurze Pause der kalten Dusche, für ein rasches Ende der deprimierenden Feierlichkeit.

In der Kirche erklang die Orgel, dünne Stimmen wagten einen krächzenden Gesang, der über Tod und Düsternis hinwegtrösten sollte, und Anneroses runde Schultern, in schwarzes Tuch gezwängt, hingen in trauriger Erstarrung herab. Sie war flankiert von ihren beiden Nachbarinnen, die sich ihrer Bedeutung als Stütze der so plötzlich ihres Gatten beraubten Frau wohl bewusst waren. Sie saßen ganz aufrecht, so dass Annerose zwischen ihnen noch kleiner wirkte als sonst. Sie war so gefasst, die Gute.

Der schleppend dahinsiechende Gesang verebbte schließlich vollends, und Pater Grosdidier ergriff das Wort. Er war ein stattlicher Mann, weit über siebzig, mit dichtem schlohweißem Haar und tiefem Bass, der sein Alter nicht verriet. Lediglich manche historisch verwirrende Exkursion über Bombenteppiche und Kupferdrähte als Schmuggelware, die zum Beweis aufrechten Christenglaubens in keiner seiner Predigten fehlen durfte, bezeugte das, was er selbst Lebenserfahrung nannte und was insgeheim in den Augen der jüngeren Gemeindemitglieder als Vorstufe von Alzheimer gehandelt wurde.

Viel zu früh sei Paul heimgerufen worden, sagte der Pater. Er machte eine Pause, um Platz zu lassen für Seufzer und unterdrücktes Schluchzen. Anneroses Nachbarinnen tupften sich die Lider mit eilig aus den Taschen der schwarzen Mäntel hervorgefischten Tempotüchern. Die zur Linken bot ihr auch eins an, ein frisches sogar, doch Annerose starrte nur trockenen Auges geradeaus. Fünfundvierzig Jahre alt sei Paul nur geworden, in der Blüte des Lebens habe er gestanden, doch dann sei die Tragödie über die liebende Gattin hereingebrochen, die noch nicht einmal Kinder als Gottesgeschenk und Trost ihr eigen nennen durfte.

Auch dieser Frontalangriff auf Anneroses Tränendrüsen versandete erfolglos. Der

Schock. Menschen unter Schock fühlen oft wochenlang, manchmal jahrelang nichts, bis dann irgendein nichtiger Anlass die Seele erneut zum Strömen bringt. Das jedenfalls vermutete die Nachbarin zur Rechten mit einem besorgten Seitenblick.
»Blüte des Lebens?« höhnte Anneroses innere Stimme, unhörbar und unerhört. »So kann man das auch nennen. Einhundertsiebenunddreißig Kilo Lebendgewicht, nur beschwert von den voluminösen, zeltartigen Baumwollgeweben, die als Unterhose dienten. In der Tat, eine mächtige Blüte. Die Blüte einer fleischfressenden Pflanze.« Sie sah ihn wieder vor sich, halb liegend und mit Rasenschere bewaffnet am Rande der Blumenrabatten, um das Grün zentimetergenau zurecht zu stutzen. Dabei hatte er immer diese zerschlissenen Jeans an, die eigentlich zwei Nummern zu klein waren. Aber eben alt und ausgedient, gut für den angeborenen Trieb zur Sparsamkeit. Die Jeans gaben den Blick frei auf rosig quellendes Fett, auf die Ansätze einer Gesäßfalte, die bisweilen von Pickeln geschmückt waren, und auf einen blassen Bauch, auf dem vereinzelt graubraune Härchen sprossen.
»Bäuchlein« …, so hatte er sie genannt in Momenten, die zärtlich gemeint waren. Nie war ihm der Gedanke gekommen, dass »Bäuchlein« das Eingeständnis ihrer eigenen Niederlage war. Voll satter Befriedigung hatte er »Na, Bäuchlein?« gemurmelt, wenn er im Bett nach ihr griff. Dann fummelte er unter der auch für Hausstauballergiker geeigneten Rheumadecke an ihren Speckröllchen herum, und sie fühlte jede einzelne wie einen Hohn. Er triumphierte mit schnellen, hektischen Bewegungen … zum Glück für sie dauerte es nie lang. Und Annerose dachte mit bitterer Resignation an die Zeit, als sie ihren eigenen Körper noch nicht zu einer wahren Bastion gegen den Mann aufgebläht hatte. An die Zeit vor Paul. An die Zeit, in der sie mit glühenden Augen und wehenden langen Locken in sein Leben getanzt war, und dachte, der oder keiner. Dabei war eigentlich nichts Böses passiert, buchstäblich nichts. Sie hatte bekommen, was sie wollte.
»Paul war immer für seine Annerose da«, ließ derweil der Pfarrer die Gemeinde wissen, und alle Blicke konzentrierten sich auf ihren gut gepolsterten Rücken. Sie spürte es. Auch Lucs Blick war dabei, ganz sicher. Luc mit den klaren blauen Augen. Luc, der beste Kumpel, der, dem Paul immer wohlwollend auf die hageren Schultern geklopft hatte, wohlwollend und leicht herablassend. Luc, der es geschafft hatte, die Frau unter den Fettzellen zu sehen, die Frau, die sie immer noch war. Luc hätte sie niemals »Bäuchlein« genannt. An Lucs Seite wäre sie niemals plump und unförmig geworden. Sie hätte nicht stumm neben ihm auf dem Sofa gehockt und in den Fernseher gestarrt, sie hätte nicht jeden Abend Schokolade für die Nerven und Bier für den Schlaf gebraucht. Sie wäre an seiner Seite das sprühende Leben geblieben. Eben genau so wie Danielle. Das mit Danielle würde sie noch regeln müssen.
»Die letzten Stunden von Paul waren schön«, berichtete der Pater. Annerose hatte es ihm erzählt. »Darum sind wir voller Dankbarkeit. Gott hat ihm wahrhaft erfüllte

Jahre geschenkt, auch wenn es nicht so viele waren, wie wir es wünschen. Es mag uns trösten, dass der Herr ihn zu sich nahm, als für Paul alles in bester Ordnung war, als er rundum glücklich war.«

Sicher, dachte Annerose bissig und zog die Arme enger an den Leib, um ihre Nachbarinnen nicht zu berühren. Sie hatte Angst, eine Berührung könnte ihre Gedanken verraten. Sicher, für ihn war alles in bester Ordnung. War es immer, von ihr selbst gerichtet. Schon nach wenigen Tagen ihrer damals noch zarten Beziehung hatte sie gemerkt, dass Paul offenbar urplötzlich die Fähigkeit verloren hatte, hell von dunkel zu unterscheiden, Baumwolle von Wolle, Kochwäsche von Feinwäsche. Ohne ein Wort zu verlieren nahm sie seine dreckigen Kleidungsstücke mit zu sich zum Waschen. Dann fing er an, ratlos vor dem Kleiderschrank seiner winzigen Junggesellenbude zu stehen, wahllos irgendwas herauszurupfen, es auf das Bett zu werfen und dann um Hilfe flehend zu rufen, sie möge ihm doch sagen, was er anziehen solle. Milde lächelnd übernahm sie auch diesen Job. Nach drei Monaten war er bei ihr eingezogen, nach weiteren vier Monaten gipfelte alles in einem Heiratsantrag. Den nahm sie an, denn schließlich musste jemand sein Leben in den Griff kriegen, behutsam zwar, aber immerhin. Und er liebte sie doch.

Als schließlich die Schwiegereltern in die Seniorenresidenz Abendfrieden übersiedelten – mehr oder weniger freiwillig, Paul hatte nicht gar zu sehr gedrängt –, da wurde das alte Haus im Dorf ihr Heim. Anfangs war es schwer, schließlich waren sie Stadtbummel und Liebesfilme im Kino gewohnt, den monotonen Lärm der Straßen und den schnellen Einkauf um die Ecke abends um sieben. Jetzt weckte sie das Läuten jener Glocke, die auch zu Pauls Beisetzung gerufen hatte, ab und zu tuckerte ein Traktor die steile Gasse hoch, und samstags war die Luft erfüllt von fröhlichem Kindergeschrei und den Geräuschen der Heimwerkeraktivitäten, die für jeden Haushalt im Dorf anscheinend obligatorisch waren.

Auch auf Luc war sie auf diese Weise aufmerksam geworden: Sein geschicktes Bohren und Sägen bei der Errichtung eines hölzernen Gartenhäuschens hatte sie zunächst entnervt, nach einem Blick in seine Augen dann jedoch zunehmend in das Reich der Träume und Sehnsüchte entführt. Wie schön es wäre, wenn es ein Häuschen für sie wäre … nicht für Danielle, die mit unverhohlenem Spott ihrem Ehemann zukeifte, der handtuchgroße Garten würde durch das Häuschen endgültig zum kleinbürgerlichen Inferno degradiert. Danielle, das wusste man im Dorf, war eine Intellektuelle und noch dazu eigentlich viel zu jung für Luc. Annerose war auch nicht dumm, aber nicht so eine. Die Schärfe ihres Geistes war durch Erfahrung abgerundet … ja, so konnte man es sehen. Eine Definition, die Annerose für sich lächelnd annahm.

»Paul war lebensfroh und stets gut gelaunt, jeder unserer Gemeinde kannte ihn als echten Freund, mit dem man nach Herzenslust feiern konnte.« In des Paters Stimme lag ein Hauch Neid, eine Spur Eifersucht auf ein geselliges und bei Bier und Schwenkbraten sicher unbekümmertes Dasein. Paul hatte niemals die Bürde eines Amtes tragen müssen, niemals die Ernsthaftigkeit eines Seelsorgers. Er war einfach nur der Automechaniker von nebenan, mit dem man sich hemmungslos besaufen konnte an den Wochenenden.

Annerose erinnerte sich an die letzte Gartenparty. Da war in ihr der Entschluß gereift, das Problem anzugehen. Luc war auch da. Luc hatte ihr endlich das Zeichen gegeben, auf das sie so lange gewartet hatte. Während Paul mit puterrotem Kopf über fettriefende, auf einer Seite angekokelte Würstchen auf dem Grill gebeugt stand und die sechste oder siebte Flasche Leffe in der Hand hielt, noch bevor alle Gäste versammelt waren, war Luc ganz dicht an ihr vorbeigegangen. Nein, er hatte sie nicht berührt, auch nicht angesehen, jedenfalls nicht in dem Moment. Aber sie hatte die Innigkeit des Beinahekontaktes gespürt, die Spannung der Luft zwischen seinem Körper und ihrem. Darin kann eine Frau sich nicht irren. Dann später blaue Blicke direkt in ihre Augen. Sicher, auch Luc hatte das eine oder andere Gramm Alkohol gebraucht, um so offen zu signalisieren: »Ich will dich!« Aber schließlich war er auch nur ein Mann, und sie war wild entschlossen, genau diese Tatsache auszukosten. Er wartete nur auf ihre Initiative. Immer sind es die Frauen, die in der Liebe mutiger sind.

An jenem Abend hatte Paul seinen wuchtigen Leib auf einen der Gartenstühle aus Plastik geworfen, und langsam, sehr, sehr langsam hatte eines der hinteren Stuhlbeine unter der Last seines Gewichtes kapituliert. Annerose, hier in der Kirche, hielt sich schnell eine zittrige Hand vor den Mund. Niemand sollte merken, dass sie lachen musste bei der Erinnerung an Pauls entsetzensgeweitete graue Augen, als er in einer butterweich fließenden Bewegung auf den Rasen sackte und schließlich wie ein Käfer auf dem Rücken im Grün lag, den massigen Hintern noch immer fest in die Ruine des Stuhls geklemmt.

Dieser Blick voll nackter Angst … Anneroses Heiterkeit war augenblicklich verflogen. Nein, nicht daran denken. Nein, niemals. Lieber an das wiehernde Gelächter der Partygäste, als sie Paul derart lustig gedemütigt sahen. Luc war nicht von der lauten Sorte, er hatte nur fein gelächelt. Danielle hatte natürlich laut gekreischt und sich den flachen Bauch gehalten. »Paul, du solltest Filmstar werden!« hatte sie prustend geröhrt, so dass jeder es hören konnte. »Du hast so eine besondere Art Erotik. Fast so gut wie Jacques Tati.«

Annerose spürte noch jetzt, wie sehr ihre schamroten Ohren gebrannt hatten. Am schlimmsten war, dass jeder meinte, sie passten zusammen. Wie Arsch auf Eimer. Danielles Worte: »Ihr seid das perfekte Paar. Wie Arsch auf Eimer.« Manchmal hatte Danielle eine Vorliebe für derbe Ausdrücke. Dann, wenn sie wusste, ihr Gegenüber war unsicher. Immer hinein in die Kerbe, das war Danielle. Viel zu grob für einen

feinsinnigen Mann wie Luc. Wie oft hatte er da gestanden mit hängendem Kopf und einfach nur gewartet, bis Danielles laute Tiraden zu Ende waren.
Annerose wollte sich verlieren in Fantasien über Lucs Eigenschaften, die allesamt mit tödlicher Sicherheit edel und gut waren, doch Pater Grosdidier riss sie aus den Schwelgereien. »Niemand kann begreifen, wie solch ein umsichtiger Mann so tragisch ums Leben kam ... ein Mann, der dafür bekannt war, kein Risiko einzugehen, sondern auf der sicheren Seite des Lebens zu bleiben, um für seine Liebste sorgen zu können.« Das in der Tat war der Schwachpunkt der Geschichte, und sie würde sich eine plausible Wendung einfallen lassen müssen. Plötzlich war ihr heiß, und sie rieb sich den feuchten Hals.
Die Nachbarin zur Linken blickte sie besorgt an und legte den Arm um sie. »Ganz ruhig«, flüsterte sie, »du musst jetzt einfach ganz ruhig sein. Ich weiß, wie es in dir aussieht, aber du wirst in Gott Trost finden.« Annerose schluckte hart und nickte hastig. Trost in Gott? Wenn es ihn gäbe, würde er alles Mögliche mit ihr veranstalten, aber garantiert nicht trösten. Wenigstens konnte niemand wissen, wie es tatsächlich in ihr aussah. Außer vielleicht Luc, vielleicht den Hauch einer Ahnung, aber er hätte gewollt, dass sie konsequent handelte. Sie tat es doch für ihn. Für sie beide, damit endlich zusammenfinden konnte, was zusammen gehört.
Annerose zwang sich, kühl zu denken. Der Pater hatte Recht, es war zu überraschend. Wann hatte man jemals Paul beim Spazierengehen erlebt oder bei einem Ausflug? Gut, sie könnte sagen, er habe eingesehen, dass er mit seiner Gesundheit Schindluder trieb und dringend Bewegung brauchte. Dass er mal raus musste, mal was anderes sehen als Motorenöl. Das war nicht einmal gelogen, mit dem Argument hatte sie schließlich Erfolg gehabt. Zwar in der Version, dass sie selbst frische Luft und wenigstens für Stunden Tapetenwechsel brauchte in der Sicherheit, er würde sie begleiten, wie er sie bei allem begleitet hatte, was sie tat. Genau das war das Problem. Eines der Probleme. Nie ließ er sie allein tun und lassen, was sie wollte. Immer war er schon da. Wie das Hase- und-Igel-Spiel. Es war nur eine Form von höherer Gerechtigkeit, dass es ihm das Leben kosten sollte.
»Ganz allein trat Paul am Ende seinem Schöpfer gegenüber«, verkündete Pater Grosdidier mit getragener Stimme. Es war eine schöne Totenrede. Totenreden waren seine Spezialität. Da blieb kein Auge trocken. Und selbst diese Witwe, die bisher jedes Lebenszeichen und jede Anteilnahme vermissen ließ, hatte jetzt rote Flecken im Gesicht. Ich wusste doch, dass ich die auch kriege, dachte der Pater befriedigt. Schließlich beherrschte er seinen Beruf.
Anneroses Herz raste. Und gleichzeitig sackte sie zusammen vor Erleichterung. Stimmt ja, er war ganz allein, als er vom Turm der ehrwürdigen Burgruine Reuland stürzte. Es war ein Wetter gewesen wie heute, keinen Hund hätte man vor die Tür gejagt. »Bäuchlein, du spinnst«, hatte Paul kopfschüttelnd gesagt und dann doch eine

Jacke übergezogen und den Schirm mitgenommen. »Es ist bestimmt keine Menschenseele unterwegs.«

»Ich will auch nicht, dass mich jemand beobachtet, wenn ich meine Pfunde spazierentrage«, hatte sie fest geantwortet. »Ich mache mich nur lächerlich. Wenn ich dann dünner bin, macht es mir nichts mehr aus.« Sie hätte es nicht getan, wenn jemand in der Nähe gewesen wäre. Es war Fügung, dass tatsächlich weit und breit nichts zu sehen war als triefnasses Gestein, dunkel über den Himmel dahinfegende Wolken und ausgestorbene Dorfstraßen ihnen zu Füßen. Es war, als hätte es einen Moment außerhalb von Zeit und Raum gegeben, und in dem hatte er sich weit über den Rand des Gemäuers gelehnt. »Ritter sein wär nichts für mich«, hatte er dabei gesagt mit der Zufriedenheit dessen, dem die Gewissheit einer funktionierenden Zentralheizung der Sinn des Lebens ist. Ihre letzte, sehr heftige und ungestüme Bewegung schien er nicht zu registrieren.

Sie war dann zum Wagen gelaufen, so schnell, als wäre sie tatsächlich schon leichtfüßig und schlank. Dann, nach einer Weile, machte sie sich auf die unvermeidliche Suche, fand ihn nicht, weil sie seinen Anblick nichtertragen hätte, alarmierte schließlich die Gendarmerie. Merkwürdig, dass Pauls Tod so glatt verlief, so reibungslos, als sei es wirklich vorbestimmt, es sollte so sein und nicht anders. Niemand hatte Fragen gestellt. Niemand hatte wissen wollen, warum sie ihn nicht begleitet hatte auf die kleine Kletterpartie. Alle fühlten mit ihr, der armen, dicken, kurzatmigen Frau, die so plötzlich allein war. Die so gut zu ihm gepasst hatte. Wie Arsch auf Eimer eben.

Man betete das Vaterunser, erneut erklang die Orgel zum Gewimmer der Versammelten, und schließlich schritt Annerose direkt hinter dem schlichten, soliden Sarg aus Buchenholz auf einem mit feinem Kies gestreuten Weg zwischen Grabsteinen. Alle folgten ihr. Sie hatte auf Messinggriffen bestanden und auf einem riesigen Kranz mit roten Rosen und weißer Gerbera. »Du wirst mir sehr fehlen« stand auf der einen Seite der Schleife, »Deine Annerose für immer« auf der anderen Seite. Sie traute sich nicht hochzuschauen und zu prüfen, ob Luc vielleicht dieses Arrangement übertrieben oder anstößig fand. Es konnte sein, dass ihn dieser letzte Ausdruck ehelicher Vertrautheit schmerzte, aber er würde verstehen, dass es sein musste.

Mit leicht ruckartigen Bewegungen wurde der Sarg samt Inhalt in das lehmige Loch gelassen. Es war selbst für die muskelbepackten Kerle der Feuerwehr nicht ganz leicht, so viel Masse zu Grabe zu tragen. Es gab ein etwas zu lautes Geräusch, als Paul seine letzte Ruhestätte erreichte, aber es tat der Feierlichkeit keinen Abbruch. Mit gebeugten Schultern griff Annerose zu dem kleinen Spaten, der in das Erdreich neben dem Loch gesteckt worden war, und ließ ein paar Krümel Morast auf den Sarg fallen. Dann stellte sie sich einfach daneben und wartete ab.

Sie kamen alle. Sie drückten ihr alle die Hand, mit tiefen Blicken und brüchigen

Stimmen. In manchen Augenpaaren sah sie ehrliche Trauer, und dann erschrak sie. Doch der nächste Kondolent tat seine Pflicht mit Heucheln, und das ersparte ihr weitere Gefühle. Wo blieb Luc? Sie blickte hoch. Er stand immer noch vor dem Grab, Danielle lehnte sich an ihn. Sie starrten wortlos auf das mit Erdreich und Blumen geschmückte Holz zu ihren Füßen.

Endlich drehte Luc sich um und sandte ihr einen Blick. Blau wie der Himmel. Lang wie die Ewigkeit. Er setzte sich in Bewegung und näherte sich langsam, mit Danielle am Arm, die einherstakste wie eine Puppe, der man nicht genug Leben eingehaucht hatte. Er hörte nicht auf, Annerose anzuschauen.

Als sie vor ihr standen, nahm Luc ihre Hände. Sie waren so warm, so zärtlich warm. Annerose spürte es bis in die Haarspitzen. Er nahm ihre Hände so lange, bis Danielle begriff und sich von Lucs Arm löste. »Es tut mir so Leid«, sagte Luc. Seine Stimme war tief und dunkel, sie hatte Mühe, die Gefühle zu verbergen.

Annerose nickte nur stumm, erwiderte seinen Blick und klammerte sich an seine weichen Finger. Nicht die rauhen, klobigen Finger eines Automechanikers. Finger, die sanft über Haut streicheln konnten.

»Ausgerechnet jetzt müssen wir dich allein lassen«, brachte Luc hervor. »Dabei würden wir alles geben, um dir helfen zu können. Aber du musst verstehen...«

»Was ist denn?« fragte Annerose, und sie spürte eine unbekannte, seltsame Enge in der Kehle.

»Wir ziehen fort«, sagte Luc leise.

Danielle blickte auf und sah in ihre Augen. »Ich bin schwanger. Und da haben wir uns entschlossen, in die Nähe meiner Eltern zu ziehen, damit sie auf das Kind aufpassen können. Ich will doch berufstätig bleiben.« Sie klang so stolz und bedauernd zugleich. Sie würde Annerose schon morgen vergessen haben.

Das Letzte, was Annerose sah und hörte auf dieser Beerdigung, war der besorgte Blick ihrer Nachbarinnen und die erleichterten Worte derjenigen, die zu ihrer Linken gesessen hatte: »Endlich fühlt sie was. Es kann nur besser werden.«

Uwe Rhiem

Aufgespießt

Zwei Jahre war ich im Knast, für einen Mord, den ich nicht begangen hatte. Ich war nur zur falschen Zeit am falschen Ort gewesen, und obendrein zu betrunken, um selbst zu wissen, ob ich was mit der toten Frau, neben der man mich fand, zu tun gehabt habe oder nicht.

Jedenfalls hat man mich verurteilt und erst im Laufe des Häftlingsdaseins kamen mir immer mehr Zweifel, dass ich hier meine gerechte Strafe verbüßte. Deshalb habe ich mich schließlich selbst freigesprochen und während eines Zahnarztbesuches durchs Klofenster die Biege gemacht.

Und jetzt stehe ich hier an dem Ort, an dem ich schon in Kindertagen immer Zuflucht gesucht hatte. Wenn mich die ganze Welt mitsamt allen Eltern, Lehrern, Spielkameraden und was weiß ich für Menschen eigentlich nur in Ruhe lassen oder bestenfalls mal am Arsch lecken sollte, trieb es mich hierher. Hier hatte ich heimlich meine ersten Zigarretten geraucht und mir den ersten kleinen Kinderrausch angetrunken. Hier hatte ich auch heimlich kleine Feuerchen gemacht und die aus der elterlichen Tiefkühltruhe geklauten Grillwürstchen gebraten. Hier war meine Fluchtburg.

Auch jetzt, wo überall nach mir gesucht werden würde. Nach Hause konnte ich nicht, dort würde man mich wohl sofort finden. Um in irgendein anderes Land abzuhauen, fehlte mir das Geld. Also fiel mir für den ersten Augeblick kein besseres Versteck ein als mein altes Büdchen, wie ich es immer nannte.

Eigentlich war es aber mehr als nur ein Büdchen, wie es sich jeder Eifler Junge mal irgendwann in seinem Leben gebaut hatte. Es war mehr eine kleine Festung, die kaum jemand so ohne weiteres einnehmen konnte. Die Vergangenheit hatte mir gezeigt, dass ein Büdchen nur so lange etwas taugt, wie kein anderer Mensch etwas von seiner Existenz weiß. Schon ein einziger Mitbauer war einer zu viel. Denn erfahrungsgemäß nahm der vermeintliche Geheimnisträger irgendwann einen anderen Freund mit zum Geheimversteck, dieser kam dann womöglich mit weiteren Freunden mal zu Besuch und Schluss war es mit der geheimen Behausung. Schon bald sprach sich dann nämlich in Jungenkreisen herum, dass es ja wohl nicht angehen kann, dass da wer ein Büdchen für sich allein haben wollte, und schon war von dem Büdchen nur noch ein Trümmerhaufen übrig.

Schon die Wahl des Ortes war damals für mich ein Problem. Irgendwo im Wald würde es spätestens im Herbst entdeckt werden, wenn die Städter die Eifel zum Pilzesuchen stürmen und keinen Quadratzentimeter Wald in ihrer Sammelwut auslassen würden. Nein, es musste ein Platz sein, wo eigentlich niemand hin durfte. Da kam mir die stillgelegte Kiesgrube am Dorfrand gerade recht. Die war eingezäunt, das Tor mit einer Kette und einem Vorhängeschloss abgesperrt und sie wurde regelmäßig überwacht, weil in der Mitte zwischen den steilen Hängen inzwischen ein Lagerschuppen für Baumaterial stand.

Für die inzwischen wild von Bäumen und allerlei Gestrüpp bewachsenen Böschungen interessierte sich niemand – außer mir. Mit einer Axt, einer Rosenschere, einem Klappspaten und einer kleinen Säge begann ich damals, mir meine Festung zu bauen. Diese Gegenstände vermisst und sucht mein Vater vermutlich heute noch.

Zuerst musste ein schmaler Weg durch die dicht wuchernden Brombeerbüsche am unteren Hangrand gerodet werden. Gerade so breit, dass ich mich durchzwängen konnte. Der Eingang zu diesem Weg wurde von einem Ginsterstrauch verdeckt, den man erst zur Seite drücken musste, um den Weg zu entdecken. Dann ging es ungefähr zehn Meter steil den Hang hinauf, wobei einem die Weiden, Erlen und Birken, die sich hier niedergelassen hatten, einigermaßen Halt boten. Ohne sich an ihnen festzuhalten, konnte man kaum hochkommen.

Auf einem ebenen Absatz mitten im Hang ragte eine Dreiergruppe Pappeln fast zwanzig Meter in die Höhe. Diese Bäume hatten sich hier auch wild angesät und standen nur etwa zwei Meter im Dreieck voneinander entfernt. Das war mein Platz!

Aber bevor ich mit dem Bau des Baumbüdchens begann, habe ich in über einem Monat Arbeitszeit – nach der Schule, versteht sich – erst mal eine Höhle in die Böschung gebuddelt. Dort wollte ich meine »ausgeliehenen« Werkzeuge vor Diebstahl und Regen schützen. Der Eingang zur Höhle wurde sorgsam hinter einem noch ziemlich mickrigen, dafür aber stacheligen Schlehdorn platziert.

Die Höhle war kaum zwei Meter tief und weniger als einen Meter breit. Trotzdem ware das für einen Bengel von gerade mal zwölf Jahren eine enorme Leistung. Es war ja nicht damit getan, die Höhle zu graben, der ganze Aushub musste noch Eimer für Eimer den Hang hinunter und dann noch fast hundert Meter weit weggetragen werden, um keinen Hinweis auf diese Erdarbeiten zu geben.

Bevor die Arbeit am eigentlichen Büdchen beginnen konnte, kam der Herbst. Die Pappeln verloren ihre Blätter und an den Bau eines unentdeckbaren Baumbüdchens war nicht zu denken.

Aber kaum hatte das Frühjahr begonnen, nahm ich meine Arbeit wieder auf. Zuerst musste der Weg neu freigeschnitten werden. Auch der Eingang zur Höhle war fast komplett eingestürzt. Aber dieser Kleinkram war nach wenigen Tagen erledigt, und ich konnte endlich mein Traumhaus bauen.

In der ganzen Zeit habe ich penibel darauf geachtet, dass mir niemand folgte, wenn ich hierhin ging. Zur Sicherheit habe ich mitten ins Brombeergestrüpp am Eingang sogar noch eine Art Rundgang geschnitten, der wieder am Zaun endete, unter dem ich immer durchkriechen musste. Von diesem Rundgang zweigte dann der eigentliche Weg ab, dessen Eingang ich immer mit dürrem Brombeerreisig tarnte.
Kurzum: Rein zufällig konnte niemand zu meinem Paradies gelangen. Nur wer es unbedingt darauf anlegte, hatte eine Chance. Aber auch diese in meiner Fantasie existierenden Feinde würde ich schon abzuwehren wissen.
Rein körperliche Gewalt habe ich schon immer abgelehnt. Bei den meisten hätte ich auch wenig Möglichkeiten gehabt, als Sieger aus dem Kampf hervor zu gehen. Aber dafür hatte ich Ideen. Viele Ideen! Eine grausamer als die andere.
Ich begann also, eine Reihe von Mechanismen zu entwickeln, die jeden ungebetenen Gast von diesem Ort fernhalten würden.

Der »Kreuzweg der Bekloppten«, wie ich den Weg bis zu den Pappeln nannte, lag unmittelbar hinter der Stelle, wo der Geheimgang im Brombeergebüsch begann. Dort hatte ich zwei Löcher gegraben, die zwar nur einen halben Meter tief waren, aber dafür lauerte am Boden eine heimtückische Überraschung. In jedes der Löcher hatte ich ein Nagelbrett mit fünf Nägel platziert. Das hört sich nach wenig an, aber während ich diese konstruierte, musste ich an Fakire denken, die sich auf Nagelbretter legen, ohne dass etwas passiert. Und das genau kommt daher, dass sich sehr viele Nägel auf sehr engem Raum befinden. So etwas war natürlich nicht in meinem Sinn. Wenn einer hier lang gehen würde, sollte er sich die verdammten Nägel gefälligst auch schön tief eintreten. Es ist wohl kaum besonders zu betonen, dass ich natürlich alte, rostige Nägel mit einer Art Gewinde nahm, weil ich mir sicher war, damit schlimmere Wunden hervorzurufen, als mit neuen glatten Nägeln.
Ach ja! Die Löcher habe ich natürlich mit alten Brombeerzweigen überdeckt.
Die nächste Fallgrube befand sich schon in Sichtweite meiner Behausung. Ein in die Erde eingebuddelter Zementkübel, den ich mal irgendwann in einem Baustofflager »gefunden« hatte, diente mir einerseits zur Verrichtung meiner Notdurft, wurde aber nach Benutzung immer sorgfältig mit einer dünnen Presspappe abgedeckt. Noch ein paar Hände voll Sand und Blätter drüber – fertig. Damit der potentielle Angreifer auch auf die Pappe und somit voll in die Scheiße treten musste, habe ich den Weg einen Meter vor und einen Meter hinter meiner Toilette mit allerlei Reisig und Knüppelholz angefüllt. Das sollt dem Eindringling suggerieren, dass hier doch ein beherzter Sprung auf die freie Fläche angebracht wäre. Und dann – platsch!
Ich dachte mir: Wer jetzt immer noch nicht kapiert hat, dass er hier nicht erwünscht ist, dem kann niemand mehr helfen! Dem braucht vermutlich auch niemand mehr helfen.

Der Weg zu den Bäumen führte quer den Hang hinauf. Geradeaus wäre er viel zu steil gewesen, aber sicherer. Selbst der Querweg war nur zu bewältigen, wenn man sich an den Sträuchern festhielt. Einige davon hatte ich sogar von kleinen Zweigen befreit und mit ein paar Nägeln ein einladendes Geländer angebaut.

Vor diesen Geländern sollte man sich höllisch in Acht nehmen. Die Erschütterungen, die beim Festhalten und Zerren an diesen Exekutionssträuchern entstanden, konnten wahrhaft tödliche Folgen haben.

Das Harmloseste waren noch zwei etwa zehn Kilo schwere Feldsteine, die an beiden Seiten des Weges an Seilen befestigt auf Astgabeln ruhten und nur auf eine Bewegung warteten, um dann von links und rechts heranzusausen und in Höhe eines Kinderkopfes nach Art der damals sehr verbreiteten Klick-Klack-Kugeln zusammenklatschten.

Wer auch diese Warnung überlebt und nicht verstanden hatte, wäre noch längst nicht aus dem Schneider gewesen. Am nächsten Geländer warteten vier jeweils zwei Meter lange Moniereisen, mit einer Schlosserfeile (ja Papa, auch die hatte ich) in stundenlanger Kleinarbeit angespitzt, im Geäst der Sträucher. Jeder bis dahin noch erfolgreiche mutmaßliche Büdchenzerstörer wäre buchstäblich noch am Tatort festgenagelt worden.

Schließlich war genau vor den Holzsprossen, mit denen die ersten Meter Baumstamm erklettert werden mussten, in passendem Abstand ein stabiler Stolperdraht gespannt, was nicht weiter gefährlich gewesen wäre, wenn nicht dahinter zwei Eggen mit den von mir nochmals nachgefeilten Spitzen nach oben unterm Laub gelegen hätten.

Aber alle Vorsicht und meine Verschwiegenheit haben einem nichts genützt: Ausgerechnet Fredi Frischemeier muss mir gefolgt sein, als ich wieder einmal mit meinem pubertären Weltschmerz allein sein wollte.

Fredi war so ein Loosertyp, der überall dabei sein wollte und doch nirgendwo dazu gehörte. Trotz seines Alters von inzwischen fast vierzehn Jahren hat ein Augenarzt geglaubt, er könne Fredis Schielen mit dem Zukleben eines Auges bekämpfen. Alle nannten ihn nur »Blindfisch« oder »Zyklop«. Die Tatsache, dass er nur ein Auge zur Verfügung hatte, hat ihm wahrscheinlich mehrmals das Leben gerettet. Jedenfalls hat er die von mir so sorgfältig angebrachten Geländer nicht gesehen oder verfehlt. Und was hat es ihm genützt? Gar nichts! Gegen den Stolperdraht und die Eggen war auch sein sicherlich ebenso halb blinder Schutzengel machtlos. Ich habe es vom Baumhaus aus genau gesehen, wie er fiel und noch einmal kurz zuckte. Dann war er mausetot.

Es war gar nicht so einfach, den leblosen Fredi von der Egge zu pflücken und in die Höhle zu schleifen. Den Eingang habe ich zugeschaufelt und noch einen Haufen

Äste davor gestapelt. Dann habe ich mich auf den Heimweg gemacht, das heißt, eigentlich bin ich gerannt, als wäre der Teufel hinter mir her.
Die nächsten Tage im Dorf waren ganz schön aufregend und hektisch gewesen. Überall suchte man nach Fredi. Manche Leute waren davon überzeugt, dass er im Bach ertrunken sein könnte. Andere munkelten, in der Gegend triebe sich ein Sittlichkeitsverbrecher herum, der einäugige Jungs mit Pickelgesicht abschlachtet. Gefunden hat man den Fredi nie.

Und jetzt bin ich hier und überlege, wo ich mich für den Rest meines Lebens unerkannt verstecken könnte. Für eine Flucht ins Ausland fehlt mir, wie gesagt, das nötige Geld. In mein Elternhaus kann ich nicht zurück, dort wird man mich wohl zuerst suchen.
Zum Lösen schwieriger Probleme war schon damals das Baumhaus der beste Platz gewesen. Hier kann ich ungestört über alles nachdenken. Also klettere ich an den schon ziemlich morschen Sprossen auf den Baum und trete auf die inzwischen stark verwitterten Bodenbretter. Dabei vergesse ich doch glatt, dass ich die ersten drei Bretter fast bis zur Hälfte angesägt hatte. Ich breche ein und falle. Meine letzten Gedanken sind: Hoffentlich hat jemand inzwischen diese Eggen da unten weggeräumt …

Marion Schmitz-Reiners

Georgs Geheimnis

Selten in den letzten Jahren hat Georg sich so elend gefühlt. Selten so einsam. Selten so fehl am Platze. Was in aller Welt hat ihn nur in dieses Zelt getrieben? In diese überschäumende Fröhlichkeit, die so gar nicht zu seiner düsteren Stimmung passt? Hansi Hinterseer jodelt sich die Seele aus dem Leib. Das Bier fließt in Strömen. An langen Tischen schunkelt eine schwitzende, ausgelassene und jauchzende Masse. Nur Georg schunkelt nicht. Denn niemand sitzt neben ihm. Aber auch, wenn sich jemand neben ihn gesetzt hätte, er würde nicht schunkeln. Denn Georg hasst Schunkeln, er hasst Fröhlichkeit, und er findet Hansi Hinterseer zum Brechen.

Er begreift selbst nicht, warum er nicht einfach aufsteht und das Tirolerfest verlässt. Zumal er die Nähe von M. wittert. Später, viel später wird er sagen, dass das Schicksal ihn an seinen Stuhl gefesselt habe. »Ich wollte so gerne weggehen«, wird er das Gericht beschwören, »aber ich konnte nicht. Das Schicksal hat mich daran gehindert. Glauben sie mir doch bitte!« Und die Geschworenen werden zum hundertsten Mal ungläubig den Kopf schütteln.

***

Seit dreizehn Jahren ist Georgs Alltag eine Flucht vor M. Wenn Georg seinen alten Lehrer aus der Ferne auf dem Wochenmarkt erblickt, dann verschwindet er sofort hinter der nächsten Ecke, und manchmal kehrt er erst nach stundenlangem ziellosen Herumstreifen in sein verwaistes kleines Haus in Nispert zurück. So sehr trifft ihn der Anblick jedesmal, so wirr machen ihn die Erinnerungen. Betritt Georg eine Kneipe, in der er M. pompös diskutierend am Tresen erblickt, dann kehrt er auf dem Absatz um, wie damals in der Schule, wenn er ihm im Gang begegnete. Zum Karneval geht Georg schon lange nicht mehr. Aus allen Vereinen ist er ausgetreten. Seit den Ereignissen damals. Seitdem es abwärts gegangen ist mit Georg. Mit M. dagegen ist es aufwärts gegangen. Er hat es bis zum Direktor der Damianschule gebracht.

Später wird Georg das Gericht auch darauf hinweisen, dass er immer alles getan habe, um M. aus dem Weg zu gehen. Nur an jenem Abend habe er seine Umgebung ausnahmsweise einmal nicht genau beobachtet. Er habe M., der sich ihm seitlich näherte, nicht ankommen sehen. Erst als dessen Pranke auf seiner Schulter landete, sei er aufgeschreckt. Aber da hätte das Schicksal schon seinen Lauf genommen. Und abermals wird ein entnervtes Seufzen durch die Reihen der Geschworenen gehen. Ein Publikum, das sich über Georgs Erklärungen wundert, gibt es nicht: Der Prozess findet unter Ausschluß der Öffentlichkeit statt.

***

Georg erschrickt fürchterlich unter dem Schlag. Im Bruchteil einer Sekunde weiß er, dass M. es ist, der ihn in seiner dunklen Ecke entdeckt hat. Er sackt zusammen, dann hebt er ganz langsam den Kopf. Zum ersten Mal seit dreizehn Jahren blickt er seinem alten Lehrer mitten ins Gesicht.

Dieses Gesicht ist rot und aufgedunsen. Verschwimmende Augen blinzeln ihn an. Er sieht eine Nase mit riesigen Poren und einen feuchten Mund. Aus dem kommt jetzt eine röhrende Stimme. »Na, alter Junge«, dröhnt M., und mühelos übertönt er den Jodler, die Blaskapelle und den Festlärm. »Lange nicht gesehen! Wie geht's, wie steht's? Immer noch so schlecht wie früher?« Schallend über seine Worte lachend, sackt er auf den Stuhl neben Georg. M. ist offensichtlich angetrunken. Georg merkt, wie das Festzelt vor seinen Augen zu schwanken beginnt. Er fürchtet, dass seine Stimme versagt. Dann bringt er krächzend hervor: »Guten Abend, Herr Direktor.«

»Heinz«, brüllt Direktor M. in sein Ohr, »heute abend Heinz.« Und dann blickt er der beflissen herbeigeeilten Kellnerin mit seltsamem Blick in den Ausschnitt: »Zwei Bier, bitteschön. Und ein bisschen dalli. Wir haben hier ein Wiedersehen zu feiern.«

***

Ein Wiedersehen mit dem Tod, geht es Georg dumpf durch den Kopf. Dem Tod, den er innerlich gestorben war, als es mit Anja aus war. Damals war er genau zwei Jahre mit ihr zusammen.

Anja war das schönste Mädchen der Klasse. Wie stolz war er gewesen, wie glücklich! Sie hatten sich zum ersten Mal geküsst, als er fünfzehn war. Die Jungen aus seiner Klasse hatten ihn schon ausgelacht, weil er so spät dran war. Sie wussten nicht, wie sehr er Anja liebte, obwohl er nicht die geringste Hoffnung hatte, dass sie seine Liebe einmal erwidern würde. Denn Anja war nicht nur schön, sie war auch reich. Er hingegen war das Jüngste von vier Kindern, und der Vater war Arbeiter im Kabelwerk. Da waren neue Klamotten nicht drin. Da reichte auch das Geld nicht aus, um mal mit den Schulkameraden ein Bier zu trinken. Geschweige denn, für ein Mädchen auf der Kirmes einen Plüschbären zu schießen, wie seine Kameraden es schon lange taten, und sie bildeten sich nicht wenig darauf ein, dass die Empfängerinnen regelmäßig wechselten.

Wenn Anja merkte, dass er ihr auf dem Schulhof sehnsüchtige Blicke hinterher warf, steckten sie und ihre Freundinnen kichernd die Köpfe zusammen. Und wenn er sie fragte, ob er sie nach der Schule nach Hause bringen dürfe, lief sie lachend weg. Eine Zeitlang war sie mit Albert gegangen. Aber Albert, der ein fürchterlicher Angeber war, weigerte sich auf dem Schulhof demonstrativ, einen Blick zu Anja hinüber zu werfen, geschweige denn, in Anwesenheit seiner Freunde mit ihr zu reden. Anja wurde immer stiller. Was Georg in dieser Zeit trotz seines selbstlosen Mitleids glücklich machte, war das traurige Lächeln, das sie ihm nun manchmal zuwarf, wenn ihre Blicke sich begegneten. Und eines Tages fragte sie ihn nach der Schule, ob er ein Stückchen mit ihr radeln wolle. Kaum waren sie unter den alten Bäumen des Heidbergs angelangt, stieg sie vom Fahrrad. Sie umschlang mit beiden Armen Georg einschließlich seiner bereits von drei Geschwistern getragenen Jacke und küsste ihn mitten auf den Mund.

Von da an waren sie unzertrennlich. Obwohl Anjas Eltern nicht verstehen konnten, wieso die einzige Tochter sich ausgerechnet in den armen, schüchternen Georg verlieben konnte und ihn mit dementsprechender Geringschätzung behandelten. Für Anja und Georg hingegen stand es fest, dass sie einmal heiraten würden. Einstweilen galt es noch, die letzten drei Schuljahre zu überstehen. Georg wollte Bankangestellter werden. Dann konnte er Anja ein schönes Leben bieten. Das war sein größter Wunsch.

***

Hansi Hinterseer hat sein Publikum endgültig in Ekstase versetzt. Niemand im ganzen Festzelt sitzt noch auf den Stühlen. Alles steht auf dem Bretterboden, alles stampft, und frenetisch werden Arme geschwenkt. Heinz ist ganz nahe an Georg herangerückt und brüllt auf ihn ein. »Und weißt du noch, du Blödmann, wie du damals vor dem Abi gekniffen hast?« Abermals wieherndes Gelächter. »Aber als Lehrer kennt man das ja. Da gibt man sich jahrelang Mühe mit einem Schüler, und plötzlich streckt der alle Viere von sich und tut nichts mehr. Wird wohl das Alter gewesen sein. Die Hormone, nicht wahr? Haha. Sind die immer noch so munter?«

Georg starrt wortlos geradeaus. Vor dem Podium hocken ein paar Kinder auf dem

Boden. Mit einem plötzlichen, schweren Pochen in der Magengegend erkennt er die Tochter von Anja. Auch Heinz ist von einem Augenblick zum anderen verstummt. Bis er plötzlich mit belegter Stimme fragt: »Hast du eigentlich noch mal etwas von Anja gehört?«

Nein, Georg hat Anja seit Jahren nicht mehr gesehen. Sie ist nie auf Festen, nie auf Jahrmärkten, nie in Kneipen. Georg weiß nur, dass sie nach ihrer Rückkehr aus Philadelphia mit ihrem amerikanischen Mann und der kleinen Tochter aufs Land gezogen ist. Das Kind muss heute zwölf Jahre alt sein. Man munkelt von Anja, sie sei verhext. Eine Schamanin, mit ihren wogenden Röcken, den bestickten Blusen, dem langen, hennagefärbten Haar und den großen Ohrringen. Hippie würde auch reichen, denkt Georg dann oft. Schließlich ist es jedermanns Recht, sich von der Gesellschaft abzusondern. Und wenn überhaupt jemand das Recht dazu hat, dann sicherlich Anja! Jedenfalls reichen die Gerüchte aus, um Anja ein friedliches Leben zu verschaffen. Nur das Kind taucht manchmal in Eupen auf – wenn es von einer befreundeten Familie ins Städtchen mitgenommen wird. Georg vermeidet es, der Kleinen zu begegnen. Denn dann wäre er seinem Kummer noch hilfloser ausgesetzt als sowieso schon.

Erst seit seiner Scheidung denkt er wieder daran, Anja einmal anzurufen. Aber immer, wenn er die Nummer gewählt hat, legt er schnell wieder auf. Was soll er ihr sagen? Dass es einen Menschen gibt, den er hasst wie er noch nie einen Menschen gehasst hat und auch nie wieder hassen wird? Dass das nie vorbeigehen wird? Aber: Wäre ihr das ein Trost? Und: würde sie ihn überhaupt verstehen?

***

Das Schlimmste ist hier immer der Klatsch. Und es würde bestimmt etwas durchsickern. Wie damals, als seine Frau ihn verließ. Georg und Inge hatten den Mund gehalten, alle beide. Und trotzdem hieß es hinterher, Georg habe seine Frau manchmal windelweich geschlagen. Irgendwie erfuhr das Städtchen davon. Manch einer wechselte die Straßenseite, wenn er Georg erblickte. So wie Georg die Straßenseite wechselte, wenn er seinen alten Lehrer M., Anjas Kind oder alte Kollegen sah. Manchmal hatte er den Eindruck, als habe hier jeder einen Grund, die Straßenseite zu wechseln. Ein Versteckspiel ohne Ende. Nachdem das Kabelwerk ihm gekündigt hatte, weil er ständig zu spät zur Arbeit erschien, zog Georg es vor, sein Haus kaum noch zu verlassen. Was ihm wiederum den Ruf einbrachte, wie ein Clochard zu leben, obwohl noch niemand sein Haus von innen gesehen hatte. In Wirklichkeit pflegt er das Haus und damit die Erinnerung an Inge aufs Sorgfältigste.

Manchmal zieht der Schützenverein mit klingendem Spiel an seinem Haus vorbei. Und mit ihm die gesamte Eupener Prominenz – und eben auch Direktor M. Wenn die Fanfare sich nähert, dann geht Georg zum Fenster, zieht die Vorhänge bis auf einen winzigen Spalt zu, verschränkt die Arme und späht hinaus. Früher stand er beim Schützenfest Arm in Arm mit Anja am Straßenrand. Und er hört sie heute noch sagen: »Vielleicht wirst du ja noch Bankdirektor. Ich werde furchtbar stolz auf dich sein.«

Der Klatsch. Jeder kennt hier jeden. Georg hat sich aus dem Wespennest zurückgezogen. Er hütet sein Geheimnis.

***

Über dem Festzelt, über Eupen sind Gewitterwolken aufgezogen. »Kitzbühel ist ein Paradies, wo es stets gemütlich ist«, juchzt der Hansi, jedes Versmaß schmählich mißachtend. Zu Direktor M. haben sich mittlerweile einige Prominente der Stadt gesellt, die ihn neben Georg entdeckt haben. Georg sitzt eingequetscht auf seinem Stuhl und fühlt sich wie eine lästige Fliege, die man am liebsten totpatschen würde. Unter dem Tisch presste Direktor M. unfreiwillig das Bein an das seine. Spätestens jetzt sollte er aufstehen und sich höflich verabschieden, denkt er. Aber der Weg zum Ausgang des Zeltes ist so lang. Und überhaupt würde ein ungeheures Getuschel beginnen, wenn er, da er nun einmal neben dem Direktor sitzt, diese Ehre verschmähen und einfach weggehen würde.

Direktor M., der Heinz, amüsiert sich nun königlich. Noch immer kreist das Gespräch um Hormone. Man ist mental bereits in Lüttich angekommen. Bis M. plötzlich verschwörerisch den Finger auf die dicken Lippen legt. Er hat seine Frau entdeckt, die Arm in Arm mit dem Polizeikommissar über den biernassen Tanzboden auf den Tisch zuschlittert. Die Runde erhebt sich unwillig, aber respektvoll, man zwinkert sich schnell noch einmal zu, und nacheinander drückt jeder »der reichen Alten von dem Heinz«, wie man sie in ihrer Abwesenheit zu nennen pflegt – Heinz M. selbst beschränkt sich auf »die reiche Alte« –, einen Handkuss auf die üppig beringte Rechte. Soll Georg ihr als einziger den Handkuss verweigern? Das wäre eine ungeheure Provokation. Er spürt schweres Gold unter seinen Lippen. Riecht schwüles Parfum. Sieht einen weichen Ausschnitt, der von regelmäßiger Pflege durch eine Kosmetikerin zeugt. Die Direktorsgattin zieht die Hand schnell zurück. Von Georg einen Handkuss zu bekommen, das ist ihr eklig. Und angesichts der protzigen Schönheit von Frau M. schießt ihm plötzlich die Erinnerung an Inge in seinen Kopf.

***

Er hatte Inge zwei Jahre nach der Trennung von Anja kennengelernt. Sie war lieb und hübsch und hatte ihn über den Kummer hinweggeholfen, den er so lange einsam mit sich herumgeschleppt hatte. Als sie ihn fragte, ob er sie heiraten wolle, war er fast glücklich. Glücklich war auch die Familie darüber, dass der Junge, der so seltsam geworden war, früh und gut unter die Haube gekommen war.

Inge und Georg kauften sich mit Hilfe der Eltern ein kleines Häuschen oben in Nispert. Zuerst ging alles gut. Georg, der sich ein halbes Jahr vor dem Abitur trotz der Tränen der Mutter und der Wut des Vaters plötzlich halsstarrig geweigert hatte, nur noch einen einzigen Schritt in die Schule zu setzen, hatte eine Lehre im Kabelwerk abgeschlossen und verdiente als Arbeiter recht anständiges Geld. Inge war Kassiererin im Supermarkt. Wenn Georg zur Frühschicht eingeteilt war, standen beide um halb fünf auf, Inge schmierte ihm die Stullen für die Brotdose, und wenn er ging, drückte er ihr einen Kuss auf die Wange. Inge räumte auf und fuhr mit dem Bus zur Herbesthaler Straße. Beim Abendessen plauderten sie ein wenig über den Tag, sahen drei Stunden fern und gingen zu Bett. Sonntags besuchten sie abwechselnd seine und ihre Eltern. Im Sommer machten sie Ausflüge zum Bütgenbacher See, an die Mosel, in die Ardennen. Beide waren zufrieden mit ihrem zurückgezogenen, stillen Leben.

Bis Inge eines Abends zwischen Eintopf und Pudding erzählte, dass ein Kollege im Supermarkt ihr geholfen habe, eine schwere Palette mit Waschpulver aus dem Lager zu holen. »Er ist wirklich nett«, sagte sie. »Wir können ihn und seine Frau doch mal zum Abendessen einladen.«

Da geschah es zum ersten Mal. Über Georgs Augen zog sich im Bruchteil einer Sekunde ein roter Schleier.

Er hörte nicht, wie der Stuhl umfiel, als er aufsprang. Mit blinder Wut stürzte er sich auf Inge. Schlug mit den Fäusten auf sie ein, sie fiel auf den Boden. Er konnte nicht aufhören, nach ihr zu treten. Erst als sie schrie und sich krümmte, kam er wieder zu Bewusstsein. Er sank stumm in den Sessel und schlug die Hände vor die Augen. Inge ging nach oben und verkroch sich ins Bett. Beide schwiegen tagelang. Bis Georg sie weinend um Vergebung bat. Da nahm sie ihn in die Arme und sagte: »Es wird schon wieder gut. Mach dir nichts draus. Du bist überarbeitet.«

***

Dennoch wiederholten sich die schrecklichen Szenen. Nicht immer gleichermaßen gewalttätig. Aber das Schweigen, in das Georg versank, wenn Inge sich auf der Straße nur nach einem alten Mitschüler umdrehte, war schon schlimm genug. Er schwieg auch mit finsterem Gesicht, wenn Inge sich ein neues, ausgeschnittenes Kleid gekauft hatte und es ihm stolz zeigte. Sie hatte aufgehört, ihm von ihrer Arbeit zu erzählen, weil schließlich auch Männer im Supermarkt arbeiteten. Sie gingen nicht mehr tanzen, nicht mehr zur Kirmes, nicht mehr zum Schützenfest. Wenn sie am Wochenende an die Mosel fuhren und abends im Hotel zusammen aßen, beobachtete Georg den ganzen Saal aus den Augenwinkeln. Sah jemand zu Inge herüber? Inge wagte es sowieso nicht mehr, den Blick vom Teller zu erheben.

Nach sieben Jahren hatte die Flamme, die die Lunte Tag für Tag verzehrt hatte, die Bombe erreicht, und sie explodierte. Inge hatte ihre Bluse nicht bis zum Hals zugeknöpft, bevor sie das Haus verließ. Georg erinnert sich nur noch an den roten Vorhang vor seinen Augen und daran, dass er Inge im Flur einen Schlag ins Gesicht versetzte, der so heftig war, dass sie gegen das Treppengeländer taumelte. Sie riss die Handtasche an sich und flog zur Tür. Georg war so gelähmt, dass er es nicht vermochte, sich ihr in den Weg zu stellen. Die Tür knallte zu. Viele Tage später rief Inge ihn aus einer Telefonzelle an und sagte ihm, dass sie sich scheiden lassen wolle.

Aber sie sagte auch: »Du bist krank. Du solltest Hilfe suchen.« Sagte sie das aus einem Rest Zuneigung heraus? Georg weiß es noch immer nicht. Die Scheidung ging geräuschlos über die Bühne, die Nachbarn vermissten Inge erst Monate nach ihrem Auszug. Man hatte sie sowieso kaum mehr gesehen. Georg suchte keine Hilfe. Er schottete sich ab, mit zwei Frauen im Herzen, die er immer noch liebte.

***

Ein Blitz erhellt das ganze Zelt und beleuchtet eine gespenstische Szene. Zwischen den Tischen bricht ein Betrunkener zusammen. Der erste Donnerschlag ertönt. Sanitäter eilen eifrigen Schrittes herbei, betten ihn mit professioneller Geschicklichkeit auf eine Bahre und eilen im Gleichschritt zum Ausgang. Der Hansi, der gerade händeklatschend das Publikum zum Mitklatschen animiert, wirkt einen Augenblick lang etwas irritiert, weil der ganze Saal sich plötzlich um- und von ihm abwendet. Und wie auf Kommando beginnt es zu gießen.

Auch Frau M. hat plötzlich andere Sorgen, als die Aufmerksamkeit der betrunkenen Männer zu fesseln. Unwillig, aber nur von wenigen bemerkt, stößt sie die Hand des Kommissars von ihrem Knie, erhebt sich zu voller, majestätischer Größe und sagt:

»Heinz, du hast wieder meinen Schirm vergessen. Und heute morgen war ich noch beim Frisör.« Heinz schrumpft vor aller Augen. Und dann sagt er zu Georg: »Alter Kumpel, du weißt ja, wie die Frauen sind. Kannst du uns irgendwo einen Schirm besorgen?«

In Georg blitzt es sekundenlang auf. Er erhebt sich mit seltsam eckigen Bewegungen und nickt unsicher in die Runde. Wie blind steht er nun in der Nacht. Trotz des Regens ist es drückend schwül. Noch einmal blickt er zum Festzelt zurück, und dann beginnt er plötzlich, zu rennen.

***

Wie von Teufeln gejagt, hetzt er unter triefenden Bäumen Nispert hinauf zu seinem Haus. Hatte er damals schon einen Plan? Später bescheinigen ihm Gerichtspsychologen, dass er zur Tatzeit unzurechnungsfähig war. Zu diesem entscheidenden Befund kamen sie, nachdem Georg unzählige Male, von Schluchzen geschüttelt, beteuert hatte, er könne sich nicht mehr daran erinnern, dass er in jener Nacht, zu Hause angekommen, die Küchenschublade aufgezogen, ein scharfes Kartoffelmesser herausgenommen und in seine Jackentasche gesteckt hatte. Er weiß nur noch, dass er den Schirm vom Haken genommen, das Haus sofort wieder verlassen und wieder zum Werthplatz hinuntergelaufen war, ohne den Schirm aufzuspannen. Auch an den Weg kann er sich gut erinnern. An den Mann, der auf Höhe des Sägewerks im schwachen Laternenlicht seinen Hund ausführte. Ja, sogar daran, dass in dem großen weißen Haus rechts noch Licht gebrannt habe.

Keuchend und völlig durchnässt erreicht Georg den Werthplatz und betritt wieder das Zelt. Abermals durchquert er den Saal, ohne jedes Interesse an den Blicken, die ihm folgen. Noch immer sitzt die Direktorsgattin zwischen Heinz M. und dem Kommissar. Heinz M. blickt Georg unsicher an. »Nett, dass du einen Schirm besorgt hast«, sagt er mit schwerer Zunge. »Aber meine Frau will nun lieber mit dem Auto nach Hause. Kannst du mich nicht eben bringen? In einer Viertelstunde sind wir zurück.«

Abermals erschüttert ein Donner das Festzelt. Hansi Hinterseer singt: »Da fühl'n wir uns frei wie ein Vogel.« Georg spürt ein Gefühl von Glück. Warum, das weiß er nicht. Aber alles scheint zu klappen. Er muss einfach nur gehorchen, wie früher. Es ist viel leichter, als er dachte.

***

Die Weser ist in wenigen Stunden zu einem reißenden Strom angeschwollen. Über Eupen liegt eine seltsame Beklemmung. Heute morgen stand in der Zeitung, dass in der Wallonie die Buchen sterben. Heute nacht müssen die Schleusen der Wesertalsperre geöffnet werden. Zwei Touristen, die am vergangenen Wochenende die Lesse befuhren, waren mit ihrem Kanu gekentert und eine Nacht lang durch den Wald geirrt, bis sie völlig erschöpft aufgefunden und in ein Krankenhaus gebracht wurden. Die Ernte ist durch den Dauerregen dieses Sommers vernichtet. Eine Luxemburger Zeitung hat angekündigt, dass sie eine Liste belgischer Pädophiler veröffentlichen werde. Aber was für Eupen noch wichtiger ist: Der Bürgermeister hat sich während der feierlichen Eröffnung des Tirolerfests beim Anschlagen des Bierfasses unsterblich blamiert. Es gelang ihm nicht, den Kran beim traditionellen »O'zapft is« ins Fass zu hämmern. Das kostbare Naß rann in die Gosse. Dieser Vorfall wurde in den letzten Tagen allgemein als politisches Menetekel interpretiert.

Georg und sein ehemaliger Lehrer eilen durch den strömenden Regen über den Werthplatz. Der ehemalige Schüler hält den Schirm. Da erschüttert ein ungeheueres Krachen die Luft. Ganz in der Nähe muss ein Blitz eingeschlagen sein. Als beide die Rückseite der künstlichen Skipiste erreichen, macht Georg mit seltsamer Gelassenheit einen Vorschlag. »Sollen wir nicht«, sagt er, »uns unterstellen und überlegen, wie wir nach Hause kommen?«

Nach Hause? Welches Zuhause? Zwischen Schulstraße und Nispert, zwischen der Villa und dem Arbeiterhaus liegen Welten. Aber jetzt ist keine Zeit mehr, um über diese seltsame Frage nachzudenken. Georg zerrt M. durch den schmalen Durchgang in den Hohlraum unter der Skipiste. Er blickt ihn mit einem triumphierenden Lächeln an, das er seit dreizehn Jahre nicht mehr zu lächeln wagte. Er hat seit dem Ereignis überhaupt nicht mehr gelächelt.

***

Direktor M. stützt seinen mächtigen Körper an der hölzernen Wand der Skipiste. Das Wasser tropft ihm in den Kragen. Ihm ist speiübel, die frische Luft hat die Wirkung des Alkohols schlagartig verstärkt. Er sieht Georg in die Augen. Das triumphierende Lächeln ist zu einem irren Flackern geworden. In Georgs Hand blitzt ein Messer. Durch M.'s Hirn zuckt der Gedanke an den Kampf mit Anja.

Da sticht Georg mit aller Kraft zu. Das Messer gleitet an den Rippen ab und trifft die Milz. Heinz rutscht auf den Boden. Der zweite Stich trifft den Hals. Der dritte wieder die Lunge. Das Blut schießt aus allen Wunden. Georg fühlt einen unsäglichen

Rausch. Über sein Opfer gebeugt, sticht er wieder und wieder zu. Nach sieben Minuten erlischt das letzte Zucken. Erst dann lässt Georg das Messer sinken. Später werden der Gerichtsmediziner einen von zwei Dutzend Stichen zerfetzten Körper obduzieren.

Georg kauert nieder. Die Leiche liegt verzerrt im Dunklen, noch immer tropft es von der Skipiste, und das Blut vermischt sich mit dem tauenden Schnee. Nun wird nie jemand von dem Geheimnis erfahren, denkt er, und ein ungeheures Gefühl der Erleichterung durchströmt ihn. Er hatte sich immer schuldig gefühlt. Er hätte besser auf Anja aufpassen, er hätte sie beschützen müssen. Nun ist sie für immer beschützt. Nun kennen nur noch er und Anja das Geheimnis. Und Anja weiß noch nicht einmal, dass er weiß, was damals passierte. In jener schrecklichen Nacht damals, als er innerlich gestorben war.

***

Dem Vater ist das Bier ausgegangen, und er trinkt doch so gerne einen, zumal heute abend im Fernsehen das »Musikantenstadl« läuft. Georg findet, dass die Sendung nur mit Bier zu ertragen ist; der Vater findet, dass sie mit Bier noch viel schöner wird.

»Georg«, sagt sein Vater in dem üblichen Ton, der keine Widerrede duldet, »fahr zu Onkel Willy und hol ein paar Flaschen. Der hat immer was im Haus.« Georg braucht, und das findet er eigentlich ganz angenehm, nicht zu antworten. Denn in diesem Haus werden üblicherweise sowieso keine Antworten erwartet, und schon gar nicht von Kindern, und seien sie auch beinahe erwachsen. Also schwingt er sich schweigend auf sein Fahrrad. Immer noch besser, zum Onkel zu radeln, als hier blöd im Sessel zu sitzen und der Mutter beim Bügeln und dem Vater beim Glotzen zuzusehen.

Er saust die dunkle Hisselgasse hinunter. Vor der Ecke zur Schulstraße verlangsamt er seine Fahrt. Da sieht er plötzlich, wie ein Mädchen die Treppe einer der Villen hinunterstürzt. Georg wird es mit einem Schlag schwindelig. Es ist das Haus seines Lehrers. Anja rennt ein paar Meter, und dann kauert sie sich plötzlich auf den Bürgersteig und schlägt die Hände vors Gesicht. Das lockige schwarze Haar steht wirr vom Kopf ab. Die Bluse ist nur mit einem Knopf zugeknöpft. Georg steht noch immer wie versteinert neben seinem Fahrrad. Anja und er sind nur knapp dreißig Meter voneinander entfernt. Einen Augenblick lang durchzuckt ihn der brennende Wunsch, zu ihr hinzugehen und sie in die Arme zu nehmen. Dann sieht er gelähmt zu, wie Anja aufsteht, ihre Kleidung in Ordnung bringt, das Haar mit den Händen

zu glätten versucht und mit unsicherem Gang ihren Weg fortsetzt. Leise wendet er in der Dunkelheit sein Fahrrad und schiebt es langsam zurück. Blind, halb bewusstlos, kommt er zu Hause an.
Seinem Vater sagte Georg in jener Nacht, der Onkel sei nicht zu Hause gewesen. Natürlich kam sein Vater dahinter, dass er gelogen hatten, und er prügelte ihn grün und blau. Georg kroch in sich zurück. Zur Schule ging er nicht mehr. Er erwärmte das Fieberthermometer, indem er es an der Bettdecke rieb, die seine Mutter über ihn gebreitet hatte. Als auch das nicht mehr half, erklärte er, dass er eine Lehre beginnen wolle. Niemand verstand ihn. Georg wurde allen ein Fremder.

Anja hatte ihn noch einmal gefragt, ob er mit ihr zur Wesertalsperre radeln wolle. Er hatte sie angeschrien und war weggelaufen. Einen Tag nach dem Abitur, das sie dank der Nachhilfestunden bei Lehrer M. mit Auszeichnung bestanden hatte, brachten die Eltern sie nach Zaventem, von wo aus sie zu Verwandten in Philadelphia flog. Die Eltern erzählten allen, dass Anja vor dem Studium ihr Englisch verbessern müsse. Sie kam erst drei Jahre später zurück.

Dass sie beim Abitur im fünften Monat schwanger war, hatte sie ganz Eupen verheimlichen können. Man fand nur, dass sie ein wenig molliger und sehr seltsam geworden war. Von ihren Freundinnen hatte sie sich schon lange zurückgezogen. Ihre Eltern nahmen an, dass Georg der Vater des Kindes war. Aber da Anja sie monatelang unter Tränen anflehte, keine Fragen mehr zu stellen, hörten sie schließlich damit auf und fanden sich verzweifelt mit den Tatsachen ab. Es ging nur noch darum, den Schaden zu begrenzen und Anja so etwas wie eine Zukunft zu ermöglichen.

***

Georg erhebt sich langsam, fast widerwillig. Es muss sehr spät sein, er muss sich beeilen. Er wirft einen letzten Blick auf sein Opfer, kriecht aus der Höhle unter der Skipiste hervor und geht zum Eingang des Festzelts zurück. Aufrechten Schrittes steuert er geradewegs auf die Theke zu. Dabei rempelt er ein paar tanzende Paare an, die sich böse zu ihm umdrehen. Aber das spielt nun keine Rolle mehr. Warum soll er nicht ein einziges Mal auffallen? An der Theke bittet er sehr ruhig eine Kellnerin: »Können sie dringend einen Streifenwagen rufen? Ich muss ein Geständnis ablegen.« Ein Mann neben ihm tippt sich an die Stirn und grinst seine Nachbarin an, deren Brille von der schwülen Hitze beschlagen ist. Georg wiederholt mit einem Unterton, der der Kellnerin die Nackenhaare zu Berge stehen lässt: »Es ist wirklich dringend«. Erst da greift die Kellnerin zu ihrem Handy und wählt die Nummer der Polizei.

Als der Streifenwagen eintrifft, sitzt Georg auf einem Stuhl beim Ausgang. Ein ruhiges Lächeln liegt auf seinem Gesicht. Er erhebt sich sofort und geht hinaus. Die Handschellen klicken um seine Handgelenke. Aus dem Zelt torkelt der Polizeichef in die von Blaulicht durchzuckte Nacht. Er kämpft sich an Georgs Seite durch und beugt sich zu seinem Ohr.

Später sagten alle, dass Georg, bevor er ohnmächtig auf den nassen Asphalt sackte, den Kommissar angestarrt habe wie ein Gespenst. Niemand hatte die heiser geflüsterten Worte verstanden: »Du Idiot. Du denkst wohl, dass wir es nicht gewusst haben. Die ganze Stadt hat es gewusst.«

NACHTRAG

Heinz M. wurde unter großer Anteilnahme begraben.
Georg wurde vom Lütticher Schwurgericht wegen Totschlags zu sieben Jahren Gefängnis verurteilt.
Frau M. hat den Polizeikommissar geheiratet und ein Jahr später die Scheidung eingereicht.
Inge lebt alleine in Aachen.
Anja hat nie mehr etwas von Georg gehört. Sie bekam mit ihrem Mann ein zweites Kind und nannte es Gregory.

Die Autorinnen und Autoren:

Jacques Berndorf eigentl. Michael Preute, *1936 in Duisburg. Nach journalistischer Ausbildung Arbeit als Zeitungs- und Magazinredakteur, zuletzt Reportagen über vorwiegend sozialpolitische Themen im »Spiegel«, Begründer des Genres »Eifelkrimi«, seit »Eifel-Blues«(1989) insgesamt acht Eifelkrimis um den Helden »Siggi Baumeister«. 1996 wurde ihm der Eifel-Literaturpreis verliehen.

Carsten Berg *1959 in Castrop-Rauxel, Studium in Aachen: Germanistik, Philosophie (zeitweise auch Romanistik), 1989 erste Einzelveröffentlichung (Prosa & Lyrik) in der »Bergischen TaschenLiteratur«, Veröffentlichungen in der Anthologie der BTL sowie in Aachener Kultur- und Szene-Zeitschriften, Zeitungsjournalist (»Aachener Nachrichten«, »Aachener Volkszeitung«, »Grenz-Echo«), PR-Redakteur (Pressestelle der RWTH), Werbetexter, »Lehramtsanwärter« in Westfalen. 1998 erster Roman »Die Printen-Connection«, seitdem freier Schriftsteller, Texter & Vorleser. Seit 2000 Zusammenarbeit und erste gemeinsame Auftritte mit dem Musiker Hermann Joe Schenkelberg: »Tasten und Silben« – CD »Alles wird gut« (2000).

Carola Clasen *1950, arbeitete als Fremdsprachenassistentin, auch in Belgien. Zahlreiche Veröffentlichungen von Kurzgeschichten im Rundfunk und in Anthologien. Ihr Eifel – Kriminalroman »Atemnot« erschien im Jahr 1998. Die Veröffentlichung des zweiten Romans »Havanna Moon« ist für 2001 geplant.

Freddy Derwahl *1946 in Eupen, nach dem Studium in Löwen, Aachen und Paris Journalist und Leiter der Kulturredaktion des Belgischen Rundfunks (BRF). Neben dem Kinderbuch »Die Füchse greifen Eupen an« wurde er vor allem bekannt durch sein Athos-Reisebuch »Die Nacht der Jungfrau – Erzählung einer inneren Reise zum Berg Athos« (1991) und das Simenon-Portrait »Der kleine Sim – Die Lütticher Jahre von Georges Simenon« (GEV). 1993 erschien der Bildband »Grünes Land – Unterwegs in Ostbelgien« und 1996 das Buch »Das Haus im Farn – Eine Kindheit« (beide im GEV). Er lebt in Eupen und ist Mitglied des PEN-Clubs und Inhaber mehrerer Literaturpreise.

Gisbert Haefs *1950 in Wachtendonk, lebt in Bad Godesberg. Romane, Erzählungen, Herausgebertätigkeiten, Balladen, Übersetzungen (u.a. Borges, Kipling, Doyle, Christie), Hörspiele, Rezensionen. Auszeichnungen u.a. Deutscher Krimi-Preis 1989, Literaturpreis der Lese- und Erholungsges. Bonn 1991, Zahlreiche Buchveröffentlichungen im Science-Fiction und Historienbereich (u.a. Hannibal, In Hamilkars Garten, Raja) und eine Reihe von Kriminalromanen um den Hobbydetektiv »Balthasar Matzbach«.

Stefan Hirt *1949 in Prag, Journalist und Germanist, abwechselnd in Dresden und Belgien lebend.

Angelika Koch *1959, lebte nach dem Studium der Soziologie, Philosophie und Linguistik mehrere Jahre in einer Landkommune. Als Redakteurin und Werbetexterin ist sie freiberuflich tätig. Lebt in Daun. Nach zahlreichen journalistischen Arbeiten folgten Kurzkrimis und die Eifelkrimis »Der Retter«, »Jemand wie Ginsterblum« und »Das Wasser«.

Alexander Kuffner *1974 in Simmerath, ist immer noch nicht aus der Eifel weggekommen und verdient sich seine Brötchen als Redakteur und Herausgeber von »EM-Eifel-Magazin«. »Abschaum« ist seine erste veröffentlichte Kurzgeschichte.

Manfred Lang *1959 in Mechernich, Redakteur »Kölner Stadt-Anzeiger«, Autor, Rezitator alter Eifeler Mundartdichter, Herausgeber, u.a. mit Jochen Arlt »Leben-alle Tage« (1989) Eifel-Weihnachts-Lesebuch »Und er hat sein helles Licht bei der Nacht...«(1996), Gemeinsam mit Ralf Kramp Herausgeber von »Abendgrauen – Eifeler Schauer- und Gruselgeschichten«(1999) und Gründer der Agentur AUS-LESE, die sich mit der Inszenierung atmosphärischer Leseabende beschäftigt.

Gitta List *1959, Bonnerin, Kulturredakteurin und Multifunktionsfrau mit Hang zum Verfassen von Kurzgeschichten. Diese bislang veröffentlicht in folgenden Anthologien: »Jürgen würgen« 1999 (Hg. Jacques Berndorf), »Der Ferienkrimi« 2000 (Hg. Ralf Kramp), »Rheinleichen« 2000 (Hgs. Ina Coelen/Ingrid Schmitz)

Ulrich Mehler *1941, studierte Germanistik, Musikwissenschaft, Mittellateinische Philologie und Theaterwissenschaft. Promotion, Habilitation. Lehramt für Altgermanistik an der Universität Köln, Autor zahlreicher Kurzgeschichten und wissenschaftlicher Veröffentlichungen. 2000 erschien sein Roman »Fliegenmarsch – oder: Der Tag, an dem die Eifelrepublik gegründet wurde«.

Uwe Rhiem *1962 in Euskirchen und in Wißkirchen wohn- und lebhaft, Vater von drei Kindern, Polizeibeamter, freiberuflicher Journalist, Autor und Musiker (»Mac Noise«-Irish Folk), erster Kriminalroman (Eifelkrimi) »Fallobst« erschienen im Nov. 2000

Dr. Heinrich Schauerte *1946 in Aachen, nach dem Germanistik- und Philosophiestudium in Aachen freiberuflicher Werbetexter und Journalist, danach Pressesprecher eines kommunalen Großbetriebes, Veröffentlichung von Gedichten in Literaturzeitschriften.

Marion Schmitz-Reiners *1948 in Schongau. Nach dem Abitur an der Deutschen Schule in Brüssel Ausbildung als Redakteurin »Westfälische Nachrichten« in Münster. Nach dem Politologie- und Soziologiestudium in Bonn und Münster sechs Jahre lang Redakteurin bei »Brigitte«.1983 heiratete sie nach Belgien. Heute ist sie Chefredakteurin der deutschsprachigen Zeitschrift »Der Kontakt« in Brüssel und Korrespondentin mehrerer deutscher Zeitungen und Zeitschriften. Übersetzerin, vor allem im kulturellen und literarischen Bereich. 1992 erschien ihr Buch »Der Fremde in meinem Bett« und 1995 »Unsere Perle hieß Marie« (beide bei GEV). Marion Schmitz-Reiners lebt mit ihrer Familie in Antwerpen.

Hermann-Josef Schüren *1954 in Kerken am Niederrhein, hat zeitweilig in Eupen gelebt, seit 1988 als freier Schriftsteller mit Lehrauftrag an der RWTH in Aachen. Buchveröffentlichungen u.a. »Das Hohe Venn« (mit Willi Fitz), »Hinter Hecken« (mit Peter Stollenwerk), »Mississippi Maastricht« (Kurzgeschichten) (alle bei GEV), und die Kriminalromane »Tiefer als der Tag« und »Tod eines Sofamelkers«. Träger zahlreicher Auszeichnungen, u.a. Preise für Lyrik und Prosa beim NRW Autorentreffen, Förderpreis für Literatur der Stadt Aachen.

Peter Stollenwerk *1954 in Simmerath, seit 1976 Redakteur der Aachener Zeitung, Leiter der Lokalredaktion Monschau seit 1994. Als Fotograf die Heimat im Blick: 1990 Fotodokumentation »Kreuzweise«, 1997 erschien der Bildband »Hinter Hecken« (gemeinsam mit Hermann-Josef Schüren), 2000 fotografische Mitwirkung am Bildband »Ostbelgien - Menschen, Landschaft, Kultur, Brauchtum« (GEV).

Guido Thomé ⋆ 1959 in Sankt Vith, bis 1998 Mitarbeiter des Grenz-Echo Verlages, seitdem Freiberufler. 1998 erschien die Kurzgeschichtensammlung »Das rote Haar« (ausgezeichnet mit dem Literaturpreis der Deutschsprachigen Gemeinschaft Belgiens), 2000 war Thomé Herausgeber des Bildbandes »Ostbelgien – Menschen, Landschaft, Kultur, Brauchtum«

Verena von Asten ⋆1932 in Ulm, Ausbildung zur Fremdsprachensekretärin, seit 1959 in Eupen. Erste Glossen für das Grenz-Echo (Unten-Links-Geschichten), zahlreiche Kurzgeschichten in Zeitschriften und vier Kinderbücher. 1989 das Tierbuch »Hilfe, ich bin ein Tiernarr«. Seit 1993 Redaktion »Euro-Hund«, 1998 der erste Eupen-Krimi »Endstation Talsperre«, 2000 ein weiterer: »Tod in der Sauna«.

Hubert vom Venn ⋆1953, künstlerischer Leiter Stadttheater Monschau, Buchautor, Kabarettist, gelernter Journalist, neun Jahre bei einer Tageszeitung beschäftigt, schrieb für die ARD Quiz-, Humor- und Satiresendungen, für »RTL-Plus«/»Radio Luxemburg« Radio und Fernsehsendungen. Für den BRF und den WDR als Moderator tätig. 1991 Weltrekord 5x28-Meter-Staffel. 2000 für den »Rheinischen Literaturpreis« nominiert, erhielt im gleichen Jahr vom »American Biographical Institute US Library of Congress« den »Distinguished Leadership Award« mit der Begründung »Bringing Art and Culture to Eifel« und wurde ins »Who's Who« aufgenommen. Veröffentlichungen u.a.: »Bundesstraße 258«, »Die Schlacht um Monschau«, »Wir sind 'n Volk« (Ostbelgien-Comic), »Und sonst? Wie sonst?« und die Kriminalromane »Die Hand im Moor« und »Kaisermord«.

Marie-Therese Weinert ⋆ 1913 in Eupen, nach der Hochschule in Beuthen Lehrerin in der deutschen Eifel, in Eupen und Verviers, von 1962-83 »Märchentante« beim Belgischen Rundfunk (BRF). Buchveröffentlichungen: Die Lyrikbände »Im Grenzland zu Hause« und »Tierisches und Menschliches«, sowie die Kinderbücher »Die Reise nach China«, »Cölestine Zappel erzählt« und »Zwischen Traum und Wirklichkeit«.

Der Herausgeber:

Ralf Kramp *1963 in Euskirchen, Autor und Karikaturist. Sein erster Kurzkrimi erschien 1994 im Kölner Stadt-Anzeiger, und sein erster Kriminalroman zwei Jahre später. Für sein Debüt »Tief unterm Laub« erhielt er den Förderpreis des Eifel-Literaturfestivals. Seither erscheint jährlich ein Kriminalroman. Zahlreiche Veröffentlichungen von Kurzgeschichten und diverse Herausgebertätigkeiten, u.a. mit Manfred Lang »Abendgrauen – Eifeler Schauer- und Gruselgeschichten«.

Seit 1998 einer der beiden Veranstalter von BLUTSPUR-Krimiwochenenden in der Eifel, bei denen hartgesottene Krimifans ihr angelesenes »Fachwissen« bei einer Mördersuche in die Tat umsetzen können. 2000 erster Eifel-Jugendkrimi »Wenn Goldfinger rauskommt«. Bei Agentur »AUS-LESE« Veranstaltung von Krimi- und Gruselnächten in der Eifel.